Josué Guimarães

JOSUÉ GUIMARÃES

A FERRO E FOGO I

TEMPO DE SOLIDÃO

Texto de acordo com a nova ortografia.

1ª edição: 1972
18ª edição: 2019

Capa: Marco Cena
Revisão: L&PM Editores
Foto de Josué Guimarães: Ivan Pinheiro Machado

ISBN 978-85-254-0345-2

```
G963f   Guimarães, Josué, 1921-1986
            A Ferro e Fogo I: Tempo de Solidão / Josué Guimarães
        – 18 ed. – Porto Alegre: L&PM, 2019.
            232 p. ; 21 cm

            1. Romances brasileiros. I. Título.
                                    CDD 869.93
                                    CDU 869.0(81)-3
```

Catalogação elaborada por Izabel A. Merlo, CRB 10/329.

© sucessão Josué Guimarães, 1982

Rua Comendador Coruja, 314, loja 9 – Floresta – 90.220-180
Porto Alegre – RS – Brasil / Fone: 51.3225.5777

PEDIDOS & DEPTO. COMERCIAL: vendas@lpm.com.br
FALE CONOSCO: info@lpm.com.br
www.lpm.com.br

Impresso no Brasil
Primavera de 2019

Esta história começa com a chegada, no Rio Grande do Sul, do bergantim *Protetor*, em julho de 1824, trazendo no seu precário bojo de madeira trinta e oito colonos alemães destinados à extinta Real Feitoria do Linho Cânhamo, no Faxinal da Courita, hoje São Leopoldo. Depois deles, outros tomaram o mesmo caminho, trazidos a tanto por cabeça, por um aventureiro internacional, o Major Jorge Antônio Schaeffer. Muitos conseguiram sobreviver. Bem, mas então temos a história de homens e mulheres em solidão que plantaram as suas raízes, a ferro e fogo, nas fronteiras movediças dominadas por castelhanos, índios, tigres, caudilhos e portugueses.

A FERRO E FOGO I
I. Tempo de Solidão

1.

Quando Carlos Frederico Jacob Nicolau Cronhardt Gründling desceu o punho fechado sobre a mesa da bodega, fazendo saltar garrafas e copos, sacudindo o candeeiro de óleo de peixe que pendia do teto – berrando que toda a valia do mundo estava no dinheiro, nos patacões de ouro e em tudo aquilo que se pudesse comprar com eles –, estava transtornado pela cerveja e certo de que nenhum dos seus compatriotas abriria a boca para contestá-lo. Mesmo porque todos já estavam bêbados. Gründling empinou, já de pé, uma outra talagada de cerveja malfermentada, gesticulando sempre, com ouro se compra mulher, escrava, branca, mestiça, terra e carroças, se compra gado ou negro, delegado de polícia e até presidente. Sim, senhores, até presidente, sei de casos contados por gente de respeito, dinheiro tirado do bolso do colete e passado pela manga do casaco, feito burlantim. Por dinheiro se faz revolução. Sabem de alguma guerra que não tenha sido feita por dinheiro? Dinheiro corria até nos Tugendbund dos universitários alemães. Bem, vocês dirão, não se nasce com dinheiro. Mas eu pergunto, alguém já conseguiu sobreviver sem dinheiro?

Derreou-se no banco como um saco. Ria frouxo. O riso saía espremido por entre a barba ruiva e fechada, os olhos mortiços raiados de sangue, bigode agressivo bordado pela espuma amarela da cerveja.

– Ouro é o que vale – insistiu no seu bom alemão. – Digo a vocês agora que Deus inventou o negro para derrubar mato, cavar terra e carregar água. Não há sol que consiga queimar a sua pele, as patas e as mãos deles têm tais cascos que fazem inveja de quanta mula existe por aí, da Feitoria às bandas do Uruguai.

Fez um gesto largo com a mão e mandou o dono da casa servir mais bebida. Que estavam eles pensando? Passou o punho do casaco na boca e olhou para o infinito, em redor. Para domar cavalo xucro, camperear, marcar boi, castrar bicho e servir mate, que vocês pensam que o diabo inventou? Digam, se forem capazes. Pois eu digo, seus imbecis, que para isso o diabo inventou o índio, o bugre, que forma com o cavalo um só corpo, que segue rastro de gente ou de bicho, que tem um nariz capaz de cheirar um tigre a uma légua de distância. Haverá alguém ali em condições de afirmar que ele, um Cronhardt Gründling, nascido em Ohlweiller-Simmern, mentia ou simplesmente exagerava?

– Olhem só para as mãos deste negro cativo que veio da nobre e generosa Hamburgo e que atende pelo nome de Daniel Abrahão Lauer Schneider – o outro nem sequer levantou os olhos, já não ouvia mais. – Cabelo cor de milho, barba igual a esta minha, e vejam só o que ele veio fazer aqui nesta terra de bugre e de mata virgem. Não venha me dizer que só assim se pode sustentar mulher e filho. Ora, derrubar árvore como lenhador, cavar a terra como as toupeiras. Escuta aqui, seu cavalo alemão, assim não se ganha dinheiro nem em dois séculos.

O seleiro Schneider já estava debruçado sobre a mesa sem toalha, cabeça apoiada no braço e nem mais sentia os perdigotos azedos que lhe salpicavam a cara. Guardou no subconsciente apenas aquilo que lhe parecera uma praga, o "cavar a terra como uma toupeira". Havia, sim – para ele, para João Carlos Mayer e para Frederico Harwerther – um alemão falando da outra margem de um rio de cerveja; que batia naquele rio com tanta força, mãos ou remos, que os copos vazios afundavam e nenhuma garrafa conseguira ficar à tona. Gründling calou, de repente. Para não desabar de todo, passou o braço em redor do pescoço de Daniel Abrahão, quando a pouca luz do candeeiro bruxuleava e só se ouvia a chuva lá fora, como um dilúvio.

O dono da bodega esperou que cada um caísse para o lado que achasse melhor e destacou dois negros para a missão de fazer com que tivessem o destino das noitadas anteriores. Ele sabia: Gründling, no outro dia, pagava sempre a bebida, as garrafas e os copos quebrados.

A colônia de São Leopoldo dormia e a Praça do Cachorro era um banhado só.

2.

Na brumosa manhã do dia seguinte, domingo, o seleiro Schneider e os outros trataram de voltar aos casebres da extinta Real Feitoria do Linho Cânhamo, no Faxinal da Courita, onde há mais de três meses aguardavam que o governo cumprisse com o que lhes fora prometido na Alemanha: uma colônia de terras de papel passado, alguma ferramenta, sementes e animais domésticos. Enquanto não vinha o pedaço de chão, tratavam de tirar da terra provisória algo que pudesse ser somado ao charque e às aguadas abóboras de Estância Velha, um reduto onde o gado xucro estava sendo agrupado e as últimas sementes podres viravam adubo.

Dias e meses passando, o intérprete repetindo a mesma ladainha, coisa de cobra mandada. O juiz de sesmarias, Araújo Bastos, adiando a medição ordenada pelo governo; ora as chuvas torrenciais, chuvisqueiros e minuano, ora as enxaquecas, a espera de tempo limpo, os aprestos de viagem. O intérprete tropeçando nas declinações, o juiz sofre de uma doença que o impede de sentar-se. À noite banha o rabo numa bacia de água esperta, infusão de malva ou de erva-de-bicho, que outros chamam de orelha-de-rato ou de pimenta-d'água. Não satisfeito com isso, que as dores parecem de parto, bebe um aperitivo amargoso feito com fruto da própria erva-de-bicho, sabe, uma cápsula que serve de lenitivo por dentro das tripas, do estômago para o reto. O homenzinho dizia essas coisas à guisa de explicação, que os alemães começavam a irritar-se com as delongas, amanhã as coisas se resolvem, na próxima semana teremos solução, no mês que vem ninguém mais fala nisso, pois é, tudo desculpa esfarrapada. Uma palavra final, vinda de boca de gente muito importante: em novembro a medição estaria concluída, julgada por sentença, cada metro estaqueado, colônia por colônia, picadas abertas, linhas traçadas. Em novembro.

Desde julho a tal conversa, o bergantim *Protetor* lançando âncoras, a nova terra atrás do casario e dos morros, o senhor Presidente Fernandes Pinheiro apertando a mão de um por um, sempre a dizer as mesmas coisas incompreensíveis, os pretos largando o trabalho para olhar espantados aquela leva de gente branca como leite, o vento pampeiro varrendo os telhados, a rua principal atravancada de feirantes. A mesma conversa de nova pátria, os irmãos chegando, aqui vai ser o nosso lar. E aqueles horrendos pretos de olhos de gato, caras ferozes, entre eles os índios bravios, cabelos compridos, negros e estorricados. À noite, na certa, andariam de arcos e flechas, tacapes e azagaias. Bem-vindos à terra da fartura. Semente cuspida, no outro dia o broto furando o chão, o arbusto verde e gordo, a árvore. O povaréu formando alas, gaúchos mirando os recém-chegados do alto dos seus cavalos, os soldados mulambentos e a mão macia do senhor presidente.

E agora, nos casebres dos escravos, a fedentina quase insuportável dos enxergões. Daniel Abrahão experimentando o chimarrão dos outros, a cuia e a mesma bombilha de boca em boca. Catarina a praguejar pelos cantos, que as doenças bem que poderiam entrar no corpinho do filho Philipp. Para o menino fez uma cama de taquara trançada, bom forro de cobertor e por cima os alvinhos lençóis que haviam trazido.

Só então se apercebiam de que o Novo Mundo começava a ficar irreversível. Negros assustados e chicoteados abandonando as choças, olhares medrosos dos brancos invasores que assistiam à caça, os gritos de ordem e o estalar das chibatas. O capataz decidindo. Primeiro, o inventário dos bens. Os semoventes africanos contados e recontados. Como se faz aparte de boi ou de vaca, de ovelha ou de cavalo. Doentes e fracos mandados embora, com lambidas de chicote sibilando nos ares, uma carta de alforria assim sem mais nem menos, uma liberdade pior que a prisão, procura angustiada de comida e de um novo senhor que lhes desse um galpão onde largar o pobre corpo. Duro aparte, o rebanho mais luzidio mandado para Porto Alegre e de lá seguindo em sumacas e bergantins abarrotados, rumo ao Rio de Janeiro, onde seriam postos à venda por bom preço, mercado em alta, compradores em cima do lance, dinheiro batido. Pois arrebanhavam os últimos 321 escravos de mais de mil da Feitoria. Dali para a frente a terra seria dos alemães mandados buscar pelo imperador, senhor do continente; a eles caberiam as dores e as alegrias daquela beirada de serra, onde índios e tigres espreitavam, enchendo as noites de rumores estranhos, de gelados silêncios.

A capatazia arrolou móveis e imóveis, semoventes e mudas, ainda mais 269 pés de laranjeiras, 26 limeiras, 16 parreiras de pouca uva. Todo o Faxinal de Courita entrou no inventário com duas léguas de comprimento pela costa do Rio dos Sinos; mais um campo fechado ao norte pelo mesmo rio, tudo somando seis ou sete léguas de circunferência; mais um mato que fazia frente ao mesmo campo, com uma légua de fundo para noroeste. Deixadas de fora, como inexistentes, 75 arrobas de linho cânhamo. Afinal, o capataz com aquilo se satisfazia. Uma justa paga pelo trabalho e pelas dores de cabeça na lide diuturna com negros cheirando a bodum. Terminavam, assim, a limpeza daquelas paragens que Sua Alteza o Imperador do Brasil achava por bem povoar com patrícios de sua augusta esposa, Dona Leopoldina da Áustria.

Daniel Abrahão sabia que não adiantava reclamar. O capataz não entendia uma palavra de alemão. E quando desconfiava, pelos gestos e pelas caras, que eles estavam dizendo algum palavrão, ameaçava-os com o chicote ou com os punhos; sem ir além, pois que não eram escravos, mas loiros patrícios de Dona Leopoldina, embora pagos como os negros, a tanto por cabeça.

3.

No dia seguinte Schneider se fazia de surdo aos destemperos de Catarina, sua mulher, filha mais velha de Cristiano e de Maria Isabel Klumpp, de Lüdesse--Hanover. Depois das bebedeiras com dois ou três amigos e mais o estranho Gründling, na miserável cervejaria da Praça do Cachorro, ele se remordia de vergonha, ficava incapaz de fitar a mulher nos olhos. Nem brincava com Philipp. O guri, nos seus cinco anos, vasculhava a sujeira daquelas terras com um magote de alemãezinhos, e quando a mãe lhe botava a mão era para desencardir a pele alva do lixo pisoteado pelos porcos vadios. Atravessar todo o oceano nos porões de um navio-gaiola, feito bicho ou negro escravo, para se enfiar nas bebedeiras em vez de amanhar a terra, plantar, colher, encher a burra – isso não era próprio de um Lauer Schneider. E de toda a leva era dos poucos que sabiam ler. Depois esquecia os amigos de sábado e passava o resto da semana no pedaço de roça atrás da casa que lhe sobrara dos escravos. À noite, sonhava com o cheiro de pão fresco da Europa, com o perfume das cucas açucaradas, com a fritura das grossas salsichas e do chucrute conservado na vinha-d'alhos. De madrugada, estrelas ainda no céu, enquanto enfiava as botinas de sola de madeira, jurava para si mesmo que um dia, um dia não muito distante, ainda plantaria sementes de trigo na sua terra, terra de papel passado, e das sementes tiraria a farinha. Catarina e Philipp comeriam com ele o pão, um cesto deles, com o mesmo aroma que teimava em não esquecer. Que as barrigas estourassem de tanto prazer. Catarina, tenho pensado no nosso pão da Alemanha, nas cucas estufadas extravasando das formas. Sonhei com Jesus multiplicando os pães. Depois não era mais Jesus, mas o imperador; e ele metia a mão em grandes fendas na terra e de lá tirava o pão ainda quente. Daniel Abrahão, isso não é de gente de miolo bom; melhor será baixar a cabeça, esforçar-se com os braços, pois é disso que se tira o pão e não com sonhos.

Daniel Abrahão se esquecia de tudo isso quando Gründling – seus reluzentes patacões correndo generosos nos botecos – narrava as aventuras do Major Schaeffer e, depois de bêbado, soqueava a mesa e gritava "melhor do que a terra bruta ainda é o dinheiro". Quando cantavam as velhas e marciais canções da Alemanha, chupando das canecas o resto da cerveja, Schneider sentia na boca o gosto ardido das lágrimas.

4.

Pois Herr Gründling, um dia, caiu do céu no meio das taperas; mais parecia um rei com sua grossa fatiota de lã, vistoso colete de veludo bordado, chapéu de feltro peludo, pajeado por homens que lhe lambiam as botas, quatro negros carregando coisas, um índio mestiço zelando pelo grande cesto de comes e bebes; dois outros escravos que se apressavam em abanar mosquitos e varejeiras que importunavam o patrão, armando-lhe os assentos mal demonstrasse vontade de parar. Ainda levavam consigo uma rede trazida do Rio de Janeiro para quando ele quisesse repousar mais demorado. A comitiva acercou-se do rancho de Schneider. Gründling berrou perguntando se havia alguém em casa. Percorreu os olhos pelas paredes de adobe, a janela de madeira bruta, queimada pelo sol e pela chuva. Philipp meteu a cara rosada na fresta da porta e recuou assustado, gritando pela mãe e dizendo que acabava de chegar ali alguém que lhe parecia ser o imperador do Brasil ou o imperador de qualquer outra terra. Os escravos já armavam entre o casebre e uma árvore mirrada a rede de fios vermelhos e franjas brancas. Ao sentar-se, esparramado, Gründling ameaçou derrubar a casa; as paredes sacudiram e a cobertura de palha seca ondulou. O primeiro a surgir foi Daniel Abrahão e logo atrás dele a cara redonda e forte de Catarina, a testa franzida, intrigada e curiosa. O marido esboçou um aceno a título de cumprimento, sem emitir qualquer som. Gründling ali, no meio do que ele costumava chamar de "a bosta dos escravos"? Philipp agarrado à saia da mãe, guardando nos olhos uma cena que iria recordar anos depois, na hora de ser passado pelas armas após a rendição dos paraguaios, em Uruguaiana.

Schneider não sabia o que dizer e nem onde enfiar as mãos. O outro lhe dava a impressão de estar acampando. Catarina a ralhar com o filho, que aquele não era imperador, era apenas alguém que seu pai conhecia. Ela não disse, mas sabia que o recém-chegado era o mesmo que pagava as bebedeiras de sábado e outro não poderia ser senão Herr Gründling, a quem o marido sempre se referia. A grossa corrente de ouro, o anel, o ar das pessoas que sentem no bolso do colete o peso do dinheiro. Ela iria se recordar, também, mais tarde, daquela figura emproada do patrício que não viera para receber uma colônia de terras, nem para tratar de roça ou de criação. Notou as meias dele, as grandes e pesadas botinas de couro europeu, a camisa limpa, as mãos finas e adamadas.

Gründling disse para o mestiço qualquer coisa em mau português e o índio tirou do cesto uma broa de milho, levando-a para o menino que estava prestes a chorar. Catarina apanhou o presente e logo depois outro, meia manta de carne de sol recém-preparada no sal grosso. Gründling chamou para junto de si o amigo aparvalhado e, como falasse em alemão, despreocupou-se com os negros e com o índio de malares salientes. Falava coisas que o outro custava a entender, relanceando de vez em quando para a mulher que parecia saber melhor das coisas. Apontava para o agrupamento dos casebres em ruínas, o chão coberto de lixo e de esterco. A terra da zona da Feitoria era pocilga para negro, e até então só negro vivera ali, muito justo, o que não tinha explicação era ele, um Schneider, mais a mulher e o filho, confinados naquele estábulo. Bem que mereciam um destino melhor. Gründling sentiu que a mulher era toda ouvidos e começou a dizer as coisas em voz mais alta para que Catarina não perdesse uma só palavra. Ele, Cronhardt Gründling, podia ajudar o amigo, tinha influência no palácio da Província, sócios na Corte, em Hamburgo, São Petersburgo, na Prússia, além da grande amizade que o ligava a um agente secreto da imperatriz, um homem vivido, de nome Major Jorge Antônio Schaeffer.

Os olhos de Schneider brilharam. Abriu a boca como se fosse falar. Mas não disse nada. Apenas coçou a orelha.

– Você já ouviu falar no nome desse homem? – disse Gründling.

O outro fez que sim com a cabeça. Catarina empurrou o filho para dentro e se encostou do lado de fora da porta. Cruzou as mãos sobre a barriga de seis meses.

– Pois respeite esse homem, Daniel Abrahão – continuou o visitante. – A mando da imperatriz fundou a colônia de Frankenthal, na Bahia, e uma outra, lá mesmo, em que homenageou a senhora da Casa dos Habsburgo. É homem do mundo. Comandou soldados e rebeldes nas ilhas de Havaí. Depois em Sitcha, nas ilhas Sandwich. Foi tenente de ordens do Rei Kameaméa, geriu um negócio de russos e americanos; saiu de lá com ouro que daria para fundir alianças para todas as mulheres da Europa. Veja bem, um agente secreto da imperatriz, pago pela Coroa.

Schneider ouvia o relato cofiando a barba maltratada, acocorado junto à rede onde Gründling se balançava.

– Schaeffer esteve em São Petersburgo, sabe onde fica isso? Pois fica na Rússia. Lá, dormia no próprio palácio do Czar Alexandre I, comia na mesma mesa e dormia com as mulheres da Corte. Os dois eram como se fossem irmãos. O major, se quisesse, teria ficado por lá, seria hoje conde ou duque, senão príncipe, que havia princesas solteiras.

Depois disse: Daniel Abrahão, você, a mulher e o filho vieram para o Novo Mundo por obra e graça do major. O outro disse que sim, pois viera até o Rio de Janeiro no navio *Wilhelmine* e de lá para Porto Alegre na sumaca *São Francisco de Paulo*, cujo capitão se chamava Henrique Bilske, que além de bom navegador era homem de brio e muito generoso. Gründling disse, uma coisa nada tem a ver com outra; agora o major embarca soldados regulares da Alemanha para o Rio Grande, que D. Pedro I queria homens de exército, hábeis no manejo das armas e com preparo militar para enfrentar qualquer guerra. Além de soldados mandaria de lá casais agricultores e que todos viriam para aquele pedaço de terra onde estava acocorado Daniel Abrahão Lauer Schneider.

Pois então lhe diria o que viera fazer na Feitoria, naquela manhã friorenta de inverno, deixando o conforto do povoado onde até mulheres vindas de Porto Alegre havia, já que ninguém perguntara nada a ele. Precisava voltar, as juntas ainda estavam atreladas às carroças, uma delas sendo consertada. Explicou, um dos *Forter Praken* havia se partido na vinda.

– Eu e meu amigo Schaeffer temos um plano completo, plano de negócios, ideia de ganhar muito dinheiro. Você pode nos ajudar, Schneider, é negócio limpo e rendoso que a gente da Corte sabe e aprova. Mas precisa deixar este chiqueiro, desculpe Dona Catarina, que isto aqui, eu já disse, é para negro e não para branco. A gente precisa de um posteiro de confiança para receber mercadoria desembarcada na Banda Oriental e outro não pode ser senão você, Schneider, que sabe onde tem a cabeça, tem mulher moça e inteligente, que precisa de dinheiro e de tranquilidade para o menino. Veja só, olhe para a barriga de sua mulher, um outro Schneider vem aí. Que pensa você fazer quando ela parir? É um convite que faço de coração aberto, uma oportunidade que estou dando sem pedir nada em troca. Cada um ganha o seu dinheiro.

Schneider disse que desejava muita sorte para ele, Gründling, e para esse bravo Major Schaeffer, amigo da Imperatriz Dona Leopoldina, mas que francamente não entendia o porquê do convite; logo ele, um pobre imigrante, seleiro de profissão, que só estava à espera do seu pedaço de chão para nele construir uma casinha, cuidar dos bichos de criação que o governo daria, sustentar a família e esperar que Deus resolvesse dali por diante.

Gründling sorriu e fez um sinal de desprezo com a mão. Ah, o conformismo daquela gente.

– Eu estou com todo o plano pronto, Schneider, prontinho. E você não vai jogar a sua sorte na palhoça aí do lado. Dou sociedade nos lucros, afinal, em terra estranha, a gente precisa de ajuda, uma mão lava a outra. Veja bem,

Daniel Abrahão, veja bem. Dona Catarina, eu não vou mandar vocês mundo afora de mãos abanando. Escutem aqui – Gründling levantou-se com esforço da rede –, forneço duas carroças com juntas de bois, dou mais quatro juntas de troca, vinte cavalos, que esses animais aqui no Rio Grande são muito fracos e morrem quando menos se espera. Quatro escravos solteiros e mais dois casais, negros escolhidos a dedo, e ainda abro mão desse índio Juanito, descendente de guaicurus e brancos, que além de servir bem conhece o terreno a palmo desse São Leopoldo até a antiga colônia do Sacramento. Ele sabe onde os rios dão vau, vigia as feras de noite e dá recado numa distância de mais de cinco léguas bem contadas, num dia.

Daniel Abrahão ouvia como se o amigo falasse com alguém postado às suas costas. Vou morar onde? Imaginou o campo a perder de vista, as áridas coxilhas barradas pelo horizonte, os abutres, as tempestades varrendo o chão sem abrigo. Onde o próximo ser vivente? Gründling falava com os polegares cravados nos bolsos do colete. Pode estar certo, Daniel Abrahão, qualquer coisa será sempre melhor do que isto aqui. Nada de preocupações, nem feras e nem índios, uma cobra verde que outra, que as venenosas vivem entocadas nas pedras das serras ou na mataria virgem. São terras devolutas, sabe como é, sem dono e nem documento. A gente acampa, abre poço, levanta casa e ninguém mais pode chegar sem pedir licença. Com o passar do tempo a gente planta cerca, escolhe os limites, mais aqui ou mais ali, com as conveniências. Eu queria ter começado a vida com uma oferta dessas, recebendo carroças, negros e animais. E além disso outra coisa: trate de preparar cômodos para quando o Major Schaeffer em pessoa chegar para uma visita. Sim, o major em pessoa. Ele vai querer conhecer o novo sócio, o seu posteiro de confiança. Vai chegar em Rio Grande numa grande galera movida a vapor. Sabe, o major conheceu na Inglaterra uma dessas máquinas. Mas já havia começado o seu árduo trabalho de trazer gente para o Brasil, a pedido de sua amiga Imperatriz Leopoldina. Isso você sabe, Daniel Abrahão. E agora também mercadorias e armas. Mas, por enquanto, só mercadorias e essas arminhas passarinheiras de pregar susto em bugre selvagem. Quantos bergantins, galeras e sumacas ainda estão por chegar? Pois saiba, isto aqui é um grande mercado que se abre e o povo da terra não sabe nada disso, é preciso que a gente que vem da civilização abra bem os olhos e trate de ganhar dinheiro. É o que importa, meu caro, ganhar dinheiro. O resto vem com ele.

Philipp choramingou lá dentro e Catarina deixou os dois, o marido mudo e inseguro, confuso diante do palavrório do outro que não calava, convicto, trescalando confiança por todos os poros.

— Estou lhe oferecendo uma grande oportunidade, uma fatia de terra que não acaba mais, você marca para o norte, para o sul, leste ou oeste e tudo isso em troca de quê, Daniel Abrahão? Em troca de um metro quadrado de terra coberta de mato, numa zona onde vivem tigres e bugres. *Gott verzeihe mir* se isso não for a pura verdade, ela está aí entrando pelos olhos, só não vê quem é cego.

Daniel Abrahão pensou se Deus seria capaz de perdoar Gründling se tudo aquilo não passasse de mentira. Mas continuou calado, deixando o amigo continuar. Havia milhares de cabeças de gado vagando pelos campos e, se as marcas passassem de geração para geração, ainda se encontraria nas suas ancas o ferro dos jesuítas de São Miguel. Sabe, esse gado se espalhou pela Província inteira e vive como búfalos, bastando arrebanhá-los. Manadas inteiras de cavalos, ovelhas e cabritos, água saindo da terra, fria e cristalina, tão rasa que às vezes aflora quando se enterra no solo um mourão qualquer. Do dia para a noite os seus negros cortam árvores e levantam a primeira casa, depois outra, os galpões; eles são mestres em cobertura de santa-fé e todo o serviço de casa pode ser confiado a essa gente. Comida? Levariam o necessário para uma marcha de até trinta dias, mas antes disso estariam lá, à sombra de um umbu ou de uma das grandes figueiras perdidas no campo. Gründling sabia que Catarina escutava tudo através da fina e esburacada parede. Falava em tom de discurso, repisando certas palavras. Remexeu num malote que o índio colocara a seu lado e dele tirou um saco de couro cru onde retiniram moedas – e mais este dinheiro, Daniel Abrahão, para um começo de vida tranquilo nos melhores campos do mundo.

— E eu conheço os campos do Sul da França e as pradarias da Prússia e tudo não passa de um quintal – disse Gründling.

Pois que se mexessem, queria a resposta logo, estava de partida para Porto Alegre onde tinha audiência marcada com o presidente da Província, depois seguiria para o Rio de Janeiro onde aguardaria a chegada do major. Era bom que ficasse sabendo que Schaeffer ficaria muito satisfeito com o ingresso dele como sócio nos seus negócios, muito agradecido a um tal de Daniel Abrahão Lauer Schneider, que ainda lhe era desconhecido, mas já posteiro na Banda Oriental e seu futuro amigo. Valia a pena ser amigo de Schaeffer, perguntasse isso ao Czar Alexandre I, à Imperatriz Dona Leopoldina ou ao próprio Rei Kameaméa, das ilhas Sandwich.

Empurrou Daniel Abrahão para dentro de casa; que fosse conferenciar com a mulher, fosse saber dela, se preferia uma vida de gente, uma vida calma, àquela pocilga de escravos, aos matos das serras onde os bugres atacam e matam, levam crianças prisioneiras para serem criadas como bicho.

– Uma oportunidade dessas não se atira pela janela, como um troço. Vá logo e volte com a resposta na ponta da língua.

Enquanto marido e mulher discutiam em voz baixa, lá dentro, Gründling percorreu o olhar pelos arredores e seus olhos só viram lixo e estrume. O major, na certa, não saberia para onde estavam mandando os seus compatriotas. O Novo Mundo, sim senhor. Embora estivesse com fome, vomitaria se comesse qualquer coisa naquele meio.

Schneider retornou, cabeça baixa, tímido, torcendo as mãos; logo atrás dele a mulher com lágrimas escorrendo pela cara. Gründling estaqueado no chão, braços cruzados.

– E...

Apesar do ventinho gelado, Schneider tinha a testa porejada e as faces vermelhas. Pensou nas palavras, teve medo de gaguejar, conseguiu dizer com voz rouca:

– *Ich habe schon daran gedacht.*

– Pois então, se já pensou, diga.

– Não posso ir, Gründling. A mulher, as crianças, sabe, vem outro filho aí, lugar desconhecido...

Gründling deixou Daniel Abrahão de lado, como um traste, caminhou em direção de Catarina que ficara na porta:

– Seu marido é homem de barba na cara, sabe o que está fazendo. Lamento pela senhora e por esse menino – Philipp havia se esgueirado por trás dela, protegido pela saia larga – e mais ainda por este que nem veio ao mundo – concluiu apontando a barriga saliente.

Catarina enxugou os olhos com a manga da blusa suja e falou manso e devagar, como se estivesse conversando:

– Pode mandar preparar o prometido, Herr Gründling. Nós vamos.

O marido olhou espantado para ela, tentou dizer algo, mas ficou mudo.

– Pois dentro de três dias a senhora terá tudo pronto e a caravana sairá à noite para que ninguém possa bisbilhotar. Mando o aviso – disse apertando a mão dela, com um largo sorriso enrugando a cara.

Os negros e o índio já haviam recolhido as tralhas, como se houvessem entendido tudo o que fora dito. Eles sabiam, por instinto, quando o amo queria partir ou ficar. Gründling apenas acenou para um Daniel Abrahão arrasado, que deixava transparecer um turbilhão de pensamentos contraditórios na cabeça tonta.

Já então as lágrimas de Catarina escorriam francas até o regaço, agarrada à cabeça do filho assustado.

II

1.

FIZERAM OS PREPARATIVOS À NOITE, que alguém poderia denunciá-los ao Monsenhor Miranda Malheiros, inspetor-geral de colonização. Como ladrões, fugiriam acobertados pela escuridão. Enquanto não chegava o aviso combinado com Gründling, Catarina contava e recontava o dinheiro deixado por ele, as moedas retinindo, o azinhavre do cobre esverdeando os dedos; depois misturava tudo e escondia sob a cama de taquara trançada de Philipp. Os trastes, poucos. Mais lençóis, travesseiros, roupas de uso, panelas e chaleiras, talheres e pratos. Marido e mulher quase não se falando. Da decisão abrupta de Catarina ficara nele um ressentimento. Para colher o que ainda pudesse, Daniel Abrahão saía para a rocinha com estrelas no céu; quando voltava para comer ou para dormir, não abria a boca para nada. No fundo, chegara à conclusão de que era a melhor saída para a entaladela em que estavam. Enquanto colhia os legumes e hortaliças, maquinava sobre a decisão, sentia o estômago nauseado e logo um alívio por não haver assumido nenhuma responsabilidade. Se as coisas não dessem certo, Catarina não poderia acusá-lo de nada.

Na noite que antecedeu a da partida, sob uma atmosfera que pressagiava chuva, Daniel Abrahão sentiu a mão da mulher escorregando por baixo das cobertas, tateando, procurando o que ele sabia, o desejo também a lhe escorrer pelas veias, ambos mudos, tácitos, a aproximação mecânica e consentida, as respirações acelerando, um ou dois gemidos abafados, aproveitando o latido esporádico dos cães lá fora. Como nos porões do *São Francisco de Paulo*, naquelas semanas e semanas intermináveis, a promiscuidade pondo a vergonha de lado, os casais aproveitando o barulho das vagas quebrando contra o frágil casco de madeira a ranger, a excitação se alastrando de casal a casal até confundir-se com o bramir do mar. Tão junto dormia aquela gente que os corpos se tocavam, mais de uma vez as mãos tateando outros corpos e pela manhã nem se olhavam, de vergonha. Os dois pensavam nisso naquela noite pesada. Que loucura, santo Deus! Daniel Abrahão aliviado, que Catarina não enxergava a sua cara, os corpos em silêncio, Philipp dormindo ao lado, um roncar de porcos lá fora adivinhando tempestade. Daquela noite ficaria a lembrança das mãos dadas, apertadas, como um a dizer ao outro que nada mudaria entre eles, quer vivessem naquele pé de serra, quer vivessem a vagar naqueles imensos descampados da fronteira. O sono havia chegado assim e assim haviam acordado na escuridão do casebre, quando já ouviam, lá fora, os passos dos outros que reiniciavam o trabalho de todas as madrugadas.

2.

Juanito entregou o bilhete de Gründling a Catarina, sem dizer palavra. Ela sabia o que dizia, mas não tentou decifrar os garranchos difíceis. Quando o marido chegou e abriu o papel, os olhos da mulher brilhavam. Ele confirmava o que mandara dizer ao amigo: estaria esperando meia légua para o sul, seriam guiados pelo índio, início de viagem pelo meio da noite, que caminhassem como os tigres; Juanito daria o exemplo. Andam tão leves, os tigres, que não quebram com as patas uma folha seca. A casa amanheceria vazia, como amanheceu.

A caminhada se iniciou sob chuvas, trovões e relâmpagos. Philipp, debaixo do poncho do pai. Catarina se protegendo com o trançado de taquaras que havia sido a cama do filho. O índio abrindo caminho, pés chafurdando no lamaçal, desviando de troncos e arbustos como se enxergasse no escuro, um gato se anunciando por grunhidos para que os outros soubessem por onde ele ia. Catarina arrastando trouxas e caixotes, roupa colada no corpo, cabelos escorrendo água. Finalmente o bivaque onde os aguardava o próprio Gründling, montado no seu cavalo, bem protegido. As duas carroças juntas, com toldos. Os bois quietos. Daniel Abrahão depositou com cuidado, numa das carroças, o filho ainda dormindo. Catarina jogou as tralhas na outra e subiu na que estava o filho, nela se ajeitando. Com o clarão de um relâmpago Daniel Abrahão avistou o amigo e para ele se dirigiu. Gründling permaneceu montado, apenas um vulto negro e imóvel.

– *Alles in Ordnung*, Daniel Abrahão?
– Tudo em ordem – repetiu o outro.

– Os dois casais de escravos vão na outra carroça, os negros solteiros e Juanito a cavalo, o índio puxando a caravana, mostrando o caminho. E vão ainda mais quatro juntas de reserva, Juanito sabe quando trocá-las, e mais os vinte cavalos do trato. Mando notícias de Porto Alegre. Em menos de dois meses começará a chegar mercadoria.

– Vamos esperar.

– Ah, outra coisa – disse Gründling –, dentro das carroças vai tudo o que prometi. Juanito sabe onde as coisas estão, foi ele quem arrumou.

Estendeu a mão molhada e apertou a de Daniel Abrahão, fria e mole. Esporeou o animal, deu de rédeas e desapareceu a galope na cortina de chuva grossa. Catarina sentiu um arrepio quando um ribombo estremeceu a terra, sacudindo a carroça.

Juanito movimentou o seu cavalo, dando gritos de ordem. As carroças se movimentaram, rodas quase atoladas, os negros tocando os bois e puxando a cavalhada. Daniel Abrahão aboletou-se ao lado da mulher. Era como se o *Wilhelmine* outra vez levantasse ferro, de Hamburgo, rumo ao desconhecido, mares bravios, terras estranhas, feras e bugres. Viajaram a manhã inteira na direção de Viamão. No início da tarde uma parada breve para comer qualquer coisa. Os negros revisaram rodas e correias. As juntas aguentariam até a noite. Catarina aproveitou a parada para dar um ligeiro balanço no legado de Gründling. Disse ao marido que nada fora esquecido, havia de tudo, desde palitos de fogo, charque, açúcar mascavo, velas de sebo, cordas de cânhamo. Na carroça dos escravos dois jacás cheios de galinhas, três sacos de milho, farinha de trigo e de mandioca, até um pequeno tonel de bebida, na certa cachaça, pois quando Juanito bateu nele com a mão espalmada sorriu largo com seus dentinhos de rato, fazendo um gesto de quem bebe. Havia no lote duas vacas de cria; uma das negras fez um terneiro graúdo apojar e tirou para Catarina meia caneca de leite espumante. Catarina preparou para o filho um mingau feito com farinha de mandioca e açúcar. Comeram umas broas de milho que Juanito desencavara de um saco, com lascas de charque cru.

Mas não podiam parar. Temiam que o inspetor-geral de colonização mandasse gente atrás deles, era rancoroso e não admitia desobediência. Então, era tratarem de ganhar caminho o mais depressa possível. Cortando morretes, atravessando sangas e banhadais. Passaram pela estância de São Simão, deixando à esquerda a estância dos Povos, propriedade do intendente de polícia Paulo Fernandes, dali rumando, para os lados de Rio Grande, onde passariam de largo, depois de atravessarem a Freguesia do Estreito e Bujuru. Só depois do Arroio das Cabeças é que tiveram um pouco mais de tranquilidade, quando foram recebidos na estância do velho Silveiro, que cuidava de seu gado e de suas roças com o auxílio dos filhos. Silveiro acomodou de bom grado os estrangeiros que falavam uma língua difícil, conversando um pouco com Juanito: a caravana pertencia a um senhor de nome Schneider, preposto de Herr Gründling. A família ia ocupar terras de bom plantio para os lados do Arroio Chuí.

Daniel Abrahão se reconciliara com a mulher. Traçava planos, agradava-se daqueles largos descampados, enxergando ao longe o debruado das dunas que denunciavam o mar próximo. Olhando admirado para as pastagens queimadas, grandes de perder de vista. Catarina pouco falando, sentindo a criança mexer-se nas entranhas; não dizia quase nada e só respondia às perguntas do marido com movimentos de cabeça. Temia que a criança nascesse durante a viagem. O resto, fosse o que Deus quisesse. A cada solavanco da carroça, esfregava a barriga com as mãos e procurava uma posição melhor para o corpo. A viagem parecia não ter mais fim. De noite o céu estrelado ou grossas nuvens anunciando chuva, e sempre o vasto campo. Lembrava, no breu da noite, a viagem que haviam feito de Salzwedel até Hamburgo, Philipp com febre. Era já o início daquela longa viagem para o desconhecido, mas encontrando gente que falava a mesma língua, as fatias de pão caseiro com geleia de cereja, encontrando nas casas da estrada a mesa posta, as grossas salsichas fumegantes, o saboroso chucrute passado na manteiga.

Daniel Abrahão mandou que Juanito parasse a caravana. Estavam próximos da estância da Tapera. Ovelhas desgarradas corriam espavoridas, os filhotes atrás, fugindo do ataque dos caracarás. Um borrego tropeçou, rolando na grama, quatro ou cinco caranchos bicando, até que conseguiram arrancar os olhos do anilmazinho. Depois atacaram outra presa, enquanto o borrego saía berrando cego, perdido da mãe. Juanito tirou de uma caixa a espingarda, Daniel Abrahão tentou correr em defesa dos bichos. No alto os urubus faziam voos lentos, haveria carniça em breve.

– Daniel Abrahão – gritou Catarina –, deixa os bichos. Não são nossos e não vamos perder tempo.

– Mas é uma crueldade!

– *Welche Torheit*! Vamos passar o dia nisso.

– Pelo menos alguns tiros. Os gaviões fugirão. Um tiro, pelo menos – disse Daniel Abrahão.

– Não – retornou autoritária Catarina. – Não vamos gastar munição à toa, pode nos fazer falta amanhã ou depois. Ninguém sabe o que temos pela frente.

Fez sinal para Juanito continuar a marcha. Não quis mais olhar o massacre dos borregos, os bichinhos de órbitas vazias correndo sem direção, até caírem sem fôlego. E os urubus já em voos rasantes, pousando nas proximidades, esperando a sua vez.

Estavam agora na faixa do Albardão e eram mais numerosos os rebanhos de carneiros, sem cão de guarda e nem pastor. Cheiro de maresia, mar próximo. A estância de Medanos-Chico se anunciando pelas plantações de trigo, as roças cercadas. Três choças apenas. A maior delas para o dono; outra para os escravos, talvez peões; uma última, apenas coberta, para abrigar espigas de milho e utensílios agrícolas.

O dono da estância, José Mariano, surgiu na porta da casa, cara intrigada, espingarda na mão. Juanito foi a seu encontro. Disse quem eram, pedia licença para uma pousada curta, dormiriam nas carroças mesmo. O velho acenou para o lado das carroças, mandando chegar.

Com o auxílio do índio carneou uma ovelha, preparou um braseiro cavado na terra e comeram quase em silêncio, de vez em quando o dono da estância trocando uma que outra palavra com Juanito, os negros virando os espetos nas brasas e servindo na mesa de tábuas. Noite escura, Philipp dormiu aconchegado à mãe, na carroça, Daniel Abrahão caminhou um pouco pelo campo próximo, fazendo a digestão, quando avistou dois vultos a cavalo; viu quando apearam à porta da casa, a luz do lampião balançando na mão de José Mariano. Os homens entraram, reparando no índio do lado de fora, espingarda na mão, cara desconfiada. Juanito ouviu a conversa. Eram dois soldados que vinham dos lados do Uruguai. Levavam notícias de um movimento estranho na fronteira, assim como se estivessem em preparativos de guerra. Comunicariam o fato ao comando da guarnição de Rio Grande. José Mariano deu a eles o que sobrara da ovelha assada, mandou dois negros trocarem os seus cavalos, os soldados prosseguiriam viagem noite adentro, que tinham urgência em chegar.

Daniel Abrahão acordou a mulher para contar o que vira. Ela disse que era mau presságio soldados por aqueles lados. Que andariam eles fazendo feito batedores em tempo de guerra? Schneider deu de ombros, não havia de ser nada, soldado sempre existiu no mundo. Mais um ou dois, e daí? Deitou-se ao lado da mulher, como se fosse dormir, mas não conseguiu. Não gostara também daqueles soldados mal-ajambrados, da pressa em partir, o dono da casa mandando trocar os cavalos sem pensar duas vezes.

– Estás dormindo, Daniel Abrahão? – perguntou em voz baixa a mulher.
– Não. E por que você não dorme?

– É melhor a gente continuar a viagem o mais cedo possível.

– É melhor – disse o marido virando-se para o outro lado. – Pelos sinais que Juanito me fez não estamos muito longe. Seis horas de marcha, entendi. Dorme, mulher.

Antes de partirem, o dia mal clareando, foram levados pelo índio para verem José Mariano fazendo com que dois cachorrinhos mamassem numa ovelha amarrada num palanque. Eles não entenderam, mas o índio sabia que era para que se tornassem amigos, acostumados uns com os outros, assim os cachorros, quando crescidos, cuidariam melhor dos rebanhos. Alimento para eles era só carne cozida. Isso faria com que eles não matassem os borregos e nem comessem os que fossem atacados pelos caranchos.

O velho ajudou Juanito a trocar as juntas cansadas por outras laçadas na hora. Catarina quis pagar, ele recusou. Boi sobrava, iam ser vizinhos.

Quanto mais perto da fronteira, mais cruzavam com espanhóis de chiripá, pele queimada de sol, olhinhos espremidos de índio. Juanito apontava para um lado e dizia soletrando as palavras "Lagoa Mirim". Apontava para o lado contrário e dizia "Lagoa Mangueira". Então, dizia Daniel Abrahão para a mulher, o mar não ficava bem ali. Mas o cheiro que o vento trazia era de mar. Se não ficava perto, era coisa de pouco além. As carroças prosseguiam, inventando estrada pelos campos; só Juanito sabia a direção. Quando tinha dúvidas galopava de um lado para outro, estacava, farejando o ar, voltava rápido e corrigia a direção das carroças.

Numa dessas galopadas, não voltou. Continuou até encontrar, ao longe, uma grande e frondosa figueira. Ficou dando voltas ao redor do tronco, aos gritos, acenando sempre para a caravana que se aproximava lentamente. Por vezes empinava o cavalo, dava voltas em torno das carroças, apeou e correu para junto da árvore, apontando para seu tronco lanhado a facão. Era aquele o lugar mencionado por Gründling. Não muito distante pequenos capões de mato ralo, um olho-d'água na beira de um banhado, um córrego minguado correndo pelo campo, sinuoso, cobra molhada cercada por arbustos mais encorpados. Estavam em casa.

Catarina e Daniel Abrahão desceram, o filho pulou da carroça, os três circunvagando o olhar pela paisagem deserta, curiosos, pois ali fundariam uma estância, o nome se veria depois; ergueriam as suas casas, os galpões, plantariam árvores e sementes, hortaliças e trigo. Catarina sentou na grama, derramando a barriga por cima das coxas; estava com os olhos úmidos, mas disposta a não chorar. Daniel Abrahão foi ajudar os escravos a escolher o melhor sítio para construir o rancho principal. Soltos, os animais ficaram por ali pastando. O índio descarregando as tralhas, dois negros armados de facões saíram em busca de árvores nos caponetes, as negras reunindo gravetos para um começo de fogo, havia muito que passara o meio-dia.

A primeira noite os encontrou num bivaque formado pelas carroças, ao centro uma fogueira onde um tripé sustentava uma velha chaleira, Catarina se aprestando para fazer a primeira comida para os estancieiros Lauer Schneider.

3.

Paredes de varas trançadas, rebocadas de barro, cobertura de palha, duas peças, mais uma outra choupana para os escravos. Juanito sem querer nem teto, nem paredes. Bastava para ele o chão duro debaixo de uma carroça desatrelada. Queria a liberdade do céu e dos campos que se perdiam no horizonte. Philipp descobrindo os arredores, o olho-d'água, o banhado raso, os sapos verdes de olhos parados, o papo inchando e desinchando. Os lagartos que fugiam por entre as pedras. Juanito gesticulava diante do casal que parecia não entender nada.

– Estância de Jerebatuba.

Um nome muito difícil de repetir. O índio insistia. Os dois sorriam. Então Juanito tentou dizer que naquela estância morava havia muitos anos um francês de nome Delmont, que fora enforcado num dos galhos daquela figueira. Soldados do outro lado da fronteira haviam feito o serviço contra as ordens dos seus chefes. Então os chefes mandaram dependurar os assassinos no mesmo galho maldito. Mostrou as marcas no galho. Daniel Abrahão começou a entender a história, de tanto o índio repetir e gesticular. Catarina quis saber o que dizia Juanito e o marido inventou outra história. Mas ela havia visto o índio apertar a própria garganta com as mãos e botar a língua de fora, arregalando os olhos.

– Para mim – disse ela –, Juanito está contando a história de como morreu o dono destas terras. *Ach du meine Güte!*

Semanas depois já tinham água fresca em casa. Os escravos tinham cavado um poço, não muito fundo, as laterais forradas com pedras, dois postes sustentando a trave onde corria a corda de cânhamo, levando e trazendo o balde. Dos dois jacás, menos da metade das galinhas havia sobrado. A maioria fora comida durante a viagem. Catarina quisera, por tudo, economizar milho para o plantio, quando chegassem. Da estância da Tapera viera meio saco de trigo em grão; os escravos sabiam como e em que época plantá-lo. Por sua vez, havia gado xucro pelas redondezas e Juanito e os negros trataram logo de arrebanhá-lo. Carnearam um boi. Pela primeira vez a família de Hamburgo comia o seu próprio churrasco, estendendo depois o resto da carne em compridas varas, para secar. O corote de cachaça foi aberto e Catarina precisou controlar, que os olhos dos homens brilhavam.

– *Zum Wohl!* – repetia Daniel Abrahão.

– Um traguito a mais – pedia Juanito.

Catarina deu mais um pouco e arrolhou o corote. Não queria ver ninguém bêbado na sua estância.

Semanas depois – último mês do ano – nascia Carlota, ajudada pelas duas escravas que se revezavam em ferver água, preparar os panos e cortar o umbigo. Philipp ficou sabendo do nascimento da irmãzinha pelo pai, quando desbravava o alto da figueira, as formigas amarelas ferrando a sua carne branca, ele subindo cada vez mais alto. Lá de cima, como da gávea de um mastro de navio, gajeiro, ele gritou para o pai e a mãe que enxergava – apontando para o oeste – uma grande quantidade de água, uma lagoa ou, quem sabe, o próprio mar, que a bruma do horizonte não deixava ver o fim. De lá ele avistava o mundo inteiro, para qualquer lado que se virasse. Aquele seria o seu mundo. Daniel Abrahão calculou que deveria estar a pouco mais de duas léguas do mar, do oceano pelo qual viera da pátria distante.

Naquela noite, Philipp dormindo, os escravos recolhidos, Juanito acomodado debaixo da sua carroça, Daniel Abrahão se achou mais conformado com o mundo. Ao lado da mulher, num embrulho de panos, a filha que recebera o nome da avó que ficara em Hamburgo. Um dia, estaria vivo, quem sabe, ela se casaria e ao primeiro filho daria o nome de Daniel Abrahão, em homenagem ao avô que não temera o mundo. Se fosse mulher, se chamaria Catarina. A avó tinha tido o seu valor, nunca temera os bugres e nem as feras, atravessara o oceano sem uma queixa, soubera decidir as coisas na hora. Isto mesmo, a primeira neta se chamaria Catarina. Pois aquela era a sua estância, terra a perder de vista, gado que começava a ser arrebanhado, teto seguro a ser melhorado, charque para todos os dias. Daria um nome à estância. Não se lembrava mais do nome dado por Juanito. Um nome que não servia. Muito difícil. Pensaria nisso depois.

4.

Um dia, o improvisado grumete Philipp, do alto da sua gávea, gritou que enxergara um ponto negro e movediço que vinha naquela direção. Houve uma correria lá embaixo, o pai e a mãe dando ordens que ninguém entendia. Temiam que fossem soldados da Banda Oriental, internados já em território da Província, quem sabe até os inimigos mencionados pelos dois soldados na Medanos-Chico. Catarina ordenou que o filho descesse, Daniel Abrahão e Juanito se armaram de espingardas, os negros foram mandados para dentro, uma das negras carregando a pequena Carlota no colo.

O grupo parecia mais perto. Homens a cavalo, podiam calcular pelo menos três carroças. Logo depois viram que eram cinco, das grandes, cada uma delas puxada por duas juntas. Um cavaleiro se destacou do grupo e se aproximou a galope, acenando com a mão que empunhava um rebenque.

– Frederico Harwerther – gritou Daniel Abrahão.

Ficou tão emocionado ao reconhecer o velho companheiro da cervejaria da colônia de São Leopoldo que, ao abraçá-lo, teve vontade de beijar a cara barbuda do compatriota.

– O Frederico, Catarina, o Frederico!

O amigo foi até onde ela estava e apertou a mão de Catarina. Esfregou os cabelos rebeldes do guri, que se agarrava assustado à saia da mãe, fazendo sinal para que o grupo se acercasse. Os homens apearam, eram mais de dez, muitos castelhanos, dois índios. Juanito trançou língua com eles e se alegrou quando puxaram dos aperos cuias e bombas para o chimarrão. Viu quando tiraram de uma das carroças um saco e dentro dele a erva verdinha e cheirosa. Correu para botar água no fogo. A escrava devolveu Carlota para a mãe.

– Mas então, vejo que chegou outro herdeiro, Daniel Abrahão – disse o amigo.

– Herdeira, Frederico. Chama-se Carlota, nome da minha mãe.

As carroças começaram a ser desatreladas. Frederico e o dono da casa deixaram os homens nesse trabalho e foram beber algo em comemoração, uma cachaça trazida pelos visitantes, em garrafas. Que diabo andaria fazendo por aquelas bandas Frederico Harwerther, se o deixara na colônia e Gründling nem sequer tocara em seu nome quando do trato que fizera? As voltas que o mundo dá.

– *Zum Wohl* – exclamou Frederico, erguendo a caneca.

– À saúde – retribuiu Daniel Abrahão.

Catarina sentou numa banqueta, ninando a filha e observando a alegria dos dois. Não sabia bem o que pensar. Frederico vindo da Banda Oriental, com aqueles castelhanos todos, cinco carroções carregados.

– Pois a mercadoria está aí, Daniel Abrahão. O primeiro carregamento do nosso amigo Gründling – disse Harwerther abrindo os braços, sorridente.

– A mercadoria de Gründling?

– Pois então? Tudo de acordo com o combinado. Quatro dos caixotes que estão aí são para vocês e ficarão aqui. Um presente de Gründling que a estas horas deve estar de rega-bofes com o Major Schaeffer, na Corte. Sabe, o major chegou e está no Rio.

– E isto tudo veio de lá, trazido pelo major?

– Não, um momento. Essa mercadoria foi descarregada em pleno mar. Passou de uma galera para uma sumaca e eu ali, depois do Chuí, esperando.

– E que mercadoria é esta, Frederico? – perguntou meio desconfiado Daniel Abrahão.

– Mercadoria, meu velho. Para Gründling e para o Major Schaeffer não se deve perguntar muita coisa. Eles pagam bem, será difícil encontrar patrões iguais. Dois homens de lei – disse Frederico, levantando-se.

– Eu aqui e você do outro lado, se estou entendendo.

– Isso mesmo, cada um no seu posto. Você precisa construir um galpão maior para resguardo da carga. O pessoal que vem de São Leopoldo para buscar a tralha sempre pode demorar mais do que o previsto. Eu fico esta noite aqui, com o meu pessoal, e amanhã cedo retorno. Mas como é? Não se bebe mais nesta casa? Com sua licença, Dona Catarina, hoje é dia de esquecer o mundo. Afinal, dois velhos amigos se encontram e isso merece comemoração.

Como Catarina desconfiava, os homens terminaram a noite bêbados e foi preciso que os escravos os acomodassem. Até Juanito, no porre, lançava gritos de guerra, terminando por ser carregado para debaixo de sua carroça, onde sempre deixava preparados os xergões e um serigote à guisa de travesseiro. Ao clarear do dia, depois do chimarrão – eles já não dispensavam a beberagem amargosa –, Frederico agrupou a sua gente e iniciou a viagem de volta, levando as carroças vazias, mas deixando as cuias, a erva e muita garrafa ainda cheia.

Quatro caixotes, os menores, traziam bem visíveis o nome de Schneider pintado na madeira. Ele e a mulher, auxiliados pelo índio, começaram a abri-los e quando as tampas saltaram Catarina achou que estava sonhando. Daniel achava que nada era real: ferramentas para trabalhar a terra, sacos de sementes de hortaliças, pratos, xícaras e talheres, cobertores da melhor lã, agulhas de aço, fazendas e caixas com linhas de várias cores. Quatro espingardas e caixas de munição. Espingardas não mais de pederneiras, mas de cartuchos com espoletas, tipo *Forsyth*. Dois sacos de farinha de trigo, alva como a neve. Vidros com fermento especial. Daniel Abrahão não se conteve:

– Vamos ter pão, Catarina, pão igualzinho ao que a gente comia em Hamburgo!

Era como se tivesse caído maná do céu. Daniel Abrahão estava a ponto de chorar. Juntou as duas mãos:

– *Himmlischer Vater, wir danken Dir von ganzem Herzen...*

Catarina apertou ainda mais a filha nos braços e repetiu com o marido:

– Pai celestial, graças te damos de todo o coração...

Até um colar de contas pretas para Catarina. Sapatos de lã para Philipp e um magnífico, extraordinário, par de botas para ele, Daniel Abrahão. O couro preto, brilhante, o cano alto com os puxadores de lona.

– Nunca vi nada igual na minha vida!

Naquele dia mesmo começaram a pensar na construção de um forno para assar pão. Os negros amassavam o barro tirado da sanga, numa forma feita por Daniel Abrahão com as tampas dos caixotes. Juanito moldava os tijolos que eram esparramados no chão para secar. Alguns dias depois cozinharam os tijolos em grandes braseiros e assim iniciaram o forno de cobertura redonda, deixaram secar a argamassa de barro e fizeram a primeira fogueira dentro dele. Catarina preparou a massa, fez os pães redondos, dando em cada um deles um talho de facão. A primeira fornada, embora tivesse ficado meio abatumado, constituiu-se numa festa. Daniel Abrahão cantarolava uma velha canção da *Altmark*, arrastando a mulher, sob protestos dela, numa dança grotesca que arrancou gargalhadas dos escravos e de Juanito que nunca tinham visto aquilo. O pai queria ver Philipp comendo pão. Mais e mais. Ele achava que o filho não se lembrava do gosto. Queria que Carlota provasse. Um pedacinho só na ponta da língua. O autêntico pão da Alemanha. Catarina virou o corpo e escondeu a filha:

– *Das geht nicht*! – exclamou horrorizada.

– Essa não, por quê? – quis saber Daniel Abrahão ainda dançando. Pão é o alimento de Deus, não faz mal a ninguém.

Para a outra fornada tiveram de reconstruir o forno que havia rachado quase por inteiro. Mas o pão não abatumou, e as negras, daí por diante, aprenderam a preparar a massa e tudo era feito sob medida para economizar farinha.

As outras caixas com mercadorias ficaram guardadas sob um telheiro baixo de capim seco, com parede lateral feita de galhos finos, serviço dos negros que iam buscar árvores nos caponetes mais distantes. Philipp passava parte do dia no seu posto de observação no alto da figueira. Cuidava o norte, de lá viriam os carroções buscar a carga trazida por Harwerther. Só descia para comer, o dia inteiro passava sentado num trançado de galhos, os passarinhos quase ao alcance das mãos, as borboletas que pousavam nas folhas – com todos os bichos ele conversando, dando recados muito sérios para amigos imaginários que estariam em outras figueiras, também nas suas gáveas, cuidando o horizonte.

   Menino, cuida do trabalho – gritava o pai lá de baixo.

   – Estou cuidando, pai – dizia ele numa voz carregada de vento.

   Até que um dia ele descobriu um pontinho no horizonte, vindo do norte.

   – Eles estão chegando, pai!

   – Cuida com atenção para ver se são eles mesmos – recomendava Daniel Abrahão.

   Novas correrias, vá que não fossem amigos, nunca se sabe. Ordens de Juanito para os negros. Carlota voltando para o casebre dos escravos, as espingardas preparadas, as melhores coisas escondidas.

   – Vem muito homem a cavalo e também carroças – avisou mais uma vez o gajeiro.

   – Quantas carroças?

   – Espere aí, três, quatro, cinco. Acho que cinco carroças, pai. Cinco mesmo.

   De onde estavam, Catarina e Daniel Abrahão viam a caravana se aproximando. Na certa eram os homens de São Leopoldo, os prepostos de Gründling. Philipp desceu para ficar junto da mãe. Os cavaleiros se destacaram das carroças e se aproximaram, apeando sob a figueira. Marido e mulher se entreolharam, espantados. Um deles era João Carlos Mayer, o velho amigo das bebedeiras. Parecia tudo combinação.

   Então Gründling, naquelas noitadas da Praça do Cachorro, estava preparando a sua gente?

   – Mayer, com essa eu não esperava! – exclamou Daniel Abrahão.

   – E por que não, pode-se saber? – disse o recém-chegado abraçando o amigo.

   Depois foi cumprimentar Catarina, puxou os panos para enxergar a cara do nenê. Homem ou mulher? Mulher, muito bem. Carlota, bonito nome. Ah, nome da avó.

   – Harwerther já esteve por aqui?

   – Já – disse Daniel Abrahão –, e a mercadoria está toda ali bem guardada, esperando pelas tuas carroças.

   – Ainda bem – disse Mayer, tirando o chapelão de abas largas –, agora quero um trago para refrescar. Não precisa economizar que trouxe dois corotes, dos grandes, da melhor aguardente de Torres. Dessa você não conhece.

   Entraram, Juanito atendendo os homens, Catarina mais uma vez foi sentar-se no tamborete, sem vontade de entrar na conversa.

– E a Feitoria como vai? – perguntou Schneider.
Mayer bebericou sem pressa, olhar percorrendo a peça acanhada. A Feitoria na mesma. Não acontecera milagre nenhum, corria tudo como sempre. O inspetor das colônias sim, esse inovara: valentões e bêbados mandados para os lados de Torres, enchendo carretas que ninguém sabia se chegavam lá. Imaginem vocês, justo para os alambiques. Nossa gente do *São Francisco de Paulo*? Como Deus quer. Quase todos acomodados nos seus lotes, demarcação para amanhã, paciência que não se pode fazer tudo de um dia para o outro, divisas assim de um taquaral ou de um cinamomo até uma estaca de guaraúna, valo aberto no chão com enxada como linha divisória, tudo dependendo da boa veneta dos lindeiros; brigas de morte porque a mulher de um lavou roupa a montante do córrego, a outra querendo beber água a jusante. Desgraças mesmo, poucas, tirante o ataque dos bugres à família do Francisco Hormann, casado com Maria Cristina. Ele viúvo com um filho de dois anos que até hoje não foi encontrado. Daniel Abrahão, ah, Catarina, de que nós escapamos! A gente naqueles matos, que Deus Nosso Senhor nos livre, os bugres levando Philipp, roubando Carlota. A todas essas o governo de braços cruzados, pois fizemos muito bem em sair de lá, tarecos às costas, é verdade, mas agora no campo aberto, sem tigres e nem selvagens. Aqui se dorme de porta aberta, se poderia dormir, não fossem os mosquitos. Gründling tinha razão. Mayer limpando as unhas com a ponta da faca, ouvindo, na verdade nunca se sabe onde estar seguro. Eles que reparassem bem, Mayer não estava ali para alarmar ninguém, queria sossego, dinheiro, morrer de velho, enquanto isso a gente lá de cima falando em guerra para estas bandas, o general castelhano Lavalleja querendo invadir o Brasil. O comando militar mandando fortificar Rio Grande, tudo isso cheirando mal para quem vive do seu trabalho. Daniel Abrahão teve um sobressalto: Mayer, se isso acontece nós estamos no caminho natural da briga. Mayer, pode ser que sim, pode ser que não, ah, fronteira grande essa. Bagé e São Gabriel é que parecem estar mais na mira dos castelhanos, mas o que pode incomodar é a esquadra imperial navegando por estes mares, nas mesmas águas das nossas sumacas, amanhã ou depois querendo botar a mão na mercadoria, o que interessa no caso. Daniel Abrahão soturno. Outra rodada de cachaça? Mayer fez que não, o corpo estava pedindo sono, carga já nas carroças, queria partir com estrelas no céu. Boa-noite, felicidade, amanhã a gente nem se vê, quero aproveitar o dia todo.

5.

O verão trouxera consigo as primeiras espigas douradas de milho, o gado crescera pelos arredores, a casa ganhara mais uma peça e tinha agora a luz de dois candeeiros chegados entre os apetrechos enviados pelo sócio e amigo Gründling – havia hortaliças apontando na terra e uma das escravas ficara prenhe. Schneider fazia incursões mais distantes em busca de perdizes e de marrecões, sabia como apanhar capivara num banhadão a cerca de duas léguas: aprendera a evaporar a água do mar, trazida em pipas, para com o sal preparar o charque. Já colhia mandioca, batata e cebola, que a terra solta era especial para isso; a mesa começara a ficar mais farta e variada.

Dois outros carregamentos haviam chegado e partido, quando os amigos novamente se encontravam e bebiam juntos, traziam encomendas para Frau Catarina, rebuçados para os meninos, óleo de peixe para os lampiões, panos de algodão para os escravos.

Quando Harwerther chegou com novo carregamento – e desta vez com três carroças e três carretas –, Daniel Abrahão notou que o amigo estava inquieto, nervoso, falando em suspender as viagens, havia enxergado movimento de tropas do outro lado e sentiu que alguma coisa de anormal estava acontecendo. Não estava gostando disso. Ou poderia estar? Que achava o amigo dessas coisas? Ou não era para ligar?

O amigo não soube responder. Não vira nada, sabia só por ouvir dizer. Mas também não estava gostando.

– Seria uma desgraça, Daniel Abrahão. Nem sei se Mayer chegará em tempo de pôr a mão nessas duzentas espingardas.

– Espingardas? – disse Schneider arregalando os olhos.

– Claro, espingardas, meu velho. Não vai me dizer que não sabia, ora essa. É um negócio até melhor do que muitos que andam por aí. O diabo é se os gringos descobrem. E pelo que sei eles já andam desconfiados ou alguém foi contar das sumacas desembarcando carga no Chuí. Pelo sim, pelo não, desta vez vou voltar pelas alturas de Jaguarão.

Catarina veio para junto deles que estavam calados, vendo os homens tirando os caixotes das carroças, o suor escorrendo pela cara e pelo pescoço dos gringos, ia tudo sendo empilhado sob a proteção de palha. Daniel Abrahão olhou para a mulher e disse com voz cava, devagar:

– Eles estão descarregando as espingardas, Catarina, as espingardas. Mais de duzentas – prosseguiu como se não houvesse notado a cara de espanto da mulher –, arma que não acaba mais. E munição também. Dá para um batalhão.

– Você sempre soube que trazia armas? – perguntou Catarina para Harwerther.
– Mas eu fui contratado, desde o início, para isso. Vocês dois não sabiam de nada? É um bom negócio, isso não se nega, mas tem os seus riscos. Eu estava dizendo para seu marido que desta vez vou voltar por Jaguarão e se for o caso largo mão até do negócio. Mayer que leve este carregamento e estamos conversados. Ou não estou certo? Eu não quero que usem do meu pescoço a não ser para dependurar o lenço.

Ao cair da noite Harwerther já havia reunido os seus homens, apertou a mão de Catarina, abraçou o amigo e seguiu para leste. Antes de partir ainda disse:

– Se Mayer chegar amanhã ou depois façam ele carregar logo as carroças e desaparecer. Que vá descansar para os lados de Rio Grande, com as costas quentes.

Marido e mulher comeram em silêncio, acomodaram as crianças, diminuíram a luz do candeeiro e foram sentar do lado de fora da porta.

– E se eles, os gringos, chegam antes de Mayer? – perguntou Catarina.
– A guerra não é com a gente. Podem chegar para comer e beber, se quiserem dormir que durmam, ora bem. Na cobertura a gente diz que tem semente para plantio, ferramenta, qualquer coisa.

– E se descobrirem as armas? Gründling nunca nos disse nada sobre armas. Se descobrirem vão querer te dependurar naquele mesmo galho da figueira.

Estavam no escuro, Catarina não pôde ver a reação do marido. Houve um longo silêncio.

A gente devia ter ido com Harwerther – disse Schneider.
– E abandonar tudo aqui, sem mais nem menos? As casas, os bichos, as plantas e todo o resto? Isso não, nunca. Depois desse trabalho todo, do sacrifício que se fez. E mais, agora peguei amor a esta terra, ela é minha, força nenhuma me tira daqui – disse Catarina.

– A gente devia ter ido com Harwerther – repetiu ele, como se falasse consigo mesmo.

Ficaram muito tempo sem dizer nada. Catarina imaginando aquelas duas sentinelas que vira na Medanos-Chico, multiplicadas agora por mil. Dois mil bandidos procurando o inimigo e eles ali, naquela solidão, bem no meio do caminho. Gostava mais de pensar deitada.

– Vamos dormir, amanhã será um novo dia – disse ela entrando e puxando o marido.

Catarina acendeu um lampião com a luz bem baixa, apenas para que fizesse fumaça e assim espantasse os mosquitos. Ficaram os dois de costas um para o outro, acordados. Sabiam que o sono custaria muito a chegar. Daniel Abrahão ficou falando em monólogo, em voz baixa:

– A gente podia pegar as crianças, o resto do pessoal, encher as carroças e sair de madrugada no rumo de Rio Grande. Rio Grande está cheio de tropas imperiais. Esses castelhanos não terão coragem de sair atrás de nós. Um dia a gente volta e recomeça tudo de novo. Pelo medo que notei em Harwerther, essa soldadesca deve ser mais de bandidos do que de soldados mesmo. E com essas armas escondidas aqui vão nos tomar também como inimigos. A gente diz: "deixaram isso aí, nem sei de quem é essa coisa, podem levar, tomem conta". Fala-se com o chefe deles, com o general, podem levar as armas, elas são de vocês. A gente conversando se acerta.

– De vez em quando eu não te entendo, Daniel Abrahão. Em que língua vais falar com eles?

– Tem isso, é verdade. Então o melhor mesmo é ir embora.

Catarina tratou de ninar a filha que ficara inquieta e passou a mão sobre as cobertas de Philipp que dormia a sono solto.

– Pois eu não quero deixar a minha casa e nem as minhas coisas – disse em voz mais alta e autoritária.

– Mas então, qual é o remédio?

Ela não respondeu. Não falaram mais. O sono chegou com os primeiros cantos de galo. Foi quando bateram com insistência na parede de fora e ouviram os berros nervosos de Juanito dizendo coisas que eles não entendiam. Saltaram da cama e encontraram o índio na sua algaravia, apontando freneticamente para o sul. O dia começava a clarear e eles divisaram no horizonte o que poderia ser um exército, uma tropa de homens a cavalo, o paliteiro das lanças, mancha negra quase estática. O faro de Juanito lhe dizia que eram os gringos e Schneider se lembrou, de repente, dos caixotes cheios de armas e munições. Mayer chegaria tarde. Cabelos desgrenhados, mas com a fisionomia dura e decidida, Catarina disse:

– São eles.

Empurrou o marido atônito para os lados do poço, ordenou ao índio que fosse deitar-se debaixo da carroça, escorraçou com gestos os escravos que começavam a aparecer, cada um que entrasse e fosse deitar novamente, apertava os lábios com o polegar e o indicador, dando a entender que ninguém falasse nada. Correu para o poço e ordenou ao marido:

– Desce pela corda e fica lá dentro.

– E tu, Catarina, pelo amor de Deus, e tu?

– Desce – repetiu enquanto prendia a ponta da corda no mourão lateral do poço.

Ele ainda lançou um olhar desesperado para a mulher, agarrou-se na corda e desceu, apoiando-se nas pedras irregulares das paredes. Lá embaixo mergulhou o corpo e quando encontrou pé a água lhe atingia o peito. Catarina recolheu a corda e o balde, desprendeu a ponta que havia atado, voltando calmamente para a porta da casa.

As tropas se aproximaram, parte delas cercou o reduto, alguns soldados cruzaram por entre os casebres, aos gritos e uivos, enquanto alguns deles – pareciam oficiais de dragonas – apeavam, aproximando-se de Catarina que guardava a porta. Um deles perguntou pelo dono da casa. Ela fez um gesto largo apontando para o norte. Onde estava o homem? Pois não falava? Era muda, por acaso?

Juanito já vinha agarrado por dois soldados. Foi atirado aos pés do oficial de dragonas. Este também não fala, é mudo como o resto da família? Pois conheciam uma técnica que já dera bons resultados em frades de pedra. Desembainhou a espada e bateu com ela nas costas de Juanito, de prancha. Então o índio disse que a mulher era alemã, não sabia falar língua de gente, que o marido dela havia fugido para os lados de Rio Grande. Não, não havia fugido, fora levado preso. Quando parou de falar, levou um pontapé na boca. Quando o oficial levantava a espada para bater outra vez, parou com o braço no ar ao ouvir uma algazarra infernal partindo dos seus soldados que haviam descoberto os caixotes e deles tiravam as espingardas.

– *Tiene mas escopetas que un arsenal* – gritou um deles mostrando duas espingardas para o oficial que ainda segurava Juanito pelos cabelos.

Um outro oficial mais graduado, dragonas douradas e túnica cheia de alamares e botões, desceu do cavalo junto ao índio caído. Que explicação ele dava para a presença de todas aquelas armas na casa? Por acaso era um depósito de *efectos de guerra* das forças brasileiras? Que começasse a falar ou nunca mais falaria. Juanito limpava o sangue que saía da boca, não sabia de nada, aquela gente falava outra língua, ele não entendia nada, não podia adivinhar. "*Se queden con las armas, son suyas.*" Catarina sem poder ajudar o infeliz, ainda na porta do rancho, dois soldados cruzando as baionetas na sua frente. Viu quando um soldado, vindo por trás, dera uma coronhada no ombro do índio. De onde estava, Daniel Abrahão ouvia tudo, sem entender, tremendo de medo e de frio, a água enregelando os pés e as mãos. Ouviu nitidamente a voz da mulher que disse "foram uns homens que deixaram essas armas aí". Vamos, índio dos demônios, que disse esta mulher? Ele também não sabia, não entendia o que ela falava naquela língua estranha. Então o oficial da espada quis afastar Catarina da porta e entrar, mas ela se agarrou no dólmã enfeitado com ambas as mãos, tentando impedi-lo. Foi arrancada de onde estava por outros soldados, viu o homem entrar, o choro das crianças, lutava como uma fera, pisando os pés dos soldados, arranhando, mordendo. Philipp apareceu na porta, chorando, e logo depois o oficial trazendo Carlota nos braços. Deu uma ordem aos soldados para que largassem a mãe, entregando a criança de boa vontade. Então o oficial mais graduado começou a falar em tom mais calmo, confabulou com os outros, ordens foram dadas aos soldados mais próximos e todos saíram em busca de alguma coisa, entraram na cabana dos negros, fizeram com que todos eles saíssem, reviraram camas e armários, abriram caixas, na certa procuravam o marido. De repente o coração de Catarina disparou, viu quando dois soldados se dirigiam ao poço, um deles pegou na ponta da corda e jogou o balde lá dentro. Puxou o balde cheio, os companheiros desfilavam para matar a sede. Tornou a descer o balde, outra vez distribuiu água.

Daniel Abrahão enchia o peito de ar e mergulhava. Muitas vezes fora atingido pelo balde e teve a impressão de que já o haviam descoberto, queriam apenas afogá-lo para divertirem-se. Mas os homens bebiam água, falavam entre si, riam e gritavam. Minutos depois lá vinha o balde mais uma vez chocar-se com a água. Descobriu que se ficasse colado às pedras teria mais chances de não ser atingido. Depois passou a remexer com os pés o fundo lodoso do poço, sujando a água. Então os soldados desistiram daquela água que se tornara barrenta e Daniel Abrahão pôde respirar mais tempo.

6.

Os oficiais começaram a dar vozes de comando, a soldadesca montando em desordem, muitos deles carregando pequenos roubos, panelas, chaleiras, roupas de cama, sacos de farinha, o corote de cachaça trazido da colônia, enquanto a maioria levava as armas e as munições encontradas nos caixotes de Gründling. Juanito, que continuava sentado no chão, começou a levar pontapés dos que passavam e depois foi levado por outros até a figueira e lá amarrado com a corda do poço e mais uma vez surrado diante de Catarina que se grudava aos filhos. A maior parte deles partiu em direção do grosso da tropa que já ia distante, deixando alguns piquetes bivacados nos caponetes próximos, como sentinelas.

Os escravos foram desamarrar o índio, que sangrava, levando-o para dentro da cabana. Catarina deitou a menina e mandou que Philipp não arredasse pé da caminha. Foi atender Juanito que tinha o nariz transformado numa posta de sangue, largos vergões no peito e nas costas. Mas não dava um ai, encolhido e sonolento, como um pequeno cão ferido. Catarina mandou buscar uma garrafa de aguardente, ele que ficasse bem quieto, ia arder um pouco, o que arde cura, esses bandidos não perdem por esperar. Uma das negras trouxe uma bacia de água bem esperta e tiras de panos para ataduras. Juanito ouvia Catarina sem entender, mas sabendo que a cachaça passada nas feridas ia arder como fogo. A negra primeiro lavou o sangue ressequido do rosto, de um corte mais profundo na cabeça e dos vergões. Depois a parte de Catarina, embebendo na cachaça um pedaço de pano e passando nas feridas. Ele se encolheu todo e só demonstrou que quase não suportava a dor quando passou a mão na garrafa e bebeu demorado pelo gargalo.

Ao meio-dia Catarina foi até o poço buscar o balde, botou o prato de comida dentro dele e retornou como se fosse buscar água. Daniel Abrahão retirou a comida, encheu o balde de água e fez sinal para que ela o puxasse. Ela se debruçou na borda e disse em voz baixa que havia soldados acampados nos caponetes. Que continuasse lá bem quieto. Antes do anoitecer dois dos soldados vieram buscar charque e fogo, olharam bem para dentro das casas, examinaram com desconfiança o interior da choça dos escravos e voltaram. Noite escura, Catarina via a fogueirinha de um dos caponetes onde sombras adejavam, ouvia um longínquo falar, confundido com o coaxar da saparia no banhado.

Com o prato de janta Daniel Abrahão recebeu uma caneca com cachaça, ele podia pegar uma pneumonia nas águas frias do poço. Mais tarde Catarina botou as crianças na cama, foi ver as feridas do índio e depois sentou num mocho, do lado de fora da porta, tentando perscrutar a escuridão e ordenar os pensamentos. E se eles ficassem por ali uma semana, duas, três, um mês? Fugir, alta noite, era impossível, os cavalos relinchariam, os soldados escutariam o movimento. Eles estavam sempre vigilantes, postavam sentinelas pelos arredores. E de que adiantaria fugirem? Um pouco mais adiante seriam caçados, Schneider cairia no meio do grosso da tropa, uma gente balandronada, sem nenhuma disciplina, bêbados e arruaceiros.

De repente ela notou que a luzinha da fogueira distante apagava e acendia; prestou atenção e percebeu que alguém caminhava naquela direção e seu vulto é que interceptava a luz. Um soldado caminhava para o poço. Levantou-se de um salto e correu para lá. Ué, a senhora por aqui, de noite? Que você quer na minha casa? Volte senão eu chamo os negros. Não se entendiam. Vim buscar água, dona. Onde está o raio do balde? Tateou pela borda do poço, Catarina percebeu o que ele queria, adiantou-se, pegou do balde e começou a descer a corda. Quando notou que estava cheio, começou a puxá-lo. A meio caminho sentiu as mãos do homem enlaçando a sua cintura, o abraço forte, o hálito quente e pegajoso no rosto. Ao tentar defender-se soltou a corda e ouviu o baque surdo do balde cheio lá embaixo. E se tivesse atingido a cabeça de Daniel Abrahão? Teria gritado se a enorme boca, úmida e grossa, não a estivesse sufocando; gritar terminaria por atrair para ali os escravos e o magote de soldados também. Seriam massacrados, inclusive as crianças. Seu vestido foi rasgado, grunhia apenas, que Daniel Abrahão poderia ouvir lá debaixo, talvez gritasse, eles descobririam o marido e o dependurariam naquele galho da figueira. Estava sendo atacada por um animal, seu corpete foi arrancado com violência, aquela boca asquerosa babando o seu pescoço, os seios, mordendo os ombros com fúria. Dobrou os joelhos, a cabeça rodando, agora só a dor das costas nuas de encontro ao areião grosso do chão. As ondas do mar, a branca espuma subindo e se desfazendo no meio das estrelas, estamos naufragando, Daniel Abrahão, onde está o capitão do barco, onde estão as crianças, pelo amor de Deus as crianças. A água salgada entrando boca abaixo, uma lâmina de ferro lhe rasgando as carnes, um tigre bufando sobre o corpo que morria. Um estalido, um pio de ave, a multidão de sapos que voltava a coaxar, a fera desaparecera assustada, quem sabe, pelo enorme silêncio que agora caía do céu, como garoa.

Grossas lágrimas escorrendo pelo rosto, um vulcão nas entranhas, o céu estrelado a rodopiar, o poço de cabeça para baixo. E se escorresse a água e com ela viesse o marido boiando, a sanga se formando, correndo, se dirigindo para o caponete da soldadesca? Daniel Abrahão, por amor de Deus, cuidado.

Pois o vulcão nas entranhas estufava as suas carnes, forçava a garganta dolorida, a cabeça estalando, toda ela numa ânsia sem fim. Começou a vomitar. Vomitou à larga.

7.

Daniel Abrahão adivinhara que um dos soldados se aproximava do poço, ouviu bem a corrida de Catarina, o encontro dos dois, o balde descendo na ponta da corda, depois sendo puxado, cheio, e a sua queda inesperada. Desta vez sim, quase fora atingido. Ouviu o ruído da luta entre a mulher e o homem, o resfolegar bravio do soldado e o silêncio quase total de Catarina. Dela, só a respiração ofegante, um que outro gemido surdo. Água pelo queixo, impotente, a corda solta – restara para ele cravar as unhas nos vãos das pedras, morder forte os lábios e chorar de ódio, sem soluçar. Num silêncio quase igual ao da mulher que estava sendo de outro. Depois mais nada, apenas um retinir de esporas se distanciando.

Muito depois, quanto tempo não sabia, ouviu a voz da mulher quase inaudível pelo ruído da brisa na copa das árvores:

– Daniel Abrahão, precisas de alguma coisa?

Ele sussurrou um "não" a medo. Ficou de ouvido atento.

– O bandido já se foi? Não está mais por perto?

– Ele se foi. Não há ninguém por perto.

Sua voz estava calma como nos dias em que conversava com ele, ninando Carlota.

– Estás bem, Catarina?

– Estou.

– Eles me pagam, juro por Deus Nosso Senhor, eles me pagam.

– Descansa um pouco. Vou para junto das crianças.

Algo se rompera no seu mundo. De dentro para fora. Algo que ela jamais saberia dizer o que havia sido. Pensou, naquele momento, na figura alta e agitada de Gründling, a cara de fisionomia indefinida, os seus olhos sem nenhum calor humano. Soqueou em pensamento a figura imaginária, cortou-lhe o rosto com as unhas, como faria um gato ou um tigre, arrancou-lhe os olhos, viu as suas órbitas vazias. Um ódio que nunca sentira em toda a sua vida e que jamais imaginara pudesse ter. Pensou em Deus e pediu a Ele que a ajudasse a alimentar aquele ódio, dali para a frente ele passaria a ser a razão de sua vida. Quando se afastava do poço, ainda ouviu a voz abafada do marido:

– *Vater unser, der Du bist in dem Himmel...*

Deitada na cama de chão, chorou até ser vencida pelo sono. Seu último pensamento naquela vigília fora para o marido que não poderia dormir, pois que se afogaria.

III

1.

CATARINA TINHA OS SEUS PLANOS. Castelhanos à vista, magotes de outros que voltavam, confabulando num linguajar de metralha, retornando a galope. O inimigo dono do terreno. Pois o negócio era abrir um novo poço. Ela demarcou o lugar onde os negros deviam cavar e mandou que a terra fosse ficando amontoada por ali mesmo. Outros se encarregaram de catar pedras soltas no campo. Os soldados se sentiam em casa. Laçaram, sangraram e carnearam uma vaca, uma brasina de ancas roliças, depois trouxeram a sobra para Catarina. Ela pediu que a carne fosse depositada no piso forrado de panos de uma das carroças. Dois deles ainda ficaram assistindo ao trabalho dos escravos que lidavam com ponteiras de ferro e pás redondas. Um deles fez um gesto, como a perguntar por que cavavam. Ela apontou para o poço, foi até lá e trouxe o balde cheio de uma água pardacenta que mostrou a eles, depois despejou o conteúdo no chão, dando a entender, com a mão, que não prestava para beber. Eles riram. O mais graduado tinha duas divisas no braço, rodopiou o indicador em redor do ouvido. A mulher estava doida, dois poços. Teria sido um dos homens, o da noite anterior? Não qualquer coisa lhe dizia que não. Ambos retornaram para junto dos companheiros, rindo muito. Ficou ao lado dos negros, que cavassem, cavassem, ninguém mais poderia beber a água onde o marido estava metido. Daniel Abrahão estava fazendo as suas necessidades lá mesmo. Os soldados se valiam do regato que serpenteava pelo campo, desaguando na sanga. De lá é que as negras também se valiam. Era preciso cavar. Ao cair da noite começou a aflorar, no fundo, um barro mole. Suspenderam o trabalho quando ninguém enxergava mais nada. Na hora em que descia o prato de comida para Daniel Abrahão.

No meio da noite Catarina percebeu que os soldados dormiam, a pequena fogueira não brilhava mais. Foi até a borda do poço e falou com o marido:
– Ich habe schon daran gedacht.
– Já pensou em quê, Catarina? Vou morrer aqui embaixo, já não sinto os meus pés e nem as mãos.
– Vou descer ferramenta. Faz um buraco aí do lado, tira primeiro as pedras, cava o mais que puderes acima da linha d'água. Mas não faz muito barulho.
Baixou pela corda um pedaço de ferro, um dos *Ackse* das carroças, depois uma pá e o balde.
– Com a ponta do ferro arranca as pedras necessárias, não muitas para não derrear tudo. Enche depois o balde com a terra tirada e me faz um sinal de corda. Eu fico aqui. Pode sujar a água à vontade, estamos abrindo um outro poço.
– Catarina – grunhiu ele desesperado –, vai para dentro que ele pode voltar.
– Cava, homem.
Cada balde de terra que subia era levado para o monte de entulho do poço novo. Assim, de dia, eles não desconfiariam de nada. Catarina cuidando sempre, o olhar penetrando fundo na noite, os caponetes sem fogo, todos cansados ou bêbados. Lá embaixo, como um desesperado tatu, Daniel Abrahão cavando e cavando, baldes e baldes de terra subindo, Catarina com as costas ainda em carne viva, as mãos em ferida.
– Acho que por hoje chega – disse ele –, já consigo entrar no buraco. Só tenho medo de que isso tudo desabe, ainda mais se chover.
– Esquece isso, o céu está estrelado. Entra agora para o buraco, que vou jogar aí dentro algumas achas de lenha para que amanhã, com a luz do dia, possas calçar o buraco.
– De dia é perigoso.
– Não vai ser. De manhã mando fazer uma cobertura aqui em cima.
Trouxe braçadas de lenha, jogou uma por uma, com cuidado, e quando voltou, depois de certa demora, disse para o marido:
– Vai descer um cobertor, agarra aí e não deixa molhar.
O clarear do dia encontrou Catarina dormindo ao lado dos filhos e Daniel Abrahão dentro da pequena caverna, pernas encolhidas, encurvado como um feto.
Três dias depois o poço novo já dava água boa e os negros começavam a empedrar as paredes, ajustando as pedras roliças com argamassa de barro. Fizeram uma tampa rústica para o antigo, atravessando sobre ela um *Langwitt*

da carroça desmontada. Daniel cavara mais, escorara as paredes e já podia dormir com as pernas estendidas. Tinha até o conforto de garrafas com água, charque cozido e pão.

Juanito voltou a andar, capengueando, feridas começando a cicatrizar, apenas o braço esquerdo imóvel – ajeitado numa espécie de tipoia fabricada por Catarina –, algum osso do braço parecia ter-se partido. Pouco podia fazer. Cuidava de Carlota, deitada sobre um pelego na grama, debaixo da figueira. Abanava as moscas e catava as formigas que se aventuravam no emaranhado da lã.

Naquela noite ouviram um tropel imenso de patas de cavalo, vindo dos lados de Rio Grande. Catarina avisou o marido, fechou ainda mais a boca do poço, mandou Juanito esconder-se na casa dos negros, só ela permaneceu do lado de fora, encostada na porta de entrada. Eram os castelhanos voltando. Notou pela correria dos soldados acampados, muitos deles reavivando as fogueiras que agora alumiavam as árvores e os homens. Alguns cavaleiros passaram por entre as casas, mas não se detiveram nem notaram a mulher imóvel. Depois de muito tempo retomaram a marcha em direção da fronteira, amanhecendo um dia vazio de soldado.

Catarina foi avisar o marido:

– Daniel Abrahão, os castelhanos passaram de volta e sumiram.

– Todos? – rosnou ele.

– Não sei, mas acho que sim. Estava muito escuro. O mais aconselhável é esperar um dia ou dois. – Fez uma pausa e perguntou: – A caverna está melhor?

– Está muito boa, podes ficar descansada. Já consigo ficar sentado.

– Queres alguma coisa mais?

– *Unglaublich*, mas sinto vontade de tomar um mate. A gente se acostuma com tudo.

Minutos depois Catarina fazia descer no balde uma cuia já preparada e uma pequena chaleira de água quente. Ele jamais esqueceria o sabor daquele primeiro mate tomado nas trevas. Sua vida ganhava, agora, uma nova rotina. Fazia as necessidades numa lata, para não emporcalhar ainda mais a água, que Catarina trocava todos os dias. Conseguia dormir no seco, sentindo o corpo murcho e os membros lassos. Como um bicho. Lembrou-se da frase de Gründling "cavar a terra como uma toupeira". Um verme. Se a soldadesca havia desaparecido, por que não sair, olhar a luz do dia, sentir na carne o sol forte? Mas Catarina devia saber o que estava fazendo.

Ao meio-dia recebeu o prato de comida com umas folhas que não soube identificar com as mãos.

– São os primeiros pés de alface da nossa horta – disse Catarina com a única alegria daqueles dias.

Ele não pôde ver as alfaces, a sua cor verde-gaio, o talo tenro e branquicento, mas sentiu o sabor delicado e imaginou a satisfação da mulher. Logo depois os gritos dela obrigando Philipp a comer alface, as ameaças de surra com uma vara que ela devia estar brandindo no ar. Teve uma enorme vontade de ver Carlota e o filho. Começou a chorar baixinho e acabou dormindo, com o prato vazio sobre o peito.

2.

Como Catarina temia, surgiram novos soldados vindos do Norte.

Remanescentes dos castelhanos. Tapou a boca do poço velho e recolheu as crianças. Philipp os avistara do alto da figueira. Depois desceu, entrou em casa e ficou espiando por uma fresta da parede. Por fim eles chegaram, eram vinte, no máximo, envergando outros uniformes. Juanito saiu de onde estava, com dificuldade, ouviu quando um oficial perguntou a Catarina se ali não morava um alemão fugido da colônia de São Leopoldo e que traficava com armas para os castelhanos.

– Um tal de Schneider – disse o oficial sem desmontar.

– Ela é mulher dele, senhor – disse Juanito –, mas Schneider foi levado embora.

Catarina entendeu e apontou para os lados do Uruguai. Fez um gesto como a dizer que o marido fora levado de arrasto.

O oficial falou para Juanito:

– Que história é essa, índio? Quem levou Schneider para aquele lado?

– Os castelhanos, senhor. Ele foi preso.

O homem apeou e deu ordem a seus soldados que vasculhassem as casas. Depois de algum tempo eles voltaram, informando que não haviam encontrado o homem.

– Diga a ela que se o encontrarmos será passado pelas armas. Ou degolado – completou com o gesto de quem passa uma faca no pescoço.

Outros grupos chegaram e ali mesmo se dividiram, metade seguindo para a fronteira, metade voltando. Fizeram alto, dois quilômetros além, seguiram para a costa e retornaram, como se não soubessem o que fazer. Por fim desapareceram.

– Daniel Abrahão, eram soldados brasileiros. Pelo que entendi, eles também andam à tua procura. Não sei não, mas o melhor é continuar aí mesmo. Por enquanto.

À tarde, os que haviam seguido para a fronteira voltaram, foram direto para o caponete onde haviam acampado os orientais. Chamaram Juanito:

– Os gringos acamparam aqui. Vamos, fale a verdade, seu filho de uma égua.

O índio, que fora agarrado pelas costas, fez que sim com a cabeça:

– Muitos dias, senhor. Aqui mesmo – apontou para os restos de cinza no chão e para o estrume da cavalhada que ficara sempre à soga.

Laçaram um boi e o trouxeram tocado pelos cavalos. Passaram uma boleadeira nas patas dianteiras, e dois soldados, agarrando-se nas aspas, o derrubaram ali mesmo, sob o olhar de Juanito, que pediu que o soltassem, queria ajudar. Saiu manquitolando, trouxe brasas e armou uma fogueira. Assaram as melhores partes e o resto foi levado para Catarina e o pessoal da casa.

Noite escura, Daniel Abrahão participou da festa, na sua furna, roendo uma costela, feito cachorro.

Como fazia sempre à noite, depois de comer e acomodar as crianças, Catarina sentou-se num banquinho junto à porta, vigiando de longe o poço, o movimento das tropas, ruminando seus pensamentos. Um soldado saiu de trás da casa e se postou à sua frente. Levantou-se assustada, sentiu a mão em garra segurando seu braço e começou a ser levada à força para longe de casa. O homem dizia coisas que ela não entendia, mas era como se entendesse. Foi fácil, o soldado esperava resistência. Estava preparado para isso. Surpreendeu-se com uma mulher passiva, deixando despir-se, às vezes ajudando, facilitando. Céu aberto, dois pontos invisíveis naquela imensidão dos pampas, lua tímida ainda na beira do horizonte, amarelo-âmbar, uma triste lua carcomida. Naquela noite ela não chorou, suas costas estavam protegidas do chão pelo dólmã do soldado. Um soldado qualquer, não importava. Para Catarina, ela estava sendo violada por Gründling. Seu bafo azedo seria mais ou menos o mesmo. O mesmo cheiro de suor de cavalo. Quando as esporas se entrechocavam, ela tornava a ouvir o retinir das moedas naquele dia; enxergava no escuro a sacola de couro cru, a frase de Gründling: "dentro de três dias a senhora terá tudo pronto". Não conseguia lembrar-se de nenhuma frase da Bíblia, alguma que lhe desse conforto ou que justificasse a sua passividade. Não pensava nela, por Deus Nosso Senhor. Não sentia mais nada a não ser ódio e nojo, inclusive de si própria. O homem ficou em pé, com seu vulto tapou a fraca claridade da lua e falou com outro. O retinir, agora, era de esporas diferentes. Sentiu-se novamente agarrada, outro bafo, um cheiro diferente, mais uma vez Gründling insaciado, uma besta no cio, um touro execrando a bufar, as suas carnes e entranhas massacradas, um fogo por dentro e, finalmente – um minuto depois, meia hora, duas –, a solidão.

Quando acordou do desmaio percebeu que estivera ali muito tempo. O vento frio da estação a deixara gelada; não sentia as mãos, não tinha corpo, apenas uma grande cabeça dolorida, as têmporas latejando. Levantou-se com dificuldade, caminhou cambaleando, mal se aguentando nas pernas. Se alguém a visse, diria que estava bêbada. Procurava o velho poço. Debruçou-se sobre as tábuas da cobertura, deitou a cabeça dolorida e conseguiu dizer por entre as frestas do madeirame apodrecido:

– Daniel Abrahão, não precisas de nada?

Ele já devia estar dormindo na sua toca, não se ouvia nada dentro do poço. Já conseguira equilibrar-se de novo, ia tentar chegar em casa. Trinta metros, se tanto. Nisso escutou a voz do marido, muito calmo, rouco:

– Novamente os selvagens, Catarina?

Ela estava chorando, queria apenas dormir.

– Novamente. Hoje, foram dois. Dorme que eu vou para junto das crianças.

Ele começou a soluçar tão alto que Catarina ficou temerosa de o vento levar o choro do marido até os ouvidos da soldadesca por ali acampada.

– Dorme, Daniel Abrahão. Deus não abandona a gente.

3.

Ainda não era bem uma guerra. Os piquetes avançados dos castelhanos invadiam a terra gaúcha, eram enxotados pelos batalhões que partiam de Rio Grande. Arrebanhavam mais soldados, corriam com os brasileiros. A terra de ninguém era, ora de um, ora de outro bando. No meio deles, entre eles, esmagado por eles, o velho poço com Daniel Abrahão prisioneiro, entocado, já conhecendo gringos e brasileiros pelo pipocar surdo das patas dos cavalos.

Quando a noite chegava, ele sabia que Catarina não viria mais perguntar se precisava de alguma coisa. Os soldados ficavam à espreita, rondando por entre as casas, às vezes forçavam a porta, mas esta não cedia. Quando espiavam pelas frestas, a luz fraca de uma lamparina deixava entrever uma Catarina recostada na cama, espingarda nas mãos. Debaixo da terra, o marido ouvia o arrastar de rosetas e apurava o ouvido, temendo que eles terminassem por arrombar a porta.

Morreria naquele buraco. Os cabelos já não tinham mais tamanho, a barba roçando o peito, as unhas encurvadas como garras. Quando chovia ficava marcando o nível da água, de momento a momento conferindo, se subisse encharcaria os cobertores e as roupas. Nos breves momentos de sono profundo sonhava sempre com o *São Francisco de Paulo*, durante aqueles meses de mar. Voltava ao nariz, forte e acre, o fedor dos porões superlotados, as noites de amor coletivo, a voz dorida de uma jovem mulher de Dresden, dezenove anos incompletos, dizendo pesados palavrões ao marido, um rapaz magricela, arreeiro de profissão.

Horas inteiras, agora, ele passava de ouvido afiado, catando um sussurro qualquer de Catarina, um ai, o fole curto da respiração opressa de quem tem sobre o peito o peso de um homem. Um simples arrastar de esporas era o sinal para seu desespero, ainda mais quando isso era percebido na calada da noite. Ficava excitado, também, a imaginação febril trabalhando, Catarina decerto nua, os grandes seios ofegantes, subindo e descendo, banhados pela pálida claridade da lua, o ventre roliço e branco, ainda com as marcas dos talabartes.

Essa foi uma época de inimigos ausentes, parecendo que a Cisplatina havia acabado. Então Harwerther e Mayer retornariam, ele sairia da toca para sempre e voltaria a ver a luz do dia, o céu estrelado, o pôr de sol, a horta, os cavalos pastando. Dormiria novamente com a mulher e conheceria a filha Carlota de quem já ouvia os grunhidos. Às vezes pedia para Catarina erguer o filho na borda do poço e lá debaixo conseguia vislumbrar a silhueta de Philipp, os cabelos ruivos incendiados de sol.

– Estou com as unhas muito grandes, Catarina. Desce uma faca.

Juanito chairou a melhor que havia, experimentando o fio na lã de um pelego. Então ele pôde aparar as unhas, aproveitando a luz do dia, quando a tampa era removida. Nessas ocasiões Philipp subia para a sua gávea, vasculhando o horizonte, atento ao menor ponto negro que vislumbrasse.

Há quanto tempo ele estava naquela furna? Dois meses, um ano, dez anos.

– Quatro meses, mais ou menos – lhe dissera um dia Catarina.

Aproveitou a faca para cortar a barba e os longos cabelos. Sonhava em sair dali. Ao mesmo tempo tinha medo. Se morresse, seria fácil: bastaria entulharem o que restava do poço e sobre ele colocar uma cruz. Daniel Abrahão Lauer Schneider. 1798-1825. Lá em São Leopoldo, uma outra família estaria ocupando as suas terras e delas tirando o repolho para o chucrute envinagrado, as róseas batatas que eram servidas fumegantes, ao molho de manteiga. Pensava em Carlos Frederico Jacob Nicolau Cronhardt Gründling, um nome para não ser esquecido, o generoso e sorridente pagador de cerveja. A voz de

Harwerther, "para Gründling e o Major Schaeffer não se pergunta muita coisa. Eles pagam bem". Onde andaria Harwerther àquelas horas? E Mayer? Pois Herr Gründling, estou cumprindo as suas ordens, enterrado vivo aqui neste poço, a mulher violentada pelos soldados das duas bandas, afinal somos sócios e o negócio me parece bastante rendoso. Chegamos aqui na miséria, temos agora duas lagoas, quando ontem não se possuía nenhuma, dois poços, só as grandes estâncias dispõem de dois poços, um só para fornecer água cristalina para a família, outro só para abrigar das intempéries e dos animais o humilde sócio de Herr Gründling. Dois filhos. Chegamos aqui com um menino, temos agora dois filhos. A família crescendo, a gente no meio desse descampado todo, muito mais fácil para Deus enxergar os seus filhos. De uma coisa o amigo jamais poderá queixar-se, fui obediente, cavei a terra como as toupeiras.

4.

Gründling não escondia a sua satisfação, estava orgulhoso com visita do amigo importante. O Major Jorge Antônio Schaeffer abria as garrafas verdes do melhor rum da Jamaica, corpo largado na grande poltrona da sala de jantar, elogiando a casa grande da Rua da Igreja, você teve bom senso comprando esta casa, ela é digna de um Cronhardt Gründling, falta melhorar os móveis, tapetes aqui dariam calor às peças, quadros e medalhões, substituir os vidros baratos das bandeiras de portas e janelas por vitrais franceses, aquele vermelho que ninguém ainda no mundo conseguiu, vermelho de rubi. Aqui o espinilho divisor de águas, a cidade acomodada a seus pés, ao longe as nuvens que deviam estar sobre São Leopoldo.

– Então aquela gentinha que cacei pelos arredores de Hamburgo, toda ela agora revoltada contra seu criador!

Gründling dizendo que não era bem assim, havia os mais sensatos, os que costumavam pensar pelas próprias cabeças, sem dar ouvidos aos arruaceiros. Mas é sempre assim. Muitos deles morriam de fome na Europa, a única saída era buscar novos horizontes, novas terras, criar raízes e esquecer o passado. Até viagem de graça, tudo pago, doutor a tempo e a hora. Schaeffer ouvindo enquanto bebia. O amigo era testemunha dos seus sacrifícios. Agora, se o governo não dera o que havia prometido por escrito, estavam aí as cartas da própria imperatriz, o depoimento do General Brant, todos os comandantes de navios contratados, o problema não era dele. Sua missão terminava quando o barco levantava âncoras. Gründling em pé, meu caro, mais vale quem vive de consciência tranquila, que se queixem ao bispo. Quando uma criança morria, culpa do Major Schaeffer. Ele riu. Sabe, Gründling, as crianças morrem até na Rússia, sob o olhar generoso do czar. Em compensação, todos os dias nascem novas crianças, a natureza é sábia, meu caro. Não tenho culpa pelas crianças que morrem, como não quero medalhas pelas que são paridas. Você me entende, falamos a mesma linguagem. O major tirara as botas e estendera as pernas sobre um tamborete. Garrafa e copo nas mãos, um bebedor. Degustava com volúpia, espremendo a bebida de encontro ao céu da boca. Cheirando a borda do copo. Gründling sentou, a um gesto seu, para ouvir o que ele contava. Claro, recebia as barras de ouro das mãos do General Brant, mas o que pouca gente sabia era o que sofrera nas mãos dos inimigos do Brasil. Um homem como ele levado às barras do Tribunal de Comércio pela campanha de difamações do celerado Kühe de Wuel. As perfídias do Conde de Grötte. Ah, meu velho, não fosse a dedicação dos majores de Heise e d'Ewald e jamais poderia ter cumprido com a missão do imperador.

– Tem certeza, Gründling, de que as mulheres virão?

Um pouquinho de paciência. Izabela não era mulher de falhar. Elas são como morcego, temem a luz do dia. Melhor assim, havia os sobrados vizinhos, as gordas matronas debruçadas nos peitoris, seios esparramados, de olho na rua. Izabela, a paraguaia, repetiu Schaeffer. Lembrava-se de Brunilde, em Hamburgo, numa velha pocilga perto do cais, descobrindo sempre uma mulher para cada marinheiro. Não gosto de chegar à noite sem mulher. Ganha-se dinheiro para isso. Claro, para a bebida também. Em São Petersburgo, havia uma condessa, Lescova, ou Natacha, pouco importa, uma princesa de carnes tão brancas que eu me divertia apertando o polegar sobre qualquer parte do corpo só para ali deixar uma forte mancha roxa. Ela gostava que eu trabalhasse em cima dela desde que contasse episódios inventados de guerra e de morticínio, e muitas vezes, quando eu descrevia o desfecho, um hussardo espetando a espada no peito do inimigo, ela me pedia chorando que ainda não, ainda não. Eu então prolongava o duelo sangrento até que ela estivesse realmente preparada para o golpe final. Depois vim a saber que ela repetia a mesma história para o marido, sabia a hora exata em que o oficial enterrava a espada no contendor. Você precisava conhecer as mulheres russas.

– Quantas mulheres essa tal de Izabela vai trazer?

– Quatro, o que você pediu – disse Gründling.

Não era exagero. Em Sitcha ele costumava reunir num só quarto oito mulheres. Mestiças especiais, pele da cor de azeitona. O que doía mesmo era a ingratidão desses colonos. Querendo a sua cabeça, procurando intrigá-lo com a Coroa, indispondo as autoridades contra ele. Bateu com a mão numa pequena mala de couro, tenho aqui dentro documentos, provas, cartas escritas pela própria imperatriz. D. Pedro satisfeito com os soldados mercenários. E não só com os soldados, com os cavalos também, que largava tudo o que estava fazendo, audiências, despachos, Domitila, só para passar horas nas cavalariças, dando ele mesmo roletes de cana enquanto alisava as tábuas do pescoço dos belos animais.

– Prometi a essa gente tudo aquilo que me foi autorizado. Agora essa conversa de que a Constituição não permite isso, não permite aquilo. Deviam ter dito antes. Agora que se danem. Sabe, que se danem – disse o major.

Acima de tudo, o imperador queria soldados. Teve os soldados pedidos, ele mesmo os recebera no porto, esfregava as mãos de satisfeito sempre que encontrava um mais alto do que ele, medindo-os espádua contra espádua, na frente de todo o mundo. Pensava, esses alemães vão fazer filhos nas mulheres da terra, surgirá uma geração de homens altos e fortes, louros, rosados. Ah, esse imperador. Levantou a garrafa no ar, de gargalo para baixo, nem uma gota mais. Acabou a bebida nesta casa? Gründling abriu outra. Seria melhor moderar, senão Izabela não encontraria ninguém para abrir a porta. As pobrezinhas sairiam virgens.

Gründling quis voltar ao assunto dos imigrantes. Se eles nada recebessem, os seus negócios marcariam passo. O major fez um gesto de enfado com as mãos. Os imigrantes que fossem à merda, estava cansado deles, não queria mais ouvir falar neles. Por favor, quero falar de coisas mais agradáveis. Volto amanhã como vim, não quero ver a cara de ninguém. Estava meio bêbado. Se Izabela trouxer mulheres velhas tiro a roupa de todas e largo a cambada do lado de fora da porta, como nasceram. Gründling pediu que ele ficasse tranquilo, Izabela era de confiança. Ouviu leves batidas, levantou o dedo indicador, alegre:

– São elas. Veja, estão chegando.

Foi até a porta, abriu meia folha, as mulheres se esgueiraram pela fresta, elas se amontoaram nos degraus enquanto Gründling trancava a fechadura, conduzindo o grupo até o amigo esparramado no cadeirão. Schaeffer reclamou a escuridão da sala, não via direito, queria mais luz.

– Cheguem mais perto. Tragam o lampião aqui.

Gründling obedeceu, as quatro moças formaram uma fila à frente de Schaeffer, Izabela fazendo mesuras.

– Tirem as capas – ordenou Schaeffer –, isso aqui não é nenhum convento. Belas meninas, pois não. E as roupas, que diabo, vão ficar vestidas o tempo todo? Ou são meninas de colégio?

Elas riam entre si, sem entender. Gründling traduziu o que dizia o amigo e Izabela tratou de fazer com que as moças obedecessem, estavam diante de fregueses para os quais nada poderia ser negado. Estava frio, ela sabia disso, mas fazia parte do trabalho. Ia ajudando e amontoando as roupas no braço, de vez em quando sorrindo para o major, como a dizer que tudo estava saindo como ele queria. Gründling foi até uma prateleira e de lá trouxe um vidro de cristal.

– Para esquentar, um cálice de licor dos Três Suspiros.

Enquanto servia, explicava para elas os segredos da bebida. Aguardente, açúcar, coentro, anis, limão e sementes de angélica. Se tem alguma coisa mais, não sei. Ao primeiro gole a pessoa começa a sentir um calor de dentro para fora. Izabela provou, tossiu e disse para Gründling que jamais havia provado coisa igual. Fez as meninas beberem, elas assustadas, nervosas, agarradas umas nas outras, como que envergonhadas diante do estranho, que Gründling era de casa. Schaeffer ria-se, olhar vago, braços pendentes. Olhou para o amigo e disse que queria urinar. Gründling explicou para Izabela e os dois ajudaram-no a levantar-se. A meio caminho o major parou, virou-se e chamou por uma delas. Disse mole para Gründling que não queria ajuda de Izabela e sim das moças. Era bom que elas começassem a conhecer um homem de verdade. Gründling e uma das moças entraram com Schaeffer num dos quartos onde um lampião de chama fraca deixava ver num dos cantos uma bateria de urinóis de porcelana, com grandes tampas decoradas. As outras três permaneceram na sala, medrosas, enquanto terminavam de despir-se. Momentos depois ele retornava, seminu, ainda amparado, arriando-se na mesma cadeira, agora com duas grandes almofadas rapidamente colocadas pelo dono da casa. O membro murcho; caído da braguilha, ele sorrindo sem enxergar, falando coisas que ninguém entendia. A um gesto de Gründling duas das moças vieram para junto do major, escondendo risinhos tímidos, enquanto ele deixava a cabeça cair sobre o peito. Gründling, sóbrio, carregou com as outras duas para um quarto e fechou a porta por dentro. Izabela aninhou-se a um canto, envolta no seu grande chale de lã, desinteressada pelo que estava acontecendo, apenas fazendo as contas de quanto poderia cobrar de Gründling, no dia seguinte. Dependia tudo do tempo em que ali ficassem.

Gründling poupara meia garraia de rum, sabia que era preciso dividir as coisas: – Izabela ouvia os ruídos do quarto e olhava sonolenta para o major dormindo agitado na poltrona. Fez um sinal para as meninas, que vestissem as roupas, a sala estava fria; Schaeffer acabado. Dali ouviam as risadas das companheiras de Gründling contrastando com o pesado silêncio da rua. Que estariam fazendo os fregueses do salão da ladeira de São Jorge?

As meninas sentaram ao lado de Izabela, confabulando em voz baixa, percorrendo o olhar pela grande sala bonita, as poltronas confortáveis a grande mesa central de pés torneados. Receberiam alguma coisa pela companhia feita ao major bêbado? A paraguaia mandou que elas se calassem, o assunto de pagamento era com ela. Deixassem por sua conta.

A porta do quarto se abriu e Gründling surgiu de ceroulas, despenteado, caminhando direto para a garrafa de rum que ficara sobre a mesa. Parou um instante, olhou o amigo que dormia, disse para Izabela que essas coisas acontecem quando os homens têm problemas e resolvem beber enquanto as mulheres não chegam. Foi uma pena, realmente uma pena. O major sabia lidar com mulheres, era uma das suas especialidades. Izabela disse, o rum também. Ninguém pediu a sua opinião, se quer saber. Foi até um guarda-louça de grandes vidros facetados, abriu uma gaveta, remexeu lá dentro e voltou com a mão cheia de dinheiro, entregando-o a Izabela. Ali mesmo as duas receberam a sua parte. Surgiram do quarto as outras duas, abotoando as roupas e amarrando cadarços.

Uma delas disse para Izabela:

– Esse alemão o que quer mesmo é beber.

– Mas paga bem e isso é o que interessa, sua boba.

5.

João Daniel Hillebrand, médico de bordo que um dia chegara ao Brasil recomendado à Imperatriz Leopoldina, enche-se de brios com a Guerra Cisplatina, os castelhanos invadindo território brasileiro, agora também terras de seus patrícios que continuavam a chegar regularmente, redige um memorial endereçado ao Brigadeiro Salvador José Maciel, colocando os alemães a serviço da causa nacional. Trinta e sete colonos marchariam como voluntários para os campos de batalha. O presidente achou pouco. Finalmente havia cinquenta deles, treze dos quais no laço, arrancadas das suas mãos as enxadas e colocadas no lugar delas velhas espingardas de carregar pela boca. Companhia de Voluntários Alemães. João Carlos Mayer entre eles, já que haviam descoberto que o seu fraco eram as armas. Trouxera muitas armas contrabandeadas, na fronteira. Nos primeiros dias de treinamento, a coisa se complicou. Eles não entendiam as ordens dadas em português. Meia-volta-volver, eles parados, vendo primeiro o que os outros faziam. Os pelos-duros rindo das trapalhadas. Recebiam ordens e não cumpriam. Como castigo, vinte chibatadas no lombo, na frente das tropas. Pedro Meng se enforcara nas traves de uma cancela, pela vergonha de apanhar na frente de seus companheiros alemães. Então passaram a cavar latrinas, limpar armas, lavar cavalos. Isso eles entendem, dissera um oficial brasileiro. O Dr. Hillebrand, revoltado com o tratamento que estava sendo dado aos seus homens, escreve outro memorial ao presidente da Província, historiando os vexames, os sacrifícios, as chibatadas, como se fossem negros escravos.

Conseguem, finalmente, formar os Lanceiros Imperiais Alemães, comandados os homens por oficiais falando a sua própria língua.

Desfilaram um dia pelas ruas de São Leopoldo, abanando para as mulheres e os filhos pequenos, marchavam para os lados da fronteira. Mayer sem tirar da cabeça a imagem da mulher nova esperando filho, a enorme barriga sacudindo a cada abano que dava, as lágrimas escorrendo pela cara. Deixara duas espingardas de espoleta e instruções para que trancasse portas e janelas à noite, que os bugres sabiam quando não havia homens em casa. Ao primeiro sinal deles deveria espetar a arma num buraco da parede e atirar. Os vizinhos acorreriam em socorro.

6.

Philipp avistou vultos vindos de Rio Grande e deu o aviso costumeiro lá do alto. Começou a correria. Quando o piquete de soldados brasileiros chegou, tudo transcorria normalmente. Só quinze homens comandados por um tenente ou furriel. Comeram o que havia, e duas horas depois desapareciam no rumo do Chuí. Daniel Abrahão, de sua toca, ouviu desaparecer na distância o ruído das patas dos cavalos brasileiros. Ele sabia que eram brasileiros.

IV

1.

HILLEBRAND REUNIU OS COLONOS no centro de um descampado que chamavam de praça. Estava imponente, cercado pelas autoridades locais, um delegado de polícia que falava alemão, um padre, um reverendo, o Pastor Pedro Stilenbauer – sobrevivente do naufrágio do bergantim *Flor de Porto Alegre*, acontecido nas proximidades da povoação de Mostardas – um representante do inspetor de colonização, e ainda dois escravos que sustentavam um pequeno mastro onde tremulava a bandeira imperial.

Os colonos – homens, mulheres e crianças – formavam um aglomerado confuso e inquieto, todos assustados, muitos deles vindos das picadas mais próximas, sempre à espera de más notícias. Outros, ainda, acreditando que o médico anunciaria a chegada de dinheiro para o pagamento das diárias em atraso.

Hillebrand fez um gesto pedindo silêncio. Com voz grave anunciou que havia nascido na cidade do Rio de Janeiro o príncipe herdeiro D. Pedro. A imperatriz-mãe passava bem e grandes festas estavam sendo realizadas em todo o país, comemorando tão grato evento. O Pastor Stilenbauer cutucou o médico e segredou-lhe que seria bom anunciar que o assunto das diárias atrasadas estava a bom caminho. Ele sabia que isso estava interessando mais àquela gente. O médico hesitou. Sentiu um certo escrúpulo em misturar as duas coisas, ainda mais que sabia das marchas e contramarchas das diárias em atraso. O outro insistiu. Os colonos permaneceram apáticos com a notícia do nascimento do príncipe-herdeiro. Mais uma vez Hillebrand pediu atenção:

– Ao dar tão auspiciosa notícia...

Ele não achava as palavras adequadas, complicava as frases, mas podia dizer que o governo da província estava diligenciando para que a Corte mandasse o numerário pedido para saldar uma dívida tão importante para o progresso da Colônia. Citou o nome do Presidente Fernandes Pinheiro – estaria mesmo esse homem mexendo um dedo em benefício daquela pobre gente? –, um homem que passava os dias preocupado em tudo dar de si em prol da coletividade. Repetiu sem querer "em prol da coletividade", quando justamente buscava palavras mais simples, ao alcance daquela pobre gente. Quando disse "em breve todos receberão as diárias em atraso" foi que percebeu a alegria que tomava conta de todos, os casais se abraçando, outros em passo de dança, afinal receberiam o dinheiro. A pouca gente que assistia à cena, de longe – sabiam que o filho da imperatriz havia nascido –, ficou comovida com a alegria daquela gente que se mostrava tão grata para com o Império, apesar do sofrimento e das privações que passavam todos.

Hillebrand voltou para casa na companhia do pastor, preocupado com o abandono a que haviam relegado aquela pobre gente. Estava disposto a viajar até Porto Alegre e, de viva voz, relatar ao presidente os seus fundados temores quanto ao sucesso da colonização em tão boa hora iniciada. Nervoso, limpava as grossas lentes de míope polindo os aros de prata. O Pastor Stilenbauer lembrou ao médico que fora o próprio presidente o autor daquela ideia de repovoar com alemães os Sete Povos das Missões, quando os espanhóis já haviam devastado aquela província, entregando aos imigrantes uma terra arruinada, a não ser as supostas vinte mil cabeças de gado que viviam pelas cercanias, em estado selvagem. Hillebrand disse que, o reverendo devia saber que o governo mandara para lá apenas a escória mandada da Europa pelo Major Schaeffer. Que alemães haviam sido remetidos para lá? Bêbados e vagabundos, criminosos comuns, desajustados. Stilenbauer descrente, pois que o doutor esperasse, dentro em breve todos seriam bêbados e vagabundos, do modo que as coisas iam. Encontrava frequentemente chefes de família nos bares e botecos, bebendo para esquecer. Hillebrand recolocara os óculos, caminhou até uma velha cômoda e de lá retirou um maço de papéis. Falava enquanto catava documentos e anotações. As levas de alemães viajaram quase dois meses nas piores condições possíveis. Até Rio Pardo haviam seguido de canoa com velhas toldas e de lá para a frente em carreta de boi. Que fazer numa viagem dessas? Beberam e brigaram durante todo o trajeto. Um deles, Frederico Walfarth, morrera a cacetadas em mãos dos próprios companheiros. Ele vivia provocando brigas, intrigando, ofendendo as mulheres. Em muitas ocasiões o próprio Capitão José Bernardes fora obrigado a sacar da arma ameaçando de morte os mais insubordinados, tais foram os desacatos sofridos. O pastor dizia "que horror". O médico desanimado, logo ele que sempre fora otimista, pois nisso estava o erro das autoridades, dar terra a quem nunca vira uma enxada, um gadanho, quem não sabia distinguir um pé de mandioca de uma ramada de feijão. Schaeffer arrebanhara aquela gente nas ruas e bares de Hamburgo, Bremen e Darmstadt. Stilenbauer disse, muitos voltaram do meio do caminho, fugidos, andam por aí feito mendigos. Hillebrand se mostrava desanimado. Nunca fora chamado a opinar, fizeram o que bem entendiam mesmo quando ele nem havia chegado ao Brasil. Qualquer pessoa de bom senso veria que tais coisas não dariam certo, trazer assim sem mais nem menos gente saturada dos grandes aglomerados humanos da Europa, de repente jogada naqueles descampados, matos e rios, paredões de serra, bugres atacando na calada da noite. Pois viram no que tudo dera, ah, essa gente sem visão. O pastor completou os comentários de Hillebrand: e como acharam que a obra estava inacabada mandaram os remanescentes para São Borja, comando do distrito. E como ficará a nossa gente naquelas paragens? Não falam uma palavra de espanhol nem de português. Morrerão de fome por não saberem pedir o que comer. Onde encontrar um intérprete? Para mim, um crime.

Ficaram os dois na janela, vendo a gente pelas ruas, agitada, um soldado passou a cavalo e gritou viva o filho do imperador e desapareceu levantando poeira. Os colonos ainda continuavam agrupados, sem saber o que fazer.

– Reze por eles reverendo – disse Hillebrand. – Bem que estão precisando.

2.

Gründling reformava a casa da Rua da Igreja. Revestiam a fachada com azulejos portugueses. Trocavam telhas e colocavam vidros coloridos nas bandeiras das portas e janelas. Cada navio que chegava do Rio trazia da Alemanha encomendas e presentes de Schaeffer: móveis, lampiões belgas, tapetes, roupas de cama e mesa, quadros, porcelanas e cristais, bebidas e licores, vinhos do Reno, queijos suíços e pratas. Mas continuava sendo uma casa triste, de solteirão; as mães sonhando com aquele partido para as filhas que olhavam a rua pelas frestas das janelas. Os pais temendo qualquer interesse dele pelas meninas, afinal, um devasso de vida irregular, ninguém sabia de onde tirava o dinheiro, em que precisamente trabalhava. Viam, isso sim, a entrada de mulheres-damas, noite após noite, no casarão imponente, todas elas vindas das casinholas da Ladeira de São Jorge.

Ninguém, a não ser Izabela, ficara sabendo da presença do Major Schaeffer em Porto Alegre. Mas Izabela era discreta, fazia parte da profissão. Da Alemanha ele escrevera para Gründling anunciando novas remessas de imigrantes nos próximos meses. Ao todo, pretendia mandar mil deles, cerca de 160 famílias.

Enquanto as sumacas despejavam aquela gente em Porto Alegre, Schaeffer ia recebendo do General Brant, em Londres, as barras de ouro prometidas em profusão pela Imperatriz Leopoldina. E as sumacas se revezando nas proximidades da Praça da Alfândega, entre elas a *Penha*, *Alexandria*, *Delfina*, *Tentativa*, *Carolina*, os navios *Ana Luiza* e *Germânia*. Gründling controlando a chegada e contando as cabeças, juntamente com o inspetor de colonização, verificando os papéis de cada um, anotando nomes e sobrenomes, até mesmo das criancinhas de colo. Por estas, pagavam menos.

O inspetor alertou Gründling:

– O senhor deve se cuidar. Há muito imigrante achando que a desgraça deles é toda culpa de seu amigo, o Major Schaeffer.

Gründling já desconfiava disso e observou para o inspetor, homem de leva e traz:

– Pois não tenho nada a ver com o Major Schaeffer, a não ser uma velha amizade dos tempos de Bremen. Estou aqui a mando da Imperatriz Leopoldina para saber se tudo corre bem com essa gente.

– Então, acredito, tem mandado dizer que as coisas não correm bem.

– Tenho. As providências cabem ao presidente da Província e não a mim.

O inspetor ficou examinando as unhas e depois disse meio sem jeito, com timidez, voz semitonada:

– Se é assim, já que o senhor é uma espécie de agente pessoal de nossa imperatriz, convinha cuidar-se um pouco mais. Fala-se muito numa povoação dessas, às vezes até sem razão nenhuma. Quase sempre sem razão, é claro. Eu, por mim, estou certo de que tudo não passa de falatórios. O senhor sabe...

– Não entendo, inspetor. Falatório, falatório sobre o quê, podia-se saber?

– Veja bem, Herr Gründling: eu disse que essa gente costuma falar sem razão nenhuma. Aliás, deviam ser castigados por isso. Por mim...

– Eu lhe pediria, inspetor, que fosse mais claro. Falatórios a respeito de quê?

O homenzinho ficou vermelho, apertava as mãos suando:

– Bem, senhor, falam mais nas visitas que o senhor recebe à noite. O senhor tem todo o direito, é um homem solteiro, ganha o seu dinheiro honestamente, não deve nada a ninguém...

– E então?
– Mas acontece que o sobrinho do presidente mora perto, mora na mesma rua, e tem reclamado o barulho e certas palavras que as mulheres gritam, altas horas.
– Pois saiba que esse tal de sobrinho anda falando por não ter mais nada o que fazer. O senhor mesmo está convidado a participar, numa noite dessas, de uma das minhas reuniões sociais. Faço questão. Verá que a moral impera sempre. Isso de palavrões, pura mentira.

O inspetor José de Almeida Braga, substituindo o titular que viajara para o Rio, era um homenzinho de um metro e sessenta, se tanto, colete trespassado, botinas limpas e chapéu-coco.

– Seria uma honra muito grande, Senhor Gründling, mas, sabe, sou um homem casado, seria muito difícil sair depois das nove horas num lugar como este nosso.

– Deixe isso comigo. Uma noite dessas vou buscá-lo para uma reunião muito importante a respeito de imigrantes.

O inspetor estava vermelho e confuso. Gründling concluiu:

– Quanto a esse primo ou sobrinho do presidente, não sei o seu nome e nem me interessa. Quero que ele morra com nó nas tripas.

3.

Cinco dias depois, uma terça-feira, Almeida Braga ouviu batidas fortes na porta de sua casa, nove horas da noite – aquele alvoroço, o que poderia ser? – as filhas se preparando para dormir, Gründling se divertindo com a correria e com o murmúrio lá dentro. Depois silêncio.

– Quem bate? – perguntou o inspetor, engrossando a voz.

– Gründling, senhor inspetor.

Novos murmúrios, apareceu uma réstia de luz pela soleira irregular, ouviu-se a tranca sendo retirada. A cara do inspetor era de espanto e medo, a mulher segurando o lampião, achando que algo de grave teria acontecido para alguém bater na porta dos outros a tais horas. Gründling percebeu:

– A senhora fique sem susto, não é nada de maior. Acontece que amanhã de manhã, muito cedo, chega uma sumaca vinda do Rio e, pelo que sabemos, trazendo elementos perigosos e indesejáveis. – Fez uma pausa teatral, enquanto marido e mulher se entreolhavam. – Resolvemos, então, discutir o assunto ainda hoje para sabermos que providências tomar amanhã. Sei que isso é muito desagradável, mas acima de tudo o dever de ofício.

A mulher perguntou a Gründling se não queria entrar, enquanto o marido se preparava, era só enfiar o paletó, pegar a bengala e o chapéu. Ele agradeceu, esperaria, ela que ficasse à vontade. Almeida Braga pediu licença, não se demoraria; os dois ficaram mudos, a mulher examinando a elegância e as finas roupas dele, um tipo comentado nas reuniões de família, as esposas morrendo de curiosidade para conhecê-lo, muitas delas sem poder imaginar o que poderia haver na casa rica, depois que portas e postigos eram fechados à noite. Ela segurando a porta, só deixando entrever meia cara. Ele de lado, olhando a rua morta, as poucas estrelas no céu.

Almeida Braga voltou, falando alguma coisa em voz baixa para a mulher. "Não devo demorar." Gründling se despediu com uma curvatura e saíram os dois, o alemão empertigado à frente, o inspetor logo atrás saltitante.

– Mas Senhor Gründling, eu nem podia imaginar, assim tão de repente.

– Acontece, senhor inspetor, que havia uma reunião marcada para hoje e eu achei que o senhor não devia perder essa oportunidade.

Quando chegaram na casa da Rua da Igreja foi preciso Gründling insistir para que ele subisse os poucos degraus e ficasse à vontade. Braguinha topou com um salão iluminado e, esparramadas pelas poltronas e almofadas, várias moças alegres, grandes decotes e estranhos penteados.

– Este aqui é o meu caro amigo Almeida Braga, Braguinha, para os íntimos, para quem eu havia prometido uma festa. Trata-se de pessoa importante, nosso inspetor de colonização. Apresento aqui Dona Izabela, senhora de grandes virtudes – todos riram, ele dizia "um senhorr" – e aqui as suas prendadas sobrinhas, todas elas moças treinadas para fazer com que um cristão chegue ao céu antes da data marcada. Enfim, senhor inspetor, moças de boa conduta na cama.

Soltou uma gargalhada e empurrou gentilmente o inspetor para o meio da sala. O homenzinho ficou ali, rodando o chapéu entre as mãos, vermelho e teso. "Muito prazer, muito prazer", era só o que conseguia articular.

Gründling fez um sinal para Izabela e serviu um cálice, dos grandes, com licor dos Três Suspiros. Acomodaram o homenzinho desconfiado numa poltrona, arrancaram o chapéu de suas mãos, e o dono da casa pediu que se fizesse um brinde ao inspetor de colonização, um homem reto, amoroso chefe de família e diligente funcionário público do Império. Almeida Braga sentiu o líquido descer pela garganta, um néctar divino, muito diferente das cachaças dos alambiques de Torres; um calor perpassando pelas entranhas, braços e pernas leves, as caras pintadas das moças ao seu redor, o regaço de uma delas roçando os seus bigodes, o colarinho engomado saltando fora, a voz de Gründling sobrepairando a tudo:

— Braguinha exemplar, um brinde ao belo filho da Imperatriz Leopoldina, o menino Pedro.

Ao ouvir o nome de Sua Majestade, o inspetor afastou as moças que o sufocavam, levantou-se inseguro e exclamou estridente:

— Viva Sua Majestade, o Imperador do Brasil, e sua augusta esposa e... e seu augusto filho!

Gründling fez-lhe um sinal pedindo para falar um pouco mais baixo, que o sobrinho do presidente da Província bem que poderia ouvir seus gritos. As moças abafavam o riso com as mãos em concha, enquanto o inspetor se deixava cair na poltrona, pedindo uma nova dose daquele licor celestial. Calma, senhor inspetor, este licor é muito forte. Mas, que diabo, beba que hoje é um grande dia, acaba de nascer o herdeiro do trono, o senhor está fora de casa depois das nove horas e, pela primeira vez na vida, cercado de virgens caídas do céu. Pois muito bem, *zum Wohl*! Largou o cálice em cima da mesa, tirou a blusa de uma delas e se aproximou do inspetor:

— Veja, meu caro, passe a mão aqui, e me diga se alguma esposa neste mundo apresenta coisa igual, tão grande e tão duros. Vamos, faça uma carícia, a moça é boazinha.

Pegou do pulso do inspetor e fez com que sua mão enrijecida passasse várias vezes no seio da moça, que ria. Vamos, Izabela, uma outra dose de licor ao nosso inspetor. Sentou-se no sofá grande, chamou duas das outras, quero que me ajudem a tirar essas roupas. Estou sentindo muito calor. O diabo do inspetor parece de palha, quem teria feito as suas filhas? Ah, ele está encabulado. Pudera! Nunca viu nada parecido em toda a sua vida de exemplar funcionário público.

Levantou-se nu, pegou uma das meninas e carregou com ela, de costas, até o inspetor:

— O senhor já viu na sua vida, meu caro, uma bunda tão branca, tão redondinha e tão macia como esta aqui?

Os dois promontórios foram levados até a cara deslumbrada de Almeida Braga, embaciando os seus óculos e obscurecendo o mundo em redor.

Madrugada alta, galos cantando, Braguinha acordou vestindo apenas as grandes ceroulas de pelúcia. Duas moças dormiam a seu lado, os seios arfando, cansadas como as pessoas que perdem uma batalha, as lamparinas bruxuleando. Viu Gründling acercar-se dele:

— Foi uma lástima, senhor inspetor, mas ninguém conseguiu desamarrar os cadarços de sua ceroula. Foi mesmo uma grande lástima. Não pode imaginar o que perdeu nesta noite.

Quando o inspetor chegou em casa, dia amanhecendo, o Guaíba uma grande bacia de prata – sentiu que não estava bem e foi vomitando pelas paredes até que conseguiu chegar ao quarto, onde acordada, lamparina acesa, o esperava a mulher, cara franzida sob a grande touca de rendas. Tudo rodopiava. Ouviu a sua voz esganiçada:

– A reunião terminou a esta hora, Juca? E o colarinho onde ficou?

Deitou-se assim mesmo. O único som de que se lembrava, quando acordou ao meio-dia, foi o dos soluços envergonhados da mulher. Seus gritinhos de "ai, Jesus" e o barulho do arroto que dera, empestando o quarto inteiro.

4.

Juanito desaparecia e passava o dia inteiro na casa de José Mariano, na Medanos-Chico. Ajudava no aparte das ovelhas e dos borregos, carneava e salgava a carne dos abates, regressando à estância dos alemães ao cair da noite. Levava sempre algum presente, um costilhame gordo para o assado, uma medida de erva-mate ou meia sacola de farinha de trigo. Catarina reclamava pelas ausências, mas ele não entendia bem e alegrava os olhos dela com as coisas que levava. O inimigo desaparecera, tanto de um lado quanto de outro. Naquela noite Catarina foi até a borda do poço, tirou a tampa, chamou pelo marido. Ele ainda não havia comido, disse que podia baixar o prato dentro do balde.

– Acho que hoje já podes subir e comer aqui em cima – disse ela.

– Subir? Estás ficando louca, mulher? Queres entregar o meu pescoço a essa gente? Não vou subir.

– Daniel Abrahão, tu vais terminar paralítico aí embaixo sem poder esticar um braço ou uma perna.

– Prefiro ficar entrevado a me deixar enforcar naquele galho da figueira. Desce a comida, eu não vou subir.

– Pois eu te digo que vai subir. Até agora tomei todas as decisões e bem ou mal salvei a tua pele. Mandei fazer uma escada larga e dois dos negros vão descer para te ajudar. Não há ninguém por perto e se vierem não te encontrarão.

Os negros já estavam perto, a um sinal de Catarina levaram a escada até o poço e começaram a descê-la. A parte de baixo enterrou na areia do fundo, a de cima quase alcançando a borda. Juanito também veio e dependurou um lampião na trave onde corria a corda. Dois negros desceram.

– Não vou conseguir subir na escada, Catarina – disse Daniel Abrahão lá debaixo, com voz trêmula.

– Pois eles foram para te ajudar. Deixa isso por conta deles.

Ela viu quando os homens seguraram os braços do marido, quando ele se apoiou na escada, um negro de cada lado içando o corpo inerte que mal se sustinha nas pernas. Já quase na borda, segurou a mão da mulher, os escravos pularam para fora e o agarraram pelos braços. Foi depositado no chão, sentado.

– Não sei mais andar, Catarina. Se eles aparecem de novo não vou poder correr, me pegam no chão como um animal. Eu não devia ter saído.

– Vais reaprender a andar, não nasceste assim.

A um sinal, os dois negros o levantaram do chão, fizeram com que passasse os braços em torno do pescoço de cada um e começaram a andar. Catarina e Juanito atrás, olhando. Perto da porta da casa ela apanhou a banqueta e mais adiante disse a ele que bastava e o ajudou a sentar-se. Daniel Abrahão estava ofegante.

– Achei que não fosse aguentar.

– Agora espera aí, vou trazer a comida. Juanito preparou um assado especial para a noite de hoje.

Catarina trouxe Philipp para ver o pai, o guri meio arredio, assustado, Daniel Abrahão diferente, com aquela enorme cabeleira, a barba chegando ao peito. Ele puxou o filho para junto de si, abraçou-o apertado, disse que era um menino muito corajoso, que estava muito orgulhoso dele e que ele não ficasse triste, pois estava chorando de alegria. Agora queria ver a filha. Estava dormindo, mas queria ver assim mesmo. Mal a conhecia. Catarina voltou com a filha nos braços, passando-a para o colo do pai. Tragam luz, pediu. O índio veio correndo com o lampião que deixara no poço. Carlota dormindo, as lágrimas de Daniel Abrahão encharcando a barba ruiva.

Depois de comer, deu outra caminhada curta, sempre amparado pelos dois negros. Desceu com dificuldade para a sua toca, ouviu o ruído da recolocação da tampa e dormiu acariciando o rostinho imaginário da filha.

5.

Daniel Abrahão preferia sair do poço durante o dia, quando Philipp, do alto da figueira, ficava de sentinela. Apanhava sol, aspirava a plenos pulmões o ar salitrado que vinha do Leste, fazia pequenos trabalhos de horta e se divertia olhando a filha, vendo o filho acomodado no seu jirau de taquaras. Antes do pôr do sol se recolhia, depois dessa hora os olhos atentos do filho de nada serviam e ele podia ser encontrado por algum piquete avançado das tropas em guerra. Mas alguma coisa devia estar acontecendo ou a guerra teria acabado. Por falta de informações, era melhor precaver-se. Dormia sempre na toca, agora melhorada, os negros descendo para ajudar nas escoras, para aumentar o espaço. Havia sempre um pequeno estoque de comida e água, para a eventualidade de os soldados retornarem e mais uma vez ficarem por ali, nos caponetes.

Um dia Philipp deu sinal de gente à vista, agora das bandas do Uruguai. Correria, Daniel Abrahão voltando ao poço, a tampa recolocada, sobre ela achas de lenha e caixas de muda. Era um cavaleiro só. Chegou, foi recebido por Catarina, conversou meia hora com ela e prosseguiu viagem para Rio Grande. Ela abriu o poço, o marido subiu a escada e botou apenas a cabeça de fora.

– Um alemão que veio de Montevidéu, a guerra continua, só que nos trouxe más notícias.

– Que más notícias?

– Harwerther foi degolado por soldados da Argentina. Ele conheceu Harwerther e viu a cabeça dele, no dia em que foi morto.

Daniel Abrahão ficou com os olhos úmidos e pediu um trago. Afinal, era seu amigo e havia se envolvido naquilo apenas para arrumar a vida, sem adivinhar o que poderia acontecer.

– E que mais disse o homem?

– Pouca coisa mais – falou Catarina, pensativa. – Muita coisa não entendi. Estava a serviço de um tal de Frederico Bauer, alemão que apareceu em Buenos Aires e que se diz emissário dos alemães do Brasil. Disse que os alemães, agora, querem lutar do lado de lá. Não sei, não. Alguma coisa está acontecendo que a gente não entende.

Daniel Abrahão viu o filho no seu posto e saiu da toca. Pediu o machado para cortar lenha, queria fazer um exercício mais violento. Cada machadada era como se acertasse em alguém. Estava com ódio, não sabia bem do quê. Mandou Philipp descer da figueira e jantou naquela noite dentro de casa, com a família. Ajudou a deitar os filhos, mandou os escravos se recolherem e viu quando Juanito se dirigia para a carroça onde dormia. Ficaram só os dois, sentados do lado de fora da porta, quase sem falar. Pegou Catarina pela mão, levando-a para um monte de pasto que havia sido cortado àquela tarde. Esparramou o pasto com o pé, ela tirou a saia rodada e forrou a cama improvisada, despiu a blusa e deitou-se. Daniel Abrahão começou a tirar a roupa com vagar, temia haver desaprendido.

6.

Um dia vieram cavaleiros de Rio Grande. Ao se aproximarem, Catarina viu que eram brasileiros. Não mais que vinte. Quando apearam, um deles, alemão, falou com Catarina. Ela ficou emocionada quando ele disse que era de São Leopoldo. Identificou-se como sendo Valentim Oestereich, natural do Grão-Ducado de Hesse, chegado ao Brasil por obra do destino, pois viajava na galera holandesa *Company Patie*, aprisionada pela marinha imperial, quando se dirigia para Buenos Aires. Perguntou se ela vivia só naquela região e, vendo as crianças, quis saber do pai delas. Catarina armou um ar de tristeza:

– Ele foi aprisionado pelos gringos e levado para os lados de Montevidéu. E por que anda o senhor por estas bandas e vestido de soldado?

– Deus põe e o diabo dispõe – disse ele. – Levado para São Leopoldo, terminei obrigado a sentar praça.

Juanito providenciou uns mochos para tomarem chimarrão sentados, à sombra, enquanto os demais soldados davam água para os cavalos e tratavam de comer o que era oferecido pelos escravos. Catarina perguntou como estava a colônia de São Leopoldo, pois viera de lá, se todos haviam recebido a terra e o dinheiro prometidos pelo governo.

– Terra, quase todos receberam – disse Oestereich –, mas o resto parece que continua na mesma. Tudo muito atrasado ainda e agora a coisa piorou com esta guerra. O Dr. Hillebrand ofereceu ao governo trinta e poucos voluntários alemães para ajudar as tropas brasileiras.

– O senhor foi um deles.

– Não. O presidente da Província achou pouco e terminou completando a Companhia de Voluntários Alemães com gente recrutada. Entre eles eu.

– E que faz por aqui, neste corredor de lagoas e de areia?

– Pois parte desses homens foi mandada para Rio Grande, havia notícias de incursões de inimigos por esta faixa de terra. A cidade está sendo fortificada e nós fazemos as vezes de batedores. Qualquer movimento suspeito a gente volta e dá o aviso.

Sol a pino. Juanito providenciou um churrasco de charque de sol de dois dias, com mandioca e farinha de pau. Para começar, um copinho de cachaça trazida pelos próprios soldados. Catarina mostrou ao compatriota os filhos, Philipp bastante grande, alemão mesmo, nascido em Hamburgo, veio para cá com quase cinco anos. Carlota chupando um dedo, arredia.

– E, pelo visto, um outro a caminho – disse o homem apontando para a barriga já saliente.

Catarina corou, passou a mão no ventre, ficou sem saber o que dizer.
– Mas seu marido foi levado há pouco, pelo que vejo. A não ser...
– Não faz muito – gaguejou nervosa.
– Como se chama o seu marido?
Ela teve vontade de inventar um nome qualquer, mas a coisa saiu espontânea:
– Schneider.
– Daniel Abrahão Schneider, pois não. Sei quem é. Lá em São Leopoldo falaram uma ocasião no nome dele. Um tal de Mayer disse que ele contrabandeava armas nossas para os castelhanos.
– Pois Mayer mentiu – disse Catarina –, as armas que passaram por aqui vieram das bandas do Uruguai para São Leopoldo. Como João Carlos Mayer teve coragem de inventar uma coisa dessa?
Oestereich ficou meio sem jeito.
– Bem, estou dizendo apenas o que ouvi. Mal conheço esse Mayer. O fato é que há uma ordem em Porto Alegre para prenderem seu marido. Desculpe, mas eu não tenho nada a ver com isso.
Comeram em silêncio, Catarina queimando por dentro, mal podendo engolir. Perguntou ao alemão:
– O senhor já ouviu falar num tal de Gründling? Cronhardt Gründling?
Ele fez um ar de surpresa, passou as costas da mão na boca, limpando a farinha engordurada.
– De onde a senhora conhece Gründling?
– De São Leopoldo. Por quê?
– Gründling mora hoje em Porto Alegre, era agente secreto da imperatriz. Trabalha também para um tal de Major Schaeffer, hoje na Alemanha a serviço do Império. É agenciador de agricultores e de soldados também. Nós, que viemos no *Company Patie*, não aceitamos as suas ofertas e preferimos Buenos Aires. Infelizmente, lá não chegamos.
E Gründling ainda trabalha para a imperatriz?
– Para a imperatriz? – disse Oestereich confuso. – Mas então a senhora ainda não sabe que a imperatriz morreu?
– Não sabia, não.
– Pois morreu no Rio, justamente quando D. Pedro I visitava a cidade de Rio Grande, preocupado com essa guerra. Quando recebeu a notícia, voltou imediatamente para a Corte.
Catarina começou então a falar em voz tão baixa e tão indiferente à presença de Oestereich, que ele achou que a mulher não estava muito boa da

cabeça. Afinal, viver naquele fim de mundo, com três crianças, sem marido, alguns escravos e um índio meio torto, bem que podia deixar as pessoas variando. Ela disse:

– Então a imperatriz morreu; Dona Leopoldina, filha da Casa dos Habsburgo, amiga apaixonada do Major Schaeffer, protetor de Gründling e de toda a sua gente. Agora o nosso amigo sem a imperatriz, Schaeffer na Alemanha sem a imperatriz. Isto até que está ficando engraçado.

Aí se deu conta da presença de Oestereich que a olhava sem compreender.

– Isso muda muito as coisas, Herr Oestereich.

– O quê, o imperador viúvo?

– Isso mesmo, o imperador viúvo. O senhor não acha que eu tenho razão?

O alemão riu e continuou roendo a sua costela gorda. Chupou os dentes, limpando-os da carne entalada, e concordou:

– Pois se a senhora acha que muda, muito bem, muda mesmo.

Os soldados tiraram uma sesta debaixo das árvores e a seguir começaram os preparos para regressar.

– A senhora não quer nada para Rio Grande? – perguntou Oestereich já montado, enquanto os outros partiam.

– Nada. Obrigada. Se encontrar Herr Gründling diga a ele que Catarina Klumpp Schneider lhe manda lembranças. Ele me conhece muito bem. Até demais.

– Direi isso a ele, se por acaso encontrar o homem, o que acho muito difícil. Gründling é muito importante para receber um simples soldado.

Partiram a galope, deixando Catarina parada, olhos perdidos no descampado que começava a ficar arroxeado com o cair do sol, os primeiros morcegos a ziguezaguear por entre as casas e árvores.

7.

Daniel Abrahão não esperou que o piquete sumisse. Saltou do poço e quis saber da mulher quem era o soldado alemão. Ela disse: um tal Valentim Oestereich. O marido acrescentou: dos lados de Hesse.

– De lá mesmo – Catarina falava como se tivesse o pensamento distante. – Disse que a Imperatriz Leopoldina morreu, que Gründling mora em Porto Alegre e que Schaeffer ainda está na Alemanha arrebanhando gente. O imperador soube da morte da esposa quando estava aqui perto, em Rio Grande.

Voltou logo, com a notícia. Vê, Daniel Abrahão, Gründling em Porto Alegre, figura muito importante.

– Ele deu notícias da Colônia? De João Carlos Mayer?

– Deu. Mayer foi quem disse que o seu grande e velho amigo Schneider fazia contrabando de armas para os castelhanos.

Daniel Abrahão ficou espantado, olhando para a mulher, como se recusando a acreditar.

– Não pode ser. Esse Oestereich mentiu.

– Eu acho que não, nem tinha necessidade disso. Para mim, isso foi obra do próprio Gründling, para salvar a pele.

– Mas eu não entendo. Bastava dizer a verdade.

– Não convinha. De qualquer maneira era contrabando, era coisa ilegal.

– Depois dessa – disse Schneider –, fica-se sem acreditar em mais nada, em mais ninguém.

Catarina deixou o marido, encaminhando-se para a porta da casa.

– Não quer aproveitar e comer a janta antes de descer?

Durante a comida não trocaram uma palavra. Cada naco de carne descia pela goela embrulhado num pensamento confuso.

Meio da noite, na sua toca, Daniel Abrahão sonhou com a batalha de Waterloo. Napoleão, às vezes, ganhava a figura de Gründling, um Gründling pequeno e obeso. O velho corneteiro Schneider, seu pai, assoprando desesperado, as veias do pescoço saltadas, e depois caindo varado de balas. As tropas em debandada, os quadrados flanqueados e desfeitos, os campos juncados de mortos e feridos, armas abandonadas, seu amigo e companheiro Mayer sangrando, pedindo que o salvasse. E ele sem tocar no corpo, vendo o sangue sair dos ferimentos e alagar o capim pisoteado e molhar a sua própria roupa, as calças e as botas. Acordou chorando, urinado.

Naquele ano nascia Mateus, nome que Daniel Abrahão quis dar em homenagem ao pai de Catarina. Um menino melado, branco, alemão. Catarina não pegara filho daqueles soldados bandoleiros. O menino era um Schneider. Mulheres do tipo de Catarina só pegavam filho do próprio marido. O útero se fechava ao esperma dos violadores. Animais de raças diferentes não procriam. Mateus, além de um Klumpp, era um Schneider.

Ensinado por Juanito, Philipp já montava como um gaúcho, em pelo e só de bridão. Sabia preparar um braseiro para o assado, capinava a horta como gente grande e da sua gávea improvisada sonhava com um mundo bem maior e desconhecido, que não fosse só céu e campo.

A escrava Manoela tivera outro negrinho, eram agora dois. Compravam trigo na estância de Medanos-Chico e de lá trouxeram dois casais de porcos. O milho já era suficiente para os cavalos de montaria e havia abóbora para a criação dos suínos. As galinhas punham ovos para o pão caseiro, agora cozido num forno mais aperfeiçoado, forno que depois passou a assar leitões e o gordo costilhame das reses abatidas.

Juanito, com o braço esquerdo com meio movimento – que a coronhada dos castelhanos lhe partira a clavícula e os ossos malsoldados o deixaram de ombro caído –, ia amiúde a Medanos-Chico. Descobrira lá uma chinoca minuano encontrada ao léu em Rio Grande e encaminhada para ser criada com gente de trato. O dono da estância, José Mariano, achou que Juanito era bom. Fingiu que não sabia do namoro, deixava que ele se exibisse em demonstrações de força, partindo lenha e arrastando toras. Ao cair da noite mandava o índio embora, que a moça tinha menos de quinze anos e podia esperar. Catarina desconfiou que andava fêmea para aqueles lados e fechava os olhos para as ausências de Juanito. Ficara defeituoso por defender Daniel Abrahão. Bastaria, naquele dia, apontar o poço e fazer sinal para baixo. A velha e enformigada árvore sustentaria no seu galho matador mais um corpo, o do seu marido, pai de Philipp e da pequena Carlota.

Juanito que tratasse de sua vida. Agora, em noites de tempestade, quando os soldados desapareciam e deixavam a terra só deles, eles se amavam, a casa indevassada, Daniel Abrahão nos braços da mulher, as têmporas latejando e o ouvido aguçado, entre um trovão e outro. Naqueles momentos, Juanito, encharcado até os ossos, circulava pelos arredores com seu cavalo de patas de seda, olhinhos atentos para o clarear dos relâmpagos, os campos virando dia por segundos contados.

V

1.

A MENINA ALEMÃ DEVIA TER, NO MÁXIMO, DEZESSEIS ANOS. O cabelo de um amarelo leitoso, terminando em duas tranças esfiapadas, pele desmaiada, dois grandes olhos azuis espantados, seios miúdos que desapareciam sob o vestido de lã que mais parecia um trapo, um balandrau sem cor e sem tempo. Fora largada na Rua do Passo, no centro de São Leopoldo, por alguém que pouca gente vira. Uma testemunha afirmava que o homem tinha cara de índio ou de castelhano, que chegara a galope com a menina na garupa e que a largara como quem se livra de um saco. O carpinteiro João Dieffenbach vira a cena através de uma fresta de sua janelinha, o homem lhe parecera um desses caudilhos errantes que se agregam a qualquer guerrilha de fazendeiro ou de posseiro. Como um pequeno animal acuado, ela se encolhia toda diante das pessoas que se aproximavam, lábios a tremer, prestes a desatar em pranto. Toda aquela gente a falar e a bisbilhotar, uma velha disse que "ela devia ser uma dessas que fogem de casa para virar mundo, cada dia com um macho diferente".

Apenas o Dr. Hillebrand, fisionomia séria e tranquila, pareceu desericar o bicho do mato. Ele perguntou muitas coisas, carinhoso, falou no alemão mais simples que conhecia, pronunciando bem as palavras; acariciava a sua mãozinha trêmula, como quem amansa um potro, alisando as tábuas do pescoço, conquistando confiança aos poucos. Perguntou seu nome: Gertrudes, Bárbara, Maria, Henriqueta? Sentiu que ganhava terreno quando viu que ela começava a responder negativamente, sacudindo a cabeça de leve. Hillebrand pediu às pessoas que saíssem, a menina estava por demais assustada com a aglomeração.

– De onde você veio, minha filha? Como é seu nome? Fale. Como você se chama?

Ela olhou bem em redor para ver se não havia mais ninguém, segurou forte a mão do médico e disse um apagado "Sofia".

– Muito bem, Sofia, você quer comer alguma coisa? Está com fome?

Ela fez que sim com a cabeça. Estavam agora na salinha de frente da casa da família Werb. A dona da casa, Frau Gerda, espiava da porta. Hillebrand pediu que a velha trouxesse, por favor, algo para a menina comer. Quem sabe um copo de leite, um doce. A metade da cara sumiu e voltou trazendo uma pequena tigela de arroz-doce. Hillebrand foi a seu encontro na porta e pediu que ela não entrasse na sala. Sofia arregalou os olhos para a tigela. O médico encheu uma colher e ofereceu o doce, mão parada à sua frente, Sofia baixando a cabeça e abocanhando a colher, faminta; então, com suas próprias mãos, começou a devorar tudo o que havia dentro, raspando as sobras com os dedos.

– De onde você veio, minha filha?

Quase colava o ouvido à boca da menina, tentando obter qualquer resposta. Começou a ouvir. Viera de São Borja para onde a família fora levada dos Sete Povos das Missões. Seu pai, Spannenberger, morrera degolado por gente de guerra. A mãe desaparecera e ela fora carregada por um gaúcho de quem não sabia o nome. Depois um outro homem ficara com ela, andando de povoado em povoado. Um dia fora deixada na casa de um velho e lá morara muito tempo. Não sabia quanto tempo. O velho morrera assassinado e um rapaz de nome Pedro ficara com ela e depois os índios o mataram e ela ficou vivendo entre os índios – um mês, um ano, não sabia bem; como os bugres andavam em guerra conseguira fugir até ser encontrada por um outro homem de melenas grandes e pretas, para quem trabalhava e com quem dormia. Hillebrand ouvia a história sem esconder a sua ira, uma menina ainda e aqueles selvagens nômades se cevando no corpinho informe.

– E foi este último homem quem te deixou aqui?

Ela fez que sim com a cabeça, olhando assustada para a porta, como se temesse que ele voltasse e novamente a carregasse para o campo, para as noites ao relento, chuva e sol. Fora largada ali porque o bandoleiro estava sendo perseguido por soldados. O cavalo não ia resistir ao peso dos dois. Não sabia para que lado ele fugira.

– Isso não importa, minha filha, você agora está segura, ninguém lhe fará mal.

Chamou Frau Gerda e perguntou se a pequena poderia ficar ali naquela noite, depois veria um lugar ou uma casa para abrigar a menina.

Na manhã do dia seguinte Hillebrand encontrou Gründling que estava a negócios na cidade. Narrou a história da menina, penalizado.

– Eu sempre fui contra essa colonização dos Sete Povos das Missões. Veja o que aconteceu com essa menina. Ela é bem o espelho de tanta desgraça – disse Hillebrand revoltado, olhos úmidos atrás das grossas lentes.

– Deixe que eu ajudo esta pobrezinha, doutor – disse ele, impressionado com a tristeza e com a revolta do médico. – Levo a menina para Porto Alegre e me responsabilizo por sua educação. Afinal é da nossa gente.

Gründling ajudou o médico na escolha de um vestidinho novo, escolheu um par de sapatilhas de lã. Fez questão de pagar tudo. Depois se dirigiram à casa dos Werb. O animalzinho estava mais calmo e confiante. Seus olhinhos brilharam ao enxergar o médico, encolhendo ante a figura imponente do outro, suas barbas ruivas e suas belas roupas.

– Sofia – começou o médico –, este senhor é um amigo meu e veio disposto a ajudar você. Quer levá-la para Porto Alegre, uma cidade grande e muito bonita. Lá você vai ter tudo o que quiser.

Ela baixou os olhos, trançou os dedos e não disse nada.

– Sempre que puder irei vê-la – virou-se para o amigo: – O senhor volta pelo rio?

– Sim, doutor, acabo de comprar quatro lanchões para transporte de mercadorias. Voltarei num deles. A menina terá uma viagem muito boa e confortável, há uma casinha na popa com cama e tudo.

Na manhã do dia seguinte – mal o sol despontara –, Gründling, acompanhado pelo médico, foi buscar Sofia na casa dos Werb. Ao saírem, Gründling deixou na mão de Frau Gerda algumas moedas "pelo trabalho e pela boa vontade".

O lanchão começou a desatracar e Hillebrand guardou nos olhos, por algum tempo, a expressão agoniada, quase de pavor, da menina.

2.

O lanceiro João Carlos Mayer marchava com a tropa comandada pelo General Felisberto Caldeira Brant Pontes, Visconde de Barbacena, da serra do Camaquã para os braços do inimigo, uruguaios, argentinos e, também, alemães comandados por Alvear. O Cirurgião-Mor José Knapp zelava pela saúde dos lanceiros, seus compatriotas, recrutados em São Leopoldo. Mayer fizera amizade com o Quartel-Mestre Matias Dörnte, e, sempre que penetravam em zona de mata, perdendo a visão das coxilhas, temia um ataque de surpresa das tropas inimigas, que ninguém sabia bem por onde andavam. O amigo o tranquilizava, Brant mandara batedores à frente e piquetes de cavalaria guarneciam as laterais, um deles sob as ordens de Bento Gonçalves. E, de mais a mais, o inimigo devia andar longe, possivelmente em terras orientais, que não se aventurariam a penetrar território brasileiro. Nos bivaques noturnos, ao redor das fogueiras, os alemães não se misturavam, formavam grupamentos à parte, isolados pela língua. De vez em quando eram vistoriados por algum oficial, a mando, na certa, do próprio comandante-chefe. A cavalhada exausta não permitia marcha forçada, muitos animais caíam de joelhos, deitavam e não havia força humana nem chicote que os fizesse levantar. O soldado desmontado recebia outro cavalo da reserva e antes de prosseguir descarregava a espingarda na testa do animal, que ali ficava de olhos abertos, esperando os corvos que acompanhavam a tropa em evoluções lentas, planando ao sabor do vento. Mayer, temeroso, advertiu o quartel-mestre.

– Esses bichos miseráveis vão terminar nos denunciando ao inimigo.

– Que nada, eles também andam por cima das manadas de bois xucros. E assim como andam por cima da gente também andam por cima dos castelhanos. É de quem enxergar primeiro, meu velho. Urubu não escolhe bandeira, tanto faz imperial como republicana.

Ao cair da tarde, 19 de fevereiro, cavalos e homens suados, um dia limpo de sol estorricante, foi dada ordem de alto, mas, ao contrário dos outros dias, o bivaque seria curto, tempo apenas para desencilhar os cavalos, comer qualquer coisa, tirar uma tora geral para recuperar energias.

– Não estou gostando disso – falou Mayer ao Alferes Reiff –, ou se fica para dormir até de manhã ou se continua.

– Ordens do comandante-chefe – respondeu o alferes. – Com certeza ele sabe o que faz.

– Não sei, não. Essa gente nunca sabe o que faz.

A conversa dos dois foi interrompida por um chamado:

– Soldado João Carlos Mayer!

– Presente.

O Sargento-Ajudante Müller postou-se à sua frente, mandou que ele se perfilasse e ordenou:

– Apresente-se ao Major-Comandante Guilherme Yeates, junto com o Soldado Grovel, para uma revista nas tropas alemãs. Imediatamente.

O major-comandante caminhava à frente, passo marcial, fazendo alto em cada companhia:

– Primeira Companhia, Capitão de Friederichsen!

– *Alles in Ordnung!*

– Segunda Companhia, Tenente-Comandante David Gatiker!
– *Alles in Ordnung!*
E assim prosseguiu até a sexta companhia. Tudo em ordem com o Capitão Plewets, Capitão de Marsey, Tenente Bormann, Capitão Henrique de Bülow.

Mayer retornou de mau humor. Bem que teriam podido arranjar um outro boneco de engonço para acompanhar naquela tolice. Ou pensavam que algum dos alemães houvesse fugido durante a marcha? Meu velho Dörnte, quero uma cama de capim onde largar o corpo. Vou dormir com o nariz virado para o lado do vento, não suporto mais o fedor do meu fardamento. Para falar a verdade não suporto mais o fedor de todos nós. Aqui ninguém toma banho há mais de duas semanas. O quartel-mestre levantou o braço, cheirou o sovaco, fez uma careta e concordou com Mayer.

– Imagina só o cheiro desses castelhanos, tudo mestiço com negro e com bugre. Essas *Tower*, de pederneira, vão causar menos estragos!

Um destacamento especial carneou as vacas necessárias, a carne foi distribuída, cada companhia preparou o seu próprio braseiro e assou o seu churrasco. Os piquetes de sentinela se embrenharam na escuridão e a soldadesca dormiu ao relento, sobre os pelegos. Recomeçaram a marcha antes das duas horas da madrugada, um ventinho fresco varrendo os campos, os homens sonolentos. O quartel-mestre sacudiu Mayer:

– Vamos, homem, ou terminas ficando para trás.
– Pois olha, bem que eu preferia.

Já dia claro, sol fora, seis horas, o exército imperial avistou, do outro lado do Passo do Rosário, os homens de Alvear e Lavalleja, meia légua, se tanto, coroando a elevação que ficava do outro lado de uma sanga que dividia a frente de batalha. Barbacena e Brown determinaram logo o desdobramento das tropas brasileiras. As brigadas de cavalaria de José de Abreu e de Bento Gonçalves, compostas de paisanos armados e de milicianos gaúchos, estavam na vanguarda. O corpo de voluntários do Barão de Cerro Largo, mistura de paisanos, vaqueanos da região, peões de estância, desertores com indulto e gente agregada pelo caminho, mais parecia um bando de malfeitores. Não havia disciplina nem fardamento, cada um armado com o que havia conseguido, espingardas velhas, espadas enferrujadas, lanças e adagas.

Os Lanceiros Alemães foram mandados para constituir o primeiro corpo de vanguarda. Seguiram-se a eles o 27º e o 28º Batalhões de Caçadores constituídos só de alemães, com exceção do Major Jesus, do Estado-Maior.

– Vamos de carne para canhão – bradou Mayer para o quartel-mestre.

– Esses filhos de uma puta ficam aqui atrás, de binóculo, no fresquinho, a gente lá naquele paliteiro de lanças dos castelhanos – disse José Knapp, cirurgião-mor.

– O negócio é que ninguém sabe o que fazer.

Ouviram repetidos toques de corneta, montaram, Mayer apertava com dedos de aço o cabo de sua lança, por todos os lados começaram a surgir os volteadores inimigos, o Coronel Araújo Barreto deu o exemplo, a missão era limpar os flancos da infantaria, numa corrida rumo à sanga que dividia o campo de batalha, e ali os castelhanos rodavam dos cavalos e eram trespassados pelas armas dos alemães. Quando se reagruparam, Mayer gritou para o Sargento Frederico Bunte:

– Derrubei um do cavalo e o outro entrou pela minha lança adentro, só passando mesmo o cavalo. Acertei na barriga como se fosse num saco de milho.

Os couraceiros de Buenos Aires já vinham novamente, os alemães tornaram a avançar, a artilharia inimiga, de cima da coxilha, atirava sem parar. Mayer viu quando a cavalaria de Bento Gonçalves era separada do grosso das tropas pelo arremesso da Divisão Lavalle, viu quando os gaúchos irregulares de Abreu debandavam acossados e viu, de repente, que estava em plena luta com alemães do Barão Heine. Finalmente eles se entendiam com alguém, distinguiam os velhos palavrões da língua materna e não se queriam matar, era só o bater de espadas e o entrechoque de lanças. Mayer riu. Que loucura mesmo, Keller. Achou que a coisa estava perdida, a infantaria brasileira formava quadrados para impedir o assédio da cavalaria castelhana. As vozes de comando eram gritadas a plenos pulmões: primeira fila, fogo! segunda fila, fogo! Cavalos e homens rodando, agora em meio de densa fumaça do capim seco queimado, os argentinos estavam ateando fogo no campo. Mayer ouvia com nitidez o estalar das fecharias das pederneiras, as batidas dos sílex nas culatras de aço, o troar da artilharia inimiga e num último entrevero perde a lança e quase cai do cavalo. Deu de rédeas e voltou para a retaguarda, perseguido de perto por um dos lanceiros de Heine. Uma disparada que parecia não ter mais fim, o outro chegando cada vez mais perto, brandindo a espada e gritando. Finalmente o outro mandou que ele parasse, não queria matá-lo, rapaz a gente não tem nada que ver com essa briga. Estaria entendendo bem? Era uma artimanha, se ele parasse o outro viria com a espada e seria mais um soldado morto no Passo do Rosário. Foi quando o seu cavalo rodou e ao bater com a cabeça no chão perdeu por uns momentos a consciência. Quando abriu os olhos viu o soldado alemão de pé, espada ainda na mão, havia chegado a sua hora.

– Rapaz, eu sou de Badenbach-Trier. Meu nome é Peter Sen Ludwig.

– Eu me chamo João Carlos Mayer. Por que você não enfia logo essa espada em mim. Vamos, está com medo?

O outro riu. Era o que devia mesmo fazer. Olhou e viu que estavam longe da luta, sentou-se ao lado de Mayer e descansou a arma no chão.

– Você não acha engraçado a gente estar metido nisso sem ter nada a ver com a coisa? – perguntou Ludwig desabotoando a túnica empapada de suor.

– É, a gente sai da Europa por causa das guerras e vem para cá e é guerra de novo. Em qualquer lugar é assim.

– Eu não quero mais saber de guerra. Fui obrigado a ser lanceiro do Barão Heine e afinal a coisa foi divertida até ontem. Um homem fora da própria terra fica muito sozinho. E contra isso qualquer coisa serve. Veja você, encontrar um compatriota por aqui, como inimigo. Sabe, o melhor é tomar um rumo qualquer e desaparecer.

– Você quer dizer fugir.

– Desaparecer mesmo – retrucou Ludwig. – Para voltar agora eu precisava primeiro enfiar esta espada na tua barriga, montar a cavalo e continuar na guerra. Olha para esta farda, é diferente da tua.

– Mas a língua que nós falamos é a mesma.

– Vejo que você começou a pensar certo. Que é que fazia antes de se meter nesta coisa? – perguntou Ludwig.

– De tudo. Fui agricultor, contrabandista de armas, ajudante de ferreiro, mestre-escola, ajudei a empalhar bicho, um certo tempo fui macerador de ervas para o preparo de remédios. Agora, como está vendo, sou lanceiro alemão do lado imperial.

– E eu lanceiro alemão do lado republicano. Já ouviu falar de Alvear? Se não ouviu, melhor. Homem violento estava ali. No saque de Bagé deixara que a tropa saqueasse as casas e violentasse as mocinhas. Ele mesmo participara da festa, mandando buscar, à força, meninas para a sua carruagem. Uma delas conseguira derrubar o homem da carroça, nu em pelo, fugindo campo afora. Ele ficou possesso diante dos soldados que riam daquela cena. E nem é tão valente como dizem. O Coronel Escalada dera-lhe uma bofetada diante dos oficiais.

Mayer achou melhor montar e partir. Devagar, que os cavalos estavam mais mortos do que vivos. A fumaça do campo em chamas não deixava que vissem nada, a não ser os estrondos dos canhões e os tiros de espingarda dos quadrados, em compasso certo.

– Não me aguento mais de sede – disse Mayer.

– Não demora se encontra um rio qualquer pela frente.

— De fome, nem se fala. Comia um boi agora, cru mesmo.

Os cavalos iam a passo, rédea solta, falavam sobre coisas da terra, a noite começava a cair. Mayer avistou uma linha de mato, ao longe:

— Vamos para lá, deve haver água.

Era um córrego fino. Beberam água com as mãos em concha, lavaram a cara e os braços, encharcaram os cabelos. Resolveram dormir por ali mesmo, em cima dos arreios e pelegos. Já quase dormindo Mayer disse para o companheiro, que não respondeu, estaria dormindo:

— Nunca senti tanta fome na minha vida.

3.

Quando Mayer acordou – o dia escuro de grossas nuvens ia alto –, viu as botas grosseiras, os culotes sujos, dólmã brasileiro, a cara barbuda de um oficial, o braço direito esticado, na mão uma espada e a ponta da espada encostada na sua garganta. Só abriu os olhos, estremunhado. Qualquer tentativa que fizesse de levantar-se, o aço enterraria no seu pescoço. Virou os olhos para onde estaria Ludwig e viu que o compatriota estava mais ou menos na mesma situação, só que era um sargento, com a espingarda de baioneta calada. Quatro soldados surgiram do lado das árvores e o tenente gritou ordens que nem ele nem o amigo conseguiram entender. Foram agarrados e postos de pé, tiveram as mãos amarradas. Tenente, que negócio é esse, lutamos do mesmo lado, sou da Companhia de Voluntários Alemães. Esse rapaz aí se chama Peter Ludwig, estava nas tropas castelhanas, mas veio para o nosso lado. Que brutalidade, tenente, isso não se faz com um cão. Então ser levado assim, preso numa corda, a pé, enquanto vocês bem montados, vou me queixar para o Quartel-Mestre Dörnte.

— Eles não entendem uma palavra de alemão, Mayer – disse Ludwig que caminhava apressado a seu lado.

— E daí, eu também não entendo uma palavra do que eles dizem. Quero que vão para o diabo.

— Se pelo menos a gente tivesse comido alguma coisa.

— Olha lá, dois soldados trazendo cavalos para a gente – disse Mayer sem fôlego.

O grupo parou, os soldados chegaram.

— Tenente – disse um deles –, faça montar os dois presos, o coronel disse que assim eles não chegam nunca. Os castelhanos desistiram de atacar e vamos bivacar perto do Passo do Cacequi.

Os dois alemães foram ajudados a montar e partiram a trote, deixando para trás, na distância, a fumaça que ainda subia dos campos incendiados. Tenho pena de você, Ludwig, que afinal é inimigo, veste a farda deles, queira Deus que eles não te passem pelas armas. Ludwig, com as mãos para trás, amarradas, ia teso, tentando manter o equilíbrio no trote duro. Não conseguia ouvir o que o outro dizia. Mayer quebrando a cabeça, que diabo estariam pensando eles, prender como um criminoso um soldado da própria tropa e logo de uma companhia alemã, justamente as que haviam formado as primeiras linhas da batalha. Não dava para entender. Afinal, quem havia ganho a batalha?

– Ludwig – gritou Mayer a plenos pulmões – quem ganhou a batalha?

O outro virou a cabeça e deu de ombros. Sol a pino, Mayer achou que estava prestes a desmaiar, encontraram um batalhão em bivaque provisório, preparando um assado. Apearam os presos e fizeram com que ficassem sentados, lado a lado, no chão. Um sargento trouxe um corote com água e foi buscar uma concha de madeira.

– Desamarrem as mãos desses dois – ordenou.

Eles ficaram esfregando os pulsos doloridos, com feridas das cordas. Mayer bateu na farda, então vocês não veem logo que eu sou soldado brasileiro? Não há ninguém nessa merda de exército que entenda o que a gente fala? Chamem os meus companheiros dos Lanceiros Alemães, o Cirurgião-Mor Knapp, o Quartel-Mestre Matias Dörnte, o Tenente Bormann. Está ouvindo, sargento?

– Rapaz, cala essa boca e trata de matar a sede, que a viagem vai ser longa. Já vou mandar trazer carne – empurrou o corote para junto de Mayer e entregou-lhe a concha. Ele começou a beber com sofreguidão. Passou a concha para Ludwig:

– Vamos, bebe, não adianta falar com eles. Meu Deus, essa água vai ser pouca. Tenho uma fogueira por dentro.

Ludwig começou a beber até sentir dores na barriga. Mayer voltou a beber. Quando os pedaços de carne sangrando chegaram, eles não tinham tanta fome. A boca doía como se estivesse em carne viva, uma carne inchada, gengivas descoladas.

– É o pior churrasco que comi nos últimos anos – disse Mayer –, nem sal eles botaram.

Ludwig não disse nada. Permitiram que eles montassem de mãos soltas, os cavalos puxados pelos soldados. Partiram deixando o braseiro aceso, o resto de assado queimando, os corotes e trempes de guerra. Encontraram o grosso da tropa noite alta, identificados aos gritos por um piquete de sentinelas. A soldadesca ao redor de centenas de pequenas fogueiras. Quero ser levado ao comando dos Lanceiros Alemães, exigia Mayer aos soldados. Eles riam e não diziam nada. Comeram e dormiram entre guardas.

Madrugada clareando foram acordados por toques de corneta, sargentos caminhando por entre os homens aos gritos de ordem, mas não parecia partida, ninguém arrebanhava os cavalos, formavam filas, tomando distância com o braço estendido. O General Brant passaria em revista as tropas, de longe era visto caminhando nervoso, mãos às costas, depois montou e, seguido por grande escolta, desfilou por entre os homens perfilados. Ia de cara fechada. Mayer disse para o companheiro: "Está com jeito de quem perdeu a batalha". Minutos depois alguns oficiais voltaram, a pé, com suas ordenanças, procedendo a uma chamada nominal. Os homens citados iam sendo levados para uma pequena coxilha próxima do bivaque do Estado-Maior. Dos Lanceiros Alemães cinco homens foram chamados: Augusto Mosel, Eduardo Sprenger, Conrado Mischel, o Sargento Guilherme Quenzel e João Carlos Mayer.

De cada unidade chamavam novos nomes, e, quando não quiseram chamar mais ninguém, um oficial com papel na mão citava o nome de um homem, este era carregado uns vinte passos adiante, tiravam-lhe a túnica, era obrigado a ajoelhar-se e baixar a cabeça, levando dez chibatadas. A tropa inteira assistindo ao castigo, num silêncio mortal. Sprenger, quando chamado, disse para Mayer: esses homens ficaram loucos, o visconde perde a batalha e se vinga nas nossas costas. Mayer gritou, vou morrer de vergonha, isso não se faz com um homem. Estava tão impotente como uma criança, não poderia começar a chorar, iam pensar que era de medo. Para ele, era de ódio.

Foi o último a ser chamado. Ficou sozinho na elevação do terreno. Um vento fresco passando por entre as guedelhas ruivas. Sentiu na voz do oficial uma entonação diferente, cinco soldados se aproximaram, juntaram as suas mãos às costas, tornaram a amarrá-las. Ouviu distintamente quando alguém – teria sido o seu amigo quartel-mestre? – gritou em alemão "não fuzilem o homem, covardes!" Ainda tentou ver quem era o homem que seria fuzilado, pois então cometerem uma barbaridade dessas na sua frente, diante de seus olhos, todos aqueles homens, milhares deles, espalhados pelos campos de Cacequi, olhando para o crime, perfilados. Primeira companhia, sentido! Segunda companhia, sentido! E aqueles soldados ali, a menos de seis passos dele, se levantassem as armas talvez encostassem as massas de mira no seu peito. Por que no seu peito? Ana Maria cuidando da filha – ou teria nascido um menino, como ele queria? –, sem barriga, cuidando da horta, de noite fechando a casa que os bugres podem chegar sem que ninguém espere, as duas espingardas de espoleta bem à mão, é só enfiar no buraco da parede ao primeiro sinal deles e dar no gatilho, os Wallauer virão correndo, os Timm, os Selzer, os bugres fugirão. Daniel Abrahão cuidando das armas, Harwerther passando a fronteira, Gründling recebendo as caixas, serviço bem-feito, vamos beber uma cerveja em comemoração à saúde dos estancieiros de Jerebatuba, ao dinheiro ganho por Harwerther um bom companheiro esse Harwerther quando ganhar bastante dinheiro vamos organizar uma companhia de transporte marítimo de Rio Grande ao Rio de Janeiro, quem sabe um dia se compram navios para atravessar o oceano é com gente assim que se ganha dinheiro. Para de chorar, Ana Maria, isso não fica bem para a filha de um Pfeiffer, isso pode prejudicar a criança, a guerra dura pouco e a gente volta, vamos plantar essa terra, ganhar dinheiro com o amigo Gründling na volta em noite de chuva vamos os quatro sentar naquele boteco da Praça do Cachorro e beber até cair. Que diabo de ordens dá esse tenente de merda, onde andava ele quando espetei aquele castelhano? Preparar, apontar, fogo! Reconheceu, em português, a palavra fogo e tudo desapareceu dos olhos e da cabeça. As balas abriram um rombo no peito que dava para enfiar o punho fechado. O cirurgião--mor exclamou que aquilo era um absurdo. O quartel-mestre endureceu a cara, as lágrimas saltando dos olhos, então um homem como Mayer merecia aquilo, por acaso? Novas ordens, agora era montar e reiniciar a marcha. Os soldados alemães não tinham pressa. Augusto Mosel e os outros que haviam apanhado de chibata tiraram as camisas e mantas, que os vergões doíam como ferro quente, como urtiga em pele esfolada. A cavalhada de cabeça baixa, exausta. Para um oficial brasileiro que passou próximo dos Lanceiros, Sprenger gritou levantando o punho de mão fechada "puta que os pariu".

 Ouviram um vozerio vindo de um caponete ralo, alguns homens correram, Knapp e outros alemães também. Um oficial do Estado-Maior abriu caminho entre os homens, esporeando o cavalo, e viu um soldado alemão, corpo balançando de um galho fino, envergado a ponto de partir-se.

 Era o lanceiro Conrado Mischel que se enforcara de vergonha. Quando as tropas partiram, depois de acharem o capote roubado do comandante-chefe, deixaram sentado no chão, mãos amarradas, o lanceiro Peter Ludwig, soldado do Barão Heine, defensor do exército argentino.

VI

1.

A ESCRAVA DA CASA DA RUA DA IGREJA recebeu a estranha com desconfiança e má vontade. Chegou a dizer ao amo que a menina era muito novinha para aquelas coisas. Gründling disse irritado:

— Para que pensa você que estou trazendo esta menina para a minha casa, hein? Trata de arrumar um quarto para ela. Vou sair para fazer compras. Vamos, não fica aí parada, olhando a pobrezinha que ela mal conhece negro. Vai acabar morrendo de susto.

Sofia sentou-se numa grande marquesa, mãozinhas cruzadas sobre os joelhos, correndo os olhos pelas maravilhas que adornavam a sala, as cadeiras douradas, os grandes e reluzentes lampiões em forma de lustre, os tapetes bordados e os armários cheios de louças e cristais. Estava com medo de sujar com os pés descalços o assoalho limpo e brilhoso como se fosse o tampo da mesa de comer. A mucama desapareceu por uma das grandes portas, a dizer coisas incompreensíveis. Boa empreitada para um homem que não fica em casa. A preta velha sem falar uma palavra de alemão, a menina calada, o melhor seria contratar uma professora de respeito, ouvira falar de uma que morava na Rua da Olaria, pessoa de boas maneiras. Viu a cor das suas unhas e a pele escamada e coberta de grosseiras. Chamou a escrava:

— Enquanto saio prepara um banho bem morno, com sais, e limpa bem a pobrezinha. A roupa eu trago em seguida.

Saiu com a impressão de que cometera um erro metendo em casa uma meninazinha como aquela que despertaria, de imediato, a cobiça da safada da Izabela, aliciadora de mulheres, sedenta sempre de novidades para a freguesia.

– Mas essa não! – se surpreendeu dizendo em voz alta, enquanto se dirigia para o comércio tumultuado da Rua da Praia.

Meio forçada, agarrada, empurrada, Sofia terminou por enfrentar a banheira de zinco, em forma de balanço, cabeceira alta, cheia de água limpa onde a negra despejou o conteúdo rosa de um frasco de sal perfumado. Como uma estátua, Sofia deixou-se despir. Cada peça de roupa que a escrava pegava com a ponta dos dedos provocava uma cara de nojo, boca desatrelada dizendo coisas e proferindo exclamações. Como era possível andar assim tão suja? Teria sido achada no meio do mato, entre os bugres? Sentiu a negra esfregando suas costas com esponjas empapadas de sabão cheiroso. Aos poucos a água, antes cristalina, foi se tornando cinza e Sofia cada vez mais branca, os cabelos recobrando um tom de ouro pobre, ela sentindo uma sonolência gostosa, começando a dormir com a cabeça encostada na borda alta. O poço de água morna no Rio Uruguai, peixinhos prateados riscando a massa vítrea, o sol a pino convidando à sesta. A negra ria; então o bichinho do mato dormia como um lagarto, os bracinhos finos boiando na espuma, o amo, coitado, não reconheceria mais a menina quando voltasse. Prepararia logo a cama de alvos lençóis, o travesseiro de penas, a fronha estalando de engomada.

Sofia levou um susto quando saiu da modorra, como se tivesse caído, de repente, do alto das nuvens. Foi enxugada como uma criança, depois perfumada e conduzida, meio sonâmbula, para o quarto, a cama limpinha e macia, os postigos fechados, o quarto na penumbra, a cabecinha afundando, o mundo inteiro rodopiando e ela a mergulhar sem paradeiro num estranho, gostoso, imenso lago só de espumas.

Quando Gründling voltou, foi levado até o quarto pela negra que ria satisfeita. Então ele viu a menina dormindo coberta apenas por um lençol, os longos cabelos esparramados sobre a fronha branca, rendada, uma expressão serena e bela, os grandes olhos azuis velados pelo peso das pálpebras, uma pequena imagem de marfim. Fez um sinal para a negra sair, olhou ainda mais uma vez para a menina dormindo. Quando fechou a porta, Gründling teve a impressão de estar isolando do mundo hostil um quieto e morno santuário.

2.

Em abril os castelhanos resolveram atacar pelo sul. Dez mil homens reunidos na Vila de Melo, departamento de Cerro Largo. Parte dos homens recebeu a missão de ocupar lugares estratégicos visando impedir qualquer agressão das tropas uruguaias isoladas em Montevidéu e Colônia, dois pontos de resistência à ambição do General Lavalleja, que se mantinha a serviço da bandeira de Buenos Aires. Parte das tropas permaneceria na fronteira natural do Rio Jaguarão, bivacando à margem direita. Esses homens dariam cobertura às tropas que invadiriam o Brasil, no caso de uma retirada forçada. Lavalleja, à frente de seu Estado-Maior, aproveitou a vazante das águas, vadeou o rio pelos baixios e se internou em território inimigo. Cinco mil homens, se tanto. Outros quinhentos rumaram para a costa, lados do Chuí, com a intenção de bloquear o estreito de terras entre as lagoas Mirim e da Mangueira. Da costa, os soldados viam os navios imperiais viajando para o sul; sabiam que a missão deles era proteger Montevidéu. Erguiam os punhos, raivosos, ameaçando os barcos distantes, gritando palavrões, cuspindo com desprezo.

Buscando algumas rezes extraviadas, Juanito viu a concentração de tropas, fez sinal para os dois escravos que o acompanhavam e voltaram a galope desenfreado para a casa dos Schneider. Uma hora depois chegavam, Juanito boleando a perna com o cavalo ainda em movimento, correndo em direção de Catarina que farejava desgraça. O índio a tartamudear coisas naquela sua algaravia, juntando os dedos para indicar quantidade e sempre apontando para os lados da fronteira.

– *Miles e miles* – era só o que sabia dizer.

A noite caindo, Catarina desconfiou que eles não se atreveriam a invadir aquelas terras na escuridão. Quem sabe estaria na hora de fugir para Rio Grande, na única carroça inteira que sobrara. Daniel Abrahão apontou a cabeça na borda do poço. Catarina, o que está havendo? O índio, Daniel Abrahão, diz que anda muito soldado para aqueles lados. Ele ficou mudo, olhando para a direção da mão da mulher. Juanito, rodeado pelos escravos, narrando tudo o que vira. Só ela a pensar, Catarina, que o marido já desaparecera poço abaixo e de lá gritava histérico para a mulher, a tampa, a tampa na boca do poço, que sobre a tampa botassem lenha, toda a lenha que existisse por ali. Naquele momento Catarina pediu a Deus que não permitisse que Philipp saísse ao pai, nem Mateus. Sua decisão estava tomada: não arredaria pé de suas terras, aquela imensa solidão de horizontes era sua e de mais ninguém. Custara dores e desgraças, custara o sangue de Harwerther e o aleijume do índio fiel. Foi até a borda do poço:

– Daniel Abrahão.

Ele respondeu, depois de breves momentos, com um grunhido abafado, rouco. Catarina disse:

– Vou acabar de entulhar esta água suja aí embaixo.

Chamou Juanito e os escravos e deu o exemplo, começando a jogar pedras e pedaços de paus e lenhas. Ouviu o marido gritar "que é isso, mulher, você ficou doida?". Ele pensou que estava sendo enterrado vivo. Quando ela viu que a água já estava encoberta, ordenou que jogassem ramos verdes, indicando um cinamomo chapéu-de-sol, de copa baixa. Pegou sacos de mantimentos, encheu vários corotes com água fresca e com gestos determinou aos escravos que fossem carregando tudo para o fundo do poço. O que havia de mais aproveitável foi sendo colocado à beira da toca de Daniel Abrahão; Juanito, compreendendo as intenções de Catarina, determinando a cada negro o que devia fazer. Mandou descer Mateus, envolto em panos, depois Carlota e Philipp. A mãe dizia "fiquem lá embaixo com papai, bem quietinhos". Mandou que os negros descessem também, que ficassem sobre os galhos verdes, que lá dormissem como fosse possível. Ajudada pelo índio tapou a boca do poço, esparramou um resto de linha por cima, grossas toras de madeira verde. Noite fechada mandou o índio deitar-se sob a carroça, entrou para a casa, deitou-se e ali ficou rodopiando a noite inteira em torno dos mesmos pensamentos, um labirinto inextricável. Lágrimas lhe corriam pelo rosto crestado, lágrimas de orgulho, estava prendendo com unhas e dentes a sua inteira solidão.

Ao clarear do dia ordenhou uma vaca que havia ficado presa à soga, encheu uma panela de ferro e por uma fresta da tampa fez com que a mesma chegasse lá embaixo. Assou pedaços de charque gordo e mandou tudo para a gente subterrânea. Só ela e Juanito a esquadrinhar o horizonte, começando a ver os primeiros pontinhos negros ao longe, os pontinhos aumentando – onda bíblica de gafanhotos vorazes – numa linha a se perder de vista. Catarina juntou gravetos para fazer mais fogo, Juanito capinando ao natural, olhinhos vivos espreitando a faixa negra e reluzente que se aproximava. Distinguiam já os fardamentos azuis e vermelhos, as lanças em riste com bandeirolas agitadas. Por fim chegaram os primeiros cavaleiros. O grosso da tropa passava ao largo. Quatro deles esporearam seus cavalos e cercaram Catarina. Um oficial inferior berrou qualquer coisa para os demais; os outros se calaram.

– Mire, señora...

Juanito se aproximou cauteloso, fazendo mesuras, sorrindo forçado; a senhora era alemã, não entendia uma palavra da língua da terra. Os brasileiros haviam levado seu marido e os filhos. Fez o gesto de quem leva uma espingarda à altura dos olhos: pum, pum, pum. Os soldados se entreolharam. Mataram a gente dela? Transmitiram isso a um oficial mais enfeitado de dourados que fez um sinal para prosseguirem. Partiram a galope, seguindo a tropa, mas os soldados que por ali ficaram deram urros bárbaros e vararam com suas lanças aquilo que topavam pela frente, latas, caixotes, terminando por levarem, na ponta de uma lança, um bom pedaço de charque que secava nos varais. O oficial inferior sofreou o cavalo e de onde estava gritou levantando a espada:

– *Volveremos a vernos, comadre.*
Juanito pensa na chininha da estância Medanos-Chico e sente o coração disparando no peito. Que fariam os bandidos com ela? Gesticula para Catarina apontando Medanos-Chico e pronuncia "Ceji", passando os dedos em forma de garfo pelos cabelos, como se fossem compridos. Pega um cavalo, enfia-lhe pela boca o bridão e, em pelo, galopa desabrido na direção de Ceji. O mau pressentimento que tivera começa a ganhar corpo quando enxerga no horizonte uma espiral de fumaça negra, tocada de leve pela brisa noroeste. É na Medanos-Chico; a fumaça sobe do meio do pomar, cobre a casa do velho José Mariano. Quando apeou viu que os castelhanos haviam arrasado tudo, a casa central em chamas, galpões já em cinzas. Afinal vê o que não queria, José Mariano atirado sobre um canteiro, a roupa em frangalhos, o pescoço cortado de orelha a orelha. Olhou para todos os lados, remexeu as cinzas quentes de um galpão; teriam levado Ceji? Pairava sobre tudo o espírito agourento de Quanip e de seus companheiros vampiros. Gritou pelo nome de Ceji. Perambulou tanto por entre a terra devastada, era como se por ali houvesse passado um tufão de morte. A horta desaparecera sob as patas da cavalhada; o pomar fora depenado a golpes de espada. Poucos animais vivos, dois cavalos pastando, alguns bois distantes, galinhas inquietas. Caminhou por entre as árvores, os pessegueiros, passou pelas guanxumas crescidas, as ramadas de mandioca. Ceji! Quanip maldito, choramingou sem esperanças. Voltou. De repente ergue a cabeça, atento, como um cão de caça. Ouvira um som, alguma coisa por perto. Estaca, corpo atilado e tenso. Agora, mais nítido, um ai, um queixume. Corre direto, guiado pelo instinto. Ceji de bruços, seminua, o rosto enfiado nas macegas. Vira-lhe o corpo, com cuidado, mãos de seda, o rosto batido, machucado, o sangue ainda vermelho e vivo na saia rota. Carrega a indiazinha nos braços e a deposita nuns pelegos perdidos. Vai buscar água, lava seu rosto, os olhos intumescidos, os lanhos sangrentos que vão do pescoço aos seios miúdos, sangrando ainda por baixo, os filetes pastosos com estrias até os joelhos. Atrela o cavalo numa carroça abandonada, nela coloca Ceji e inicia a viagem de volta; Catarina saberia cuidar dela. Voltaria mais tarde para enterrar o velho José Mariano.

3.

Os gringos não levaram dois dias em terra alheia. Dois dias que permitiram ligeiras escapadas dos que estavam no poço. Philipp cumprindo suas obrigações no alto da gávea, dando alarma ao menor sinal de piquetes esparsos passando ao longe. As crianças tomando sol e Daniel Abrahão apenas apontando a cabeça de barba hirsuta sobre a amurada de pedras. Comiam naqueles breves momentos. Catarina fez uma fornada de pão e mandou baixar tudo para o esconderijo. Tratava as feridas da chininha, com Juanito ali postado, cão de guarda a lamuriar vingança e ódio. Ao sinal de "tropa ao norte" até mesmo Ceji desceu nos braços dos escravos. Por algum tempo, depois de reconhecer que eram os gringos de volta, Catarina ainda ouviu o choro de Mateus, às vezes abafado, alguém tentando impedir que continuasse a chorar; Juanito alerta, Catarina começando a caminhar para longe das casas, saindo campo afora, solitária como um bicho acuado, na esperança de atrair a atenção das tropas para si, querendo desviar o interesse dos homens pelo que poderiam pilhar na estância. Mas voltavam os soldados tão assustados que nem sequer olharam para os lados das casas, dos currais, hortas e pomares. Catarina parada no meio do campo até que um grupo passou por ela, derrubando-a com as patas dos cavalos. Centenas de soldados debandando. Atrás deles grossos contingentes da cavalaria imperial; entreveros esparsos, retinir de espadas e volteios de lanças. Cavalos sem cavaleiros a correr desenfreados e esbaforidos, chicoteados pelos próprios estribos pendentes dos loros.

Catarina voltou para casa. Encontrou soldados brasileiros perguntando se não havia algo para comer. Juanito disse que os castelhanos haviam levado quase tudo. Não falaram com a dona da casa que lavava o rosto e os braços feridos numa bacia de água ensaboada. Sua fisionomia permanecia a mesma, sem um sinal de dor.

Contraiu os músculos do rosto quando ouviu bem claro o choro de Mateus, como se viesse de longe. Os soldados também ouviram e olharam em redor, não vendo nada. Um oficial perguntou de onde vinha aquele choro, fez um gesto de ninar criança nos braços, levantando o queixo interrogativo. Ela foi até o poço, tirou a lenha empilhada, removeu as toras e falou para baixo, fazendo sinais para que os escravos subissem.

– Fica aí embaixo, Daniel Abrahão, manda trazer as crianças, não há perigo.

Os negros começaram a sair, ofuscados pela luz do dia, tontos; trouxeram Ceji e as crianças. Juanito prestimoso, ajudando, olhos, pregados na chininha que aos poucos melhorava. O oficial abriu os braços, como a perguntar por que haviam escondido toda aquela gente no poço. Catarina falando em alemão, mas explicando o melhor que podia por gestos. Os homens do sul – apontava para o Chuí – saqueavam as estâncias e matavam seus donos. Ele não havia visto

Medanos-Chico? Fez um gesto de degola apontando para a estância incendiada. Catarina mostrou a indiazinha, apontou para o ombro caído de Juanito.

Os soldados partiram e de todos os pontos piquetes se reuniam a distância, desaparecendo ao cair da noite. Catarina voltou a tapar a boca do poço, levou as crianças para dentro de casa e lá ficou, abraçada com elas, com a visão do mundo a seu redor se distanciando cada vez mais pelo sono invencível. No armário de tela com charque dependurado, a cara de Gründling, sorridente, a barba bem aparada, o colete de veludo bordado, a corrente de ouro do relógio, as mãos finas, a voz educada, quantos bergantins, galeras e sumacas ainda estão por chegar? Estou lhe oferecendo uma grande oportunidade, uma fatia de terra que não acaba mais, em troca de um quadrado de mato, numa zona onde vivem tigres e bugres. Ela está aí entrando pelos olhos, só não vê quem é cego. Do dia para a noite os seus negros cortam árvores e levantam casas, galpões, eles são mestres em cobertura de santa-fé. E mais este dinheiro, Daniel Abrahão, para um começo de vida tranquilo nos melhores campos do mundo. E eu conheço os campos do Sul da França e as pradarias da Prússia, e tudo não passa de um quintal. Catarina agora mergulhava numa espessa gelatina, derrotada afinal, sozinha, corpo, nervos e músculos estraçalhados.

4.

Gründling abrira um entreposto de produtos coloniais, contratou dois auxiliares para cuidarem do negócio; um casarão velho, de madeira, a meio caminho entre a antiga Feitoria e Porto Alegre. Jacob Schlaberndorf, 42 anos, casado com Judica Gherardt, e Henrique Einssfeld, 39 anos, casado com Juliana Metz, de Hesse. Ambos haviam chegado ao Brasil na galera hamburguesa *Der Kranisch*, comandada pelo Capitão Klauss Frederico Becker. Eram homens em quem se podia confiar. O negócio era para ganhar dinheiro. Parte das mercadorias compradas nas colônias e que chegavam a São Leopoldo em lombo de burro – só havia picadas estreitas abertas no denso matagal da encosta da serra –, Gründling a remetia por água, nos seus lanchões com nomes pintados com garranchos, *Dresden, Hamburgo, Friburgo* e, o mais novo deles, com letras caprichadas, *Jorge Antônio*, em homenagem a seu amigo Schaeffer.

Com o passar do tempo Gründling começou a entrar no comércio graúdo de planchões de grapiapunha, remos para lanchões, rodas ferradas para carretas, madeiras de lei, lombilhos lavrados, obras de funileiro e couros curtidos. Aos poucos foi aumentando o primeiro galpão, as meias-águas descendo até quase o chão. Carretas e carroções descarregando as compras feitas nas colônias; outros partindo abarrotados para Porto Alegre, onde, seis meses depois, abria novo armazém no Caminho Novo, enchendo os depósitos com tudo o que vinha da encosta da serra, desde a Linha Herval até a Linha Hortênsio, descendo por Estância Velha e São Leopoldo.

Mas na mansão da Rua da Igreja não entravam mais as moças de Izabela. O dono da casa e seus amigos, muitos deles comerciantes em Rio Grande e que buscavam mercadorias para exportar, buscavam as espeluncas da Ladeira de São Jorge, algumas delas ganhando reformas e melhorias com o dinheiro de Gründling. O primeiro piano importado por ele não foi para a sua casa, foi direto para o salão bailante inaugurado por Izabela. O cego Jacob Heichert – o único que sabia tocar – embalava as farras de Gründling e seus amigos com titubeantes *Lieder* de Schubert. Madrugada alta, salão vazio, um ou outro bêbado derreado sobre as mesas, Jacob ainda ficava dedilhando o instrumento, pegando de ouvido as melodias paraguaias, os primeiros *purajheí* cantarolados por Izabela. Nessas horas, Jacob acertando as músicas, ela chorava discretamente, passando o lencinho de rendas sob os olhos. Mandava preparar churros e só os dois, a casa já deserta, a luz do dia entrando pelas frestas, comiam em silêncio, bebericando licor de bergamota.

5.

Trajando roupagens mandadas de Hamburgo por Schaeffer, Sofia foi levada pela escrava de Gründling, pela primeira vez, a um passeio a pé pela cidade. Olhares bisbilhoteiros seguiam a menina e a preta velha. A manteúda de Herr Gründling. Um escândalo. Uma menina que ainda podia brincar com bonecas. Ia agora ali feito mulher, o escarlate da sombrinha elegante tingindo as suas faces de um rosado vivo, os graciosos sapatos importados, aos poucos se cobrindo de poeira; maravilhada com o comércio barulhento da Rua da Praia, homens a cavalo, negros carregando embrulhos e pesados volumes, marinheiros, vendedores de legumes e de quinquilharias, lojas expondo nas portas os seus artigos, correeiros, oficinas de consertos, moleques com tabuleiros cheios de doces feitos com açúcar mascavo, carroções descarregando fardos, moendas a manivela espremendo cana e vendendo canecas de garapa. A negra Mariana sorrindo ante o espanto da menina e por fim carregando-a para a Rua da Bandeira, onde se avantajava, imponente, a Igreja Nossa Senhora do Rosário, levantada e mantida pelos pretos. Mariana pertencia, também, à irmandade do Rosário e fez questão de que a menina conhecesse a igreja e nela entrasse. Sofia, admirada com as suas torres quadrangulares, as três portas imponentes no primeiro plano, as três janelas superiores, um campanário de seis sinos, muito mais bonito do que o próprio campanário da matriz. O adro lajeado, pilares de alvenaria e gradis de ferro trabalhado.

Mariana explicava: Sofia nada entendia da parlapatice da negra. É das nossas nações africanas, candomblés da Mãe Rita. Era de ver os cocumbis para o Natal e para as festas do Rosário, quando da Rua da Igreja se podiam ouvir os ganzás, as marimbas e os urucungos, os tambores surdos e ritmados. O Rei entrando, seguido da Rainha e dos Aristocratas, o povo sapateando e cantando. Ah, Sinhá Sofia, tudo lindo de chorar. Os negros todos prostrados diante do altar central, os do vão do Cruzeiro queimando as compridas velas, entre ramos e flores.

– Dezessete imagens, Sinhá Sofia – exclamava a negra Mariana, emocionada.

A menina sem saber o que fazer ali dentro da penumbra silenciosa; alguma coisa dentro dela sofrendo, o coração pulsando mais forte. Imitou a escrava quando ela se ajoelhou, fazendo o sinal da cruz. Olhando para Sofia, com seus grandes olhos de vidro, Nossa Senhora da Conceição.

Na rua, sol amarelado da tarde morrendo, Sofia não conseguindo ver ninguém, enfeitiçada pela igreja, tão diferente de tudo o que vira até então. À noite, enquanto jantava com Gründling, ligou o bruxulear das velas da mesa às grandes velas do altar. Ele comendo voraz, ela apenas beliscando, a trocar olhares cúmplices com a negra Mariana, toda a vez que a escrava vinha trazer comida ou levar pratos vazios.

– Você perdeu a fome? – perguntou Gründling.

– Obrigada, Herr Gründling, mas não estou mesmo com fome – disse Sofia cruzando os talheres, sempre com medo de ser repreendida por ele, por um gesto mal-educado, uma palavra mais grosseira, o modo de sentar-se.

Uma moça não fala desse jeito. Uma moça não senta assim. Isso não são modos de comer. Não se fala com a boca cheia. Não passa a manga do vestido na boca. Não mete o dedo no nariz. Uma moça não cospe.

Ela quebrou o silêncio, querendo agradar:

– Eu e Mariana demos um passeio hoje de tarde pela cidade. – Gründling interrompeu o caminho do garfo cheio, ficou de boca aberta, olhos cravados na menina.

– Um passeio pela cidade?

– Ela me levou a ver a Igreja do Rosário. Que beleza, Herr Gründling, nunca pensei que os negros pudessem ter uma igreja tão grande nem tão bonita. As velas de lá são até maiores que estas.

Gründling passou o guardanapo na boca engordurada e gritou para dentro:

– Mariana, vem cá, Mariana!

A preta surgiu assustada na porta, aproximando-se do amo. Carregava nas mãos uma compoteira de ambrosia. Perguntou se havia demorado com a sobremesa.

– Ninguém aqui quer sobremesa, Mariana. Como se atreveu a levar a menina naquela suja Igreja do Rosário? Andar por essas ruas imundas de lixo, duas mulheres sozinhas, servindo de pasto aos falatórios dessa gentinha!

A escrava depositou a compoteira sobre a toalha de linho, dando a impressão de que nada ouvira. Começou a recolher os pratos do jantar.

– Falei com você, Mariana! – berrou Gründling, colérico, batendo com a mão aberta na mesa.

– A menina disse que estava com vontade de dar uma volta, fez assim com a mão dizendo que queria tomar um pouco de sol. Achei que não havia mal.

Sofia não entendera uma palavra do diálogo em português. Ele fez um gesto enérgico mandando a negra embora. Ficou algum tempo batendo ritmado com dois talheres, aborrecido. Gründling começou a falar devagar:

– Não quero mais que você saia sozinha com Mariana. Se tiver que sair, sairá comigo. Esta cidade anda cheia de vagabundos e andarilhos, índios e malfeitores. Espero que esta tenha sido a primeira e a última vez que isto aconteça. Não estou cuidando de você para que sirva de motivo para falatórios e cochichos de porta de botica – levantou-se e passou para uma cadeira de braços, a preferida de Schaeffer quando estivera em Porto Alegre. – Coma o doce e venha sentar-se aqui perto. Estou falando para seu bem.

A menina estava ficando mulher. Os seios crescidos, esticando os vestidos de tafetá francês. Os olhos de Gründling atraídos para o vale entremostrado pelo decote; a cintura delgada, as ancas proeminentes, seu modo acanhado de falar palavras erradas, ele corrigindo e passando delicados carões. Ensinada por Mariana, começara a bordar razoavelmente, os dedinhos de lírio tramando a linha, o tique nervoso de morder levemente os lábios. Frau Felipina Grub ensinando as primeiras letras, boas maneiras e trabalhos domésticos. O pensamento de Gründling esvoaçando para o dia em que o Dr. Hillebrand lhe mostrara o bichinho do mato, em São Leopoldo. A história do cavaleiro indiático que a largara no povoado. Os caudilhos e os bugres com a pobrezinha para cá e para lá. Teria sido deflorada com quantos anos? Doze ou treze? Sentiu o sangue ferver nas suas veias. Animais! Pois agora aprenderia a ler, começaria o aprendizado de grande dama, mandaria buscar cartilhas, uma lousa para desenhar as letras, depois as declinações, a pobrezinha as usava tão mal. Olhava para ela, disfarçadamente. Tinha a estirpe das grandes mulheres. Família Spannenberger, do Grão-Ducado de Hesse. Não viverá lá um Conde de Spannenberger? Este último pensamento saíra em voz alta. Sofia estremeceu, sem compreender.

– Conde? Meu pai se chamava Julius.

– Não foi nada, não. Estava pensando em outra coisa. E como vão os estudos com Frau Felipina?

– Não sei, acho tudo tão difícil. Será que é preciso mesmo aprender a ler?

– Claro que é preciso. Você vai gostar. Vou mandar trazer livros, histórias de reis e de guerras. Uma moça deve saber ler.

Ela sorriu, agradecida. Gründling sentiu o seu olhar de carinho e gratidão. As duas covinhas de cada lado do rosto, quando sorria. Até que ponto a desgraça havia marcado a sua vida?

– Quando seu pai foi morto (ele quase disse degolado), que aconteceu com sua mãe?

Sofia ficou imóvel, em guarda.

– Não sei, não me lembro.

– E o primeiro homem que te carregou? Quem foi?

– Não me lembro. Herr Gründling, por favor – seus lábios começaram a tremer, estava prestes a chorar –, não me lembro de nada.

Gründling levantou-se resoluto, pegou as mãozinhas dela e tentou tranquilizá-la:

– Esqueça mesmo tudo isso, esqueça. Prometo não perguntar mais nada. O que passou, passou. A vida começa agora.

Sentiu-se um pouco ridículo, falando daquela maneira. Disse a ela que precisava sair e que pediria a Mariana para lhe fazer companhia na sala. Fosse deitar quando sentisse sono.

Saiu confuso a respeito de si próprio e isso fez com que seus pés o levassem direto à casa de Izabela, aquela noite abarrotada de gaúchos e de marinheiros, o cego Jacob martelando o piano e dele saindo uma melodia em desacordo com o ambiente carregado de bodum e suor velho. Jacob solitário na sua cegueira, a freguesia em algazarra. Gründling acercou-se do pianista, permaneceu um pouco em silêncio, botou a grande mão sobre seu ombro:

– Que é isto que estás tocando, Jacob?
O cego prosseguiu tocando, reconhecendo a voz do amigo e protetor.
– De Beethoven, Herr Gründling. *Mondschein*. Gosta?
– Continua, estou gostando muito.
Izabela já estava a seu lado, efusiva e contente por vê-lo ali, naquela noite. Sugeriu que passassem para o reservado, estava com a casa muito movimentada. Levaria para lá as meninas que quisesse. Gründling fez um sinal para que ela esperasse. Estava fascinado pela música. Lembrava-lhe Sofia, delicada, terna, meiga, suave, estranha, selvagem. Virou-se para Izabela e disse autoritário:
– Quero beber hoje como nunca!
No reservado tirou o grosso casaco e mandou vir cerveja. Não, não quero mais do que uma mulher. Traz Cholita, que tem a pele mais fina e os peitos duros. Depois começa a botar esses bêbados para a rua, quero ouvir Jacob tocando só para mim. Baixa a luz desse maldito lampião. A menina já vem, Herr Gründling, assim que se desocupe, já avisei. A luz assim está boa? Mais fraca? Assim? O senhor não vai enxergar a boca, nem as garrafas. Alguma coisa muito triste estava se passando com Herr Gründling. Não era, naquela noite, o mesmo homem. Saiu e deixou o freguês sozinho.

Como era difícil criar um diabinho desses, largada no mundo, de mão em mão, os bandoleiros filhos da macega fazendo da inocentinha o que bem entendiam, como se fosse uma coisa, um traste, um potro. Agora você vai aprender a ler, vai ganhar boas maneiras, será uma dama. Os dois seios opressos sob o vestidinho, as mãos pequenas e nervosas tentando esconder os dois regos de fina penugem. Pois à nossa saúde, menina! Beba também para esquecer aqueles animais melenudos, de grossos bigodes caídos, o cheiro de suor de cavalo. As patas imundas dos bandoleiros tocando no corpinho dela. Mais cerveja para afogar esses fantasmas odientos. Eles não existiram, nunca existiram, só na imaginação dela, uma meninazinha assombrada. Tudo vai começar agora. Bota-se o passado sobre esse monte de gravetos secos e é só tocar fogo, os tigres virarão cinzas e as cinzas desaparecerão com as chuvas, e as chuvas levarão o resto de tudo para os rios e daí para o mar. Adeus, fantasmas!

Cholita colada nele, sem ser notada, mãos ensinadas e treinadas se insinuando entre a camisa e a pele. Apague esse lampião maldito, menina, assim na escuridão os fantasmas não serão vistos. Sua enorme mão pegando na mãozinha dela, ajudando a escrever as sílabas soletradas, o perfume dos seus cabelos soltos, sua própria boca escorregando pelo fino pescoço, beijando seus seios que sobem e descem. Não se assuste, a vida começa hoje. Despe-lhe o vestido dos ombros, a carne surgindo das rendas e das sedas, a menina deitada nos seus braços, os lábios frescos entreabertos, leves gemidos de êxtase, não se assuste, menina, Mariana se foi, estamos só nós dois nesta imensa cama cercada de grades por todos os lados, este grosso cadeado deixa o mundo inteiro do lado de fora. Quero beijar seu ventre, um mergulho nessas águas para sempre. Cholita deixa o reservado, abotoando-se, ajeita os cabelos negros, puxa a porta e encontra o olhar curioso de Izabela.

– Herr Gründling, Dona Izabela, estava muito diferente, tão delicado. Ficou debruçado na mesa, o pobre, dormindo de bêbado.

VII

1.

DANIEL ABRAHÃO APERFEIÇOOU a toca de maneira a passar nela o resto da vida. Gostava da sua solidão, muito mais do que das vezes em que era chamado a sair do poço, nas breves e inesperadas ausências de soldados. Estava numa terra de ninguém, espremido por dois inimigos, ambos querendo o seu pescoço para ornar um galho de árvore ou sua carótida. Para ele o mundo dividira-se em dois; essas duas partes brigavam entre si para saber qual delas receberia, ao final, o troféu cobiçado: a sua cabeça. Com o tempo, passara a identificar cada um dos bandos. Por simples detalhes, pelo arrastar de rosetas no chão, pela fala incompreensível, mas distinta, pelas próprias patas dos cavalos. Dispondo agora de um pequeno lampião de azeite de peixe, só o acendia a curtos intervalos, temendo que um fiapo de fumaça o denunciasse.

Acostumara-se à escuridão. Ela era a mãe dos seus devaneios. A luz do dia feria os seus olhos congestionados e sensíveis, mesmo ao cair da tarde, quando não havia mais sol no céu. Numa furna onde quase não conseguia sentar-se, ganhava uma sensação de segurança que lhe escapava quando sobre a terra. O horizonte livre e infinito representava para ele um constante perigo. O céu aberto, as nuvens e o próprio vento, podia ser uma leve brisa, passaram a ser uma permanente ameaça. A amplidão era a sua cadeia. Liberdade para Schneider deveria ter, para ser completa, uma tampa rústica de tábuas; sobre ela, ainda, pedras e lenha. Contava os dias cavando anéis em varas de cinamomo, com a habilidade de seleiro de profissão. Numa vara mais grossa marcava a passagem das tropas castelhanas; na outra face, o passar dos soldados brasileiros. Levara cinquenta e quatro dias para transformar uma tora de madeira num serigote artístico, esculpido com detalhes, usando como ferramenta tão somente o afiado facão que um dia recebera para cortar a barba e os longos cabelos.

Muitas vezes comia sobre a borda do poço, pernas enganchadas nos degraus roliços da escada. Nessas ocasiões via os filhos Philipp encabulado, tímido, meio de longe, Carlota levada pela mão de uma escrava, chorando sempre que o barbudo do poço estendia a mão para tocá-la com carinho. Mateus carregado nos braços de Catarina. Ele sempre dizia: "Um Schneider, isso ele não poderá negar jamais". Catarina contrariando em pensamento "um Klumpp, toda a vida". O bicho do poço limpava o prato e desaparecia no abrigo. Se a tampa não era recolocada logo, ele reclamava em altas vozes. Então não viam que ele corria perigo, que os bandidos poderiam chegar a qualquer momento, sem aviso e nem alarde? Botem a tampa de uma vez, miseráveis! Passava horas cortando as grossas unhas dos pés e das mãos, alumiado pelo lampiãozinho fraco. Cortava, raspava, escarafunchava. Limpava as espingardas com sebo de boi, usando trapos para o polimento. Lá em cima, os escravos cuidavam da horta e do pomar. Os primeiros pêssegos haviam sido comidos, ainda verdes, pelos castelhanos. As primeiras melancias estriadas haviam sido arrancadas do talo, pelos brasileiros, quebradas e dadas aos cavalos.

Nem mesmo a mulher ele desejava dentro de casa, na cama em comum. Pedia, implorava que ela descesse. Sentia prazer redobrado sob a terra, entalados os dois entre aquelas paredes úmidas e morrinhentas. Para um banho semanal, ficava de pé sobre o entulho do poço, Catarina derramando baldes de água lá de cima. Deitava-se ainda nu, esperando que o corpo secasse. A mulher a repetir que ele ficaria aleijado, com o tempo, se não saísse para caminhar, fazer algum exercício, esticar pernas e braços. Em certas ocasiões, os soldados desapareciam semanas inteiras, não se via uma sombra pelas redondezas. Catarina doutrinando o marido para que saísse um pouco. Ele sem dizer uma palavra, a dizer não apenas com a cabeça. Ela dava de ombros; o marido era maior, sabia ler e escrever, conhecia a Bíblia e tudo o que Deus tivera a intenção de dizer aos homens.

Quando era dominado pela melancolia, trocava o prato de comida na borda do poço pela velha e surrada Bíblia que trouxera debaixo do braço desde a partida da Alemanha. Chamava Catarina, que se via obrigada a largar dos seus afazeres domésticos, para ouvir trechos do livro sagrado. "Tende, pois, paciência, irmãos, até a vinda do Senhor. Vede como o lavrador aguarda com paciência o precioso fruto da terra, até receber esta as primeiras e as últimas chuvas." Dizia: versículo 7, capítulo 5. Catarina completava: São Tiago. Voltava, então, irritada, para o trabalho e ficava a pensar se o marido não começara a endoidar. Nenhum inimigo à vista, nem do norte e nem do sul, tampouco do céu, que era mais fácil o demônio sair de sua morada debaixo da terra, e Daniel Abrahão ruminando a sua velha Bíblia à luz mortiça do lampião, detestando o ar puro e o sol, vivendo no seio da terra, morada do diabo.

Quando recolocava a tampa, ao cair da tarde, Catarina ainda ouviu a voz soturna do marido:

– Estamos nos tempos do Apocalipse, Catarina, é chegado o sexto selo!

2.

Havia mais duas novas mucamas na casa. Enquanto Mariana cozinhava e preparava os doces, elas cuidavam da limpeza do chão e dos móveis, zelavam pelas roupas e coisas de Sofia. Schaeffer remetia, atendendo às encomendas especiais do amigo, cremes e pomadas milagrosas para a pele, sedas e perfumes. "Não imaginava que um homem como você fosse ficar assim apaixonado como um menino. Quando eu for ao Brasil quero conhecer essa rainha, que toda a alemã que se preza deve ser uma deusa na cama." Um dia remeteu um estojo com um anel medieval, todo de ouro, duas pequenas mãos trançadas. Apertando-se um invisível botão lateral, as mãos se abriam. "Antigamente as mulheres usavam esse anel com veneno entre as mãos de ouro. Na desgraça, quando sofriam tentativas de estupro ou de morte, suicidavam-se com o pó escondido entre as mãozinhas. Acho que no caso de vocês o anel deveria conter algum pó afrodisíaco, pois meu caro amigo não terá forças para manter viva a chama do amor, tão consumido andará com essa paixão."

– Schaeffer adivinhou o tamanho exato do anel. Parece que foi feito sob encomenda – disse Gründling, na noite em que explicava para ela o segredo de abrir e fechar as mãozinhas.

Sofia se colocou na frente do grande espelho de cristal da sala, ensaiou uma pose afetada, a mão graciosa sobre o colo. Ele permaneceu onde estava, despindo a moça com os olhos, admirando os cabelos soltos, caindo pelos ombros até quase a cintura. Quando voltou para seu lado, Gründling quis saber como iam as aulas com Dona Felipina, seus cadernos, examinou com atenção as lições, as garatujas finas e arredondadas, depois abriu um livro e pediu que ela tentasse ler um trecho. Sofia cobriu o rosto com as mãos, não teria coragem para tanto. Vamos, você já está em condições de ler. Apontou para uma linha, ela chegou a cabeça bem perto, os fios de cabelo roçavam o nariz de Gründling. Começou lentamente:

– *Es erfolgten daher die von der... Geschichte verzeichneten, immer... schwerwiegenderen... Untaten: Mord und Brand.*

— Bravos, não pensei que estivesse tão adiantada.
Depois calou-se, parecia cansado. Ela ainda continuou lendo em silêncio. Que livro era aquele? Um livro de história, as guerras napoleônicas, não era livro para ela. Acho melhor a menina deitar-se. Sofia então perguntou se ele andava preocupado com alguma coisa. Seriam os negócios?
— Meus negócios nunca andaram tão bem, menina – disse ele.
— Então quem sabe sou eu?
Gründling teve um sobressalto.
— Você? Ora essa – riu forçado, tentando levantar-se.
— E por que não? – insistiu ela. – Se estou sabendo que muitas mulheres vinham para cá, de noite, vinham também seus amigos. Pelo menos era mais divertido do que agora.
— E quem lhe teria dito essas coisas? Mariana?
— Mas se eu não entendo uma palavra do que ela diz. Sabe, as mulheres notam coisas invisíveis, marcas, cheiros, às vezes um corpete no fundo de uma gaveta, a própria Mariana com seus olhares alcoviteiros...
— Pois, se as mulheres notam isso, espere até chegar lá, menina. Traga dali um cálice e uma garrafa de rum, vou beber em comemoração do misterioso anel que Schaeffer nos mandou. O anel mortal.
Ela obedeceu, trouxe a garrafa e dois cálices.
— Vou comemorar junto, afinal o anel veio para mim.
— Você bebe rum?
— E por que não? – disse Sofia derramando a bebida nos cálices.
Tocaram os cristais que retiniram. Gründling esperou que ela bebesse primeiro, queria ver a sua reação. Soltou uma gargalhada diante da careta que ela fez, como se tivesse engolido fel ou fogo. Depois entornou o dele, para demonstrar como se fazia para beber um bom rum.
— Não faço mais cara feia, quer ver?
— Devagar, menina, isso é muito forte.
— Ao querido amigo Schaeffer – disse Sofia erguendo o cálice acima da cabeça –, aos negócios de Herr Gründling, aos seus amores, aos seus milhares de amores daqui e de além-mar.
— Não tenho amores. Até agora só tive mulheres.
E não faça uma cara tão espantada assim, menina, há muita diferença entre as duas coisas. Ah, pensou que não! Chega de brindes, essa é muito boa, um brinde para os dois tipos de mulheres, veja lá que bobagem diz a menina. Cuidado com esse rum. Vê? Eu dizia cuidado com isso, você não está acostumada, é

bebida para marinheiro. Sofia deitando a cabecinha perfumada no seu colo. Que engraçada esta sensação de andar tudo à roda. Acho que vou cair desta árvore. Por favor me dê a mão, por favor. Eu quero ficar aqui, tenho medo dos bugres.

O corpo de Sofia caiu mole sobre suas pernas, engrolava as palavras, não se entendia mais nada. Carregou a menina bêbada. Leve como uma boneca de pano. Assim, na grande cama, ela ainda parecia menor. Tirou-lhe os sapatos, precisava agora trocar o vestido pelo camisolão rendado. Mariana e as outras duas negras já deviam estar dormindo. Sofia lutando contra a sonolência, tentando ainda dizer alguma coisa. Não quero ir, não quero ir. Depois gemia, chorava de correr lágrimas, debatendo-se contra algo invisível. Pobrezinha, deve estar se lembrando daqueles bandoleiros. Tirou da gaveta da cômoda a camisola, sentou-se na beirada da cama e ficou passando a mão nos seus cabelos, afagando o rostinho avermelhado. Começou a desabotoar o vestido de gola alta. Um, dois, três, quatro... Meu Deus, por que fazem os vestidos assim com tantos botões? As grandes mãos trêmulas despindo a menina. Ela voltava a falar mais claro. Não deixe que me levem, eu não quero ir. Ninguém a levará, jamais. Pode dormir quietinha que eu fico aqui de guarda, eu, Carlos Frederico, está ouvindo, sua bobinha?

Puxou o corpo nu e palpitante para si, a cabecinha deitada no peito largo, de repente uma vontade sofrida de fugir em desabalada corrida. Socorro, Izabela, quero cem mil putas só para mim, cem mil mulheres de verdade, que venham de Montevidéu, de Buenos Aires, de Assunção. Sofia com a cabeça caída para trás, boca entreaberta, os dois seios crescidos, o ventre perfeito, as penugens douradas, as grossas coxas leitosas. Não posso. Só um doido faria uma coisa dessas. Uma arrematada loucura.

Aninhou o corpo nu de Sofia sobre os lençóis, a cabeça afundada no travesseiro de penas, em profundo sono. Beijou de leve seus ombros, os seios, o ventre, as pernas. O gesto mecânico puxando a coberta e escondendo a menina.

Saiu tonto do quarto, o coração batendo no peito; abriu a porta e caminhou autômato, como um boneco de engonço, direto ao salão de Izabela. Antes de bater na porta parou para enxugar o suor que escorria da testa. Viu a fumaça densa dos cigarros e dos charutos fugindo pelas frestas das janelas. Abriu a porta com um pontapé. A algazarra cessou como por encanto. O cego, por um momento, suspendeu as mãos do teclado e sentiu no ar que Herr Gründling havia chegado.

Gründling teve vontade de chorar quando Jacob dedilhou com carinho *Mondschein*. Izabela, no fundo do balcão, ficou meneando a cabeça.

3.

A *Casa da Ópera*, no Beco dos Ferreiros, revive os seus áureos tempos da *Casa da Comédia*, ainda no mesmo barracão de madeira caiada, fachada de pau a pique raso, liso, amarelo. Gründling percorre o olhar em redor. Conta trinta e tantos camarotes.

Uma plateia para mais de trezentas pessoas. Quatrocentas, quem sabe. Na sua maioria soldados em trânsito, alguns casais de namorados na companhia dos pais, engomadas senhoras de amplos vestidos. A mobilidade da Guerra Cisplatina transformara Porto Alegre num entreposto de tropas, ora enxotando os homens de Lavalleja que procuravam penetrar na Província por Bagé e São Gabriel, ora dando combate aos regimentos que intentavam conquistar Rio Grande e toda a costa. Na rua, aproveitando as luzes de carbureto da fachada, escravos, *caixas* e *punilhas*, vendedores de doces caseiros formigando entre as famílias e os soldados que entram no teatro.

Nesta noite, brilhando outra vez depois da morte do Padre Amaro e de seis anos de completo abandono, o teatrinho encena o *Entremez do Barbeiro*. A casa não poderia estar mais cheia, mais ainda do que na semana anterior, quando Araújo Porto Alegre brilhara na peça *Viajantes da Bahia*. Num cartaz rasgado, a um canto, Gründling ainda pôde ler: "Venha ver Araújo Porto Alegre no papel de Calixto Orióstenes de Souza Gomes Salazar Melo da Costa Teles Souza Pereira Albuquerque da Gama e Lopes". Sofia perguntou o que dizia o cartaz. Ele fez um gesto amuado com a mão, era um nome muito grande para ser traduzido. Aliás, a menina pouco vai entender de tudo isso. Trouxe para que não vire bicho do mato. Soldados em pé, encostados pelas paredes, grandes chapelões de feltro, as caras barbudas e maltratadas. Num dos camarotes, entre amigos alemães, o Dr. Hillebrand. Ao dar com Sofia cumprimentou sorridente, com uma curvatura exagerada. Gründling bateu no braço de Sofia, chamando sua atenção, e retribuiu o cumprimento. Atrás dos dois, como uma sombra, a negra Mariana. As senhoras olham discretamente para os dois e comentam entre si. Uma pouca-vergonha o que vem acontecendo nas barbas do chefe de Polícia. Um homem importante da Colônia, endinheirado, beirando os seus trinta e seis anos bem vividos, mantendo em casa uma concubina que escassamente estaria chegando aos dezenove. Talvez nem isso, dezoito anos no máximo. E como mudara de corpo em pouco tempo aquela menininha franzina, de peito encovado, corpo esguio, agora ostentando ancas de mulher casada, seios de quem amamenta – ele, o sem-vergonha, é quem suga aquelas tetas –, anéis e colares faiscantes, moda francesa, europeia. Assim, em pleno teatro, entre damas e respeitáveis cavalheiros da terra, casados na igreja. E ninguém para impedir aquele desaforo.

Um ator se apresenta na boca de cena e anuncia, para a noite do dia seguinte, *O Saloio Morganado*. Gründling percebe que Sofia se sufoca com a fumaça de carbureto. Recomenda que coloque o lencinho perfumado sobre o nariz e respire através dele. As mulheres observam: a cadelinha com nojo do cheiro do teatro, acostumada que está com os perfumes europeus que o alemão lhe borrifa nos lençóis, nas grossas farras da madrugada. Ele impassível, percorrendo com os olhos os casais nativos, os chapelões femininos de mau gosto, vestidos caseiros e caras trigueiras de mestiço. Vê quando alguém se aproxima do Dr. Hillebrand e lhe segreda qualquer coisa ao ouvido. O médico sai. Seus companheiros o acompanham. Três pancadas lentas nos bastidores, cessa o vozerio, apenas um murmúrio, gente se ajeitando nas cadeiras incômodas, o pano que se abre. Inicia-se a função. Alguns empregados começam a diminuir as luzes da plateia.

Gründling puxa a menina para perto de si e, em voz baixa, procura traduzir as falas. A peça transcorre monótona, Sofia batendo no braço de Gründling para dizer que não precisava traduzir, não estava muito interessada. Os irmãos Gomes, Vicente, Apolinário e Lúcio no revezamento dos diálogos. Então alguém entra no palco, os atores calam, é João Batista Cabral, diretor do Teatrinho Particular. Mas o que houve? O homenzinho enche o peito de ar:

– Minhas senhoras e meus senhores, respeitável público, peço escusas por interromper tão apreciável obra de arte, mas se faz imperioso. Tenho a subida honra de informar a todos que acabamos de receber notícias da Corte dizendo que foi assinada a paz entre o Brasil e a Argentina, tornando-se assim Estado Independente a Banda Oriental do Uruguai.

Sofia mal consegue ouvir de Gründling a tradução, tal a balbúrdia que se estabelece. Os soldados dão hurras e abraços, os casais a abandonarem o pardieiro que treme, os atores imóveis, sem saber o que fazer. Só Batista Cabral incentiva as comemorações, gritando vivas ao Império, ao Brasil e a seus heróis. Duas moças entram em cena desfraldando a bandeira imperial e outras duas jogam pétalas de rosas sobre as primeiras filas da plateia.

Cabral pede silêncio, depois de haver desencadeado a confusão. Anuncia, empostando a voz para o teatro, que amanhã, no mesmo horário, levaremos à cena um Elogio Dramático em honra a tão belo feito das armas imperiais. Uma insigne declamadora recitará para a distinta plateia uma longa e graciosa poesia de afamado poeta local. O *Entremez do Barbeiro* nunca mais entrou em cena. No dia seguinte o povo saiu às ruas com estandartes e bandeiras do Império, tablados improvisados foram montados nos largos, com atuação furiosa de grupos formados entre amadores, curiosos, instrumentistas e funâmbulos, exibindo habilidades e proezas. Chegando em casa, Gründling anuncia para Sofia que morre de sono:

– Vou passar alguns dias fora. Viajo esta madrugada, preciso reestudar a situação. Não gostei muito dessa coisa de paz, sem mais aquela.

– Mas todo o mundo ficou tão alegre.

– Alegres porque eles não são homens de negócio. Paz é bom para quem não tem negócio.

– Não entendo – disse Sofia subindo os degraus da entrada, enquanto Mariana levanta a luz dos lampiões.

– Claro, mas um dia todos entenderão.

Gründling tira o casaco e o entrega à negra. Senta-se pesado numa poltrona, abrindo o colarinho. Sofia não diz nada, permanece em pé, à sua frente. Mariana fica olhando os dois, do corredor. Vê a menina tirar o chapéu, os grampos do cabelo, o corpete justo; deixa cair aos pés a larga saia de tafetá negro.

– Você não podia deixar para fazer isso no quarto? – diz Gründling.

Despe o resto da roupa, inteiramente nua senta nas pernas do homem pasmo, passa os braços em torno de seu pescoço e inicia um longo beijo, a que Mariana assistiu em parte, fugindo espantada rumo aos seus penates.

Gründling carrega o corpo leve para o quarto. Ela decidiu, sou escravo também da sua decisão. Mais cedo ou mais tarde isso aconteceria, estava escrito. Deita-a na cama, fascinado, ouve a voz abafada do Dr. Hillebrand, "este senhor é um amigo meu e veio disposto a ajudar você. O senhor volta pelo rio?" Antes de fechar a porta, grita para a negra que não querem mais nada, que não querem ser incomodados. Torce a grande chave, vê a menina nua, imprecisa como num sonho, mais branca ainda pela luz das duas lamparinas das mesinhas de cabeceira.

Esta noite voltaria à sua memória quarenta e seis anos depois, quando sentiu uma bala penetrar-lhe nas costas e o sangue quente jorrar pela cintura abaixo, como um rio de lava incandescente. Noite de fúrias e de avalanchas, de ais e suspiros, doçuras e crueldades, de posse e de conquista, de macho brutal dominando a frágil presa, a fêmea objeto e arma, dócil e irascível, noite de esgotamento e morte. O temor de que chegasse a madrugada, em cada cantar de galo um aviso. Até o fim de seus dias, quando mergulhava na solidão, a noite de Sofia se entregando vinha à tona, o seu perfume, o cheiro de carne em cio, o gosto de sua boca, os cabelos soltos desenhando arabescos no lençol impecável; sempre nos seus ouvidos a voz da menina-mulher, o desespero da entrega alucinada entre quatro paredes, a sua reafirmação de guerreiro imbatível, o desprezo pelo raiar do dia, pelo passar das horas, por tudo aquilo que estivesse acontecendo no mundo. Quatro dias, ainda, ficou fechado entre aquelas paredes repletas de quadros, espelhos e tapetes. A mucama velha entrando na semiobscuridade para servir comida e água, levar garrafas de bebida, recolher toalhas, trocar a roupa da cama enquanto o amo, inteiramente nu, segurava em seus braços a menina despida e muda.

No quinto dia, pálido e abatido, lento, inseguro, ruma para o cais, embarca num dos seus lanchões e vai tratar de seus negócios. Sim, os negócios caem assustadoramente em tempos de paz. Agora Gründling do compra e vende, rude e impiedoso, gritando com os empregados, ameaçando com os punhos todo aquele que caísse em erro, que tropeçasse no mais leve descuido. Por fim a bofetada, estalada e sonora, em pleno rosto de Schlaberndorf, sua mulher Judica presente, a humilhação do sócio, a faca repentina atravessando o braço de Gründling, a correria dos homens afastando os contendores. Dali segue numa carroça para São Leopoldo em busca do médico amigo.

– Mas isto me parece uma facada, Herr Gründling – diz o Dr. Hillebrand.

– Mas não é, doutor. Um pontão de ferro a bordo, um pequeno descuido, um escorregão e aí tem o senhor o meu braço para um rápido conserto.

– Bem, não me resta outra saída senão acreditar na sua versão, Herr Gründling, mas se me dá licença tratarei o ferimento como se fosse de faca. Dá no mesmo.

Nem um tiro a mais na disputa de fronteiras. Do lado de cá do rio, tudo brasileiro. Do outro lado, castelhanos. Pois, se o imperador queria isso, parabéns, aí estava a coisa feita. Soldados passando em bandos, arruaceiros, desmobilização sem ordem e nem comando, os botecos regurgitando de bêbados, os armazéns pilhados, sacos de mercadorias levados nas garupas dos cavalos, ladrões fugindo a toda brida campo afora, desaparecendo por veredas e picadas, matos e rios. Gründling a correr de um lado para outro, contratando guardas armados para proteger os seus negócios. Cada carroça guardada por escoltas, atiradores debaixo dos toldos, dedo no gatilho. Ah, esses ladrões brasileiros. Ladrões fardados, ladrões de chiripá. O primeiro a tocar num saco de farinha leva um tiro no bucho, não vai ter tempo de comer o pão. Ladrões. Eles pensam que nós estamos aqui para trabalhar de graça. Claro, os heróis de Bagé, os heróis do saque. Os valentes guerreiros do Passo do Rosário, os bravos marinheiros de Monte Santiago. Pois não ofereço a eles uma garrafa de cachaça, um naco de charque. Olhem aqui o machado, peguem no cabo da enxada e façam o que nós fazemos, nós os alemães. Ah, meu caro delegado regional, meta no rabo os seus quatro gatos pingados de espada enferrujada na cintura. Vou ao presidente da Província reclamar proteção. O imperador saberá de tudo isso pela palavra do Major Schaeffer, ninguém tenha dúvidas, ele saberá.

Quando caía a noite, exausto, sujo, raivoso, lembrava-se de Sofia – e seus pulsos e têmporas latejavam como se fossem estourar. Se pelo menos Izabela mandasse as suas mulheres, pretas, brancas ou mestiças, se o cego Jacob arrastasse até ali o seu maldito piano – então dormiria esquecido de tudo o mais. Mas, quando se estirava nas camas de forragem dos velhos galpões, lutava contra a vigília amando Sofia, inerte, desmaiada, branca, inteiramente sua.

4.

Valentim Oestereich fazia parte do último piquete a retornar da fronteira. Catarina ficou sabendo por ele que a Guerra Cisplatina terminara havia dois meses.

– E que ficaram vocês fazendo por estes lados? – perguntou ela desconfiada, vendo os companheiros de Oestereich num dos caponetes.

Ele disse, vadiando. Terminada a guerra, haviam começado outra, correndo atrás de mulheres tresmalhadas, elas andavam aos magotes pelos arredores dos povoados, seguindo o rastro das tropas desmobilizadas. Comendo gado gordo, que era tempo, comemorando a paz, afinal. Depois de tudo, a saudade da mulher e dos filhos, dos amigos, a vontade de beber sem pressa nos botecos, os dias sem tiros nem vozes de comando. Cada um dono do seu próprio nariz. Catarina surpresa: quer dizer que a guerra acabou? Seu pensamento voou para dentro do poço, não ouvia mais o que falava Oestereich, não via mais nada em redor, a toca escura e preso nela o marido acuado como um bicho, a noite e o dia emendados, o tempo sem se deixar prender. O galho da figueira, inútil, ninguém mais seria dependurado nele. Daniel Abrahão abandonando o poço, braços esticados, abertos, cabeça erguida para o sol, pulmões cheios de ar puro.

– A senhora está me ouvindo?

– Desculpe, Herr Oestereich, eu estava justamente pensando nisso tudo.

– Tudo o quê?

Ela estava tendo uma estranha sensação de velhice, havia passado muito tempo. Pois então que cada um voltasse para as suas casas, que cada um passasse a viver a sua própria vida. Oestereich riu, meio confuso, mas a senhora não tem do que se queixar, está na sua casa, junto dos filhos, tem terra para viver cem anos. Veja o meu caso, que se pode dizer de mim, um soldado a mais, sem guerra. Catarina voltada para o poço velho. Esta não é mais a minha casa.

— Não entendo, desculpe — disse Oestereich.

Sim, era difícil entender, ele talvez jamais entendesse de verdade. Pois acabo de mudar de ideia, parece engraçado mas mudei. Lutei o que pude por estas terras, jurei a mim mesma que daqui ninguém me arrancaria com vida. Hoje, não vejo mais motivos para isso.

— Mas esta beleza de terra...

— Pois faço um negócio com o senhor, um negócio para ser fechado agora mesmo. Fique com as terras, fique com tudo, me pague um arrendamento qualquer, em troca me dê alguma coisa na colônia. Os Klumpp Schneider vão embora.

Começou a caminhar, fazendo um sinal para Oestereich segui-la. Uma caminhada sem rumo e sem pressa. Os pássaros em revoada, assustados. Bois e cavalos levantando a cabeça, atentos. Um céu limpo de outono. Ela falava sobre a estância, como a fazer um inventário, depois cortou o assunto. Oestereich precisava saber de toda a história, isso talvez ajudasse a sua decisão. Pois chegava o momento de pôr um ponto final em todas aquelas infâmias que estavam transformando o seu marido num animal, animal de toca, mente começando a ficar doente, as crianças sem pai, ou tendo por pai um bicho. Fazia a proposta de coração aberto: Oestereich trataria de limpar o nome de Daniel Abrahão junto às autoridades, que o deixassem em paz, que o largassem de mão, que esquecessem o seu nome, as mentiras, as infâmias, como qualquer um, ele teria o direito de viver em paz, de viver como um homem. Em troca lhe daria por arrendamento todas aquelas terras, as casas, os semoventes, hortas e pomares, arrendamento de pouco dinheiro e de poucas obrigações, apenas quanto desse. Um bom trato, agora que os castelhanos viriam fazer negócios, comprar coisas, oferecer trocas. Pois, sem soldados para matar o gado e requisitar bens, Oestereich plantaria ali os seus pés e viveria como gente.

Philipp, na borda do poço, contava ao pai o que estava acontecendo. Havia soldados no caponete, a mãe e o desconhecido caminhavam lado a lado pelo campo, ela falando muito, ele de braços cruzados, pensativo. Que estaria dizendo ao estranho Catarina? Daniel Abrahão subiu a escada e espiou por uma fresta da tampa o céu azul sem nuvens, um bando de garças voando em formação, do sul para o norte. Mandou o filho afastar-se, sair dali, desceu e enfurnou-se, poderiam desconfiar. Uma voz ecoou dentro de sua cabeça: "Quando forem cumpridos

os mil anos, satanás será solto de sua prisão". Que estaria Catarina revelando ao inimigo, Deus misericordioso? Queria dormir. Se pudesse, choraria. Ouviu ruídos, alguém removia parte da tampa, por fim a voz de Catarina:
— Daniel Abrahão, sobe e vem aqui falar com Valentim Oestereich.
Ela o entregava, afinal. Isso aconteceria mais cedo ou mais tarde. Não queria acreditar, pelo amor que eles tinham aos filhos. Ser assim entregue aos soldados, como um criminoso. Encolheu-se como pôde no fundo da toca, carregou a espingarda sem fazer o menor ruído. Novamente a voz da mulher chamando pelo seu nome. O poço parecia deserto, Catarina olhou para Valentim, que não acreditava ainda na história, estaria ficando maluca a pobre mulher? Ela começou a falar diferente, voz macia, Oestereich é nosso amigo, um bom homem da nossa terra, contei a ele toda a história, a história verdadeira, ele vai nos ajudar, tem amigos na colônia. Valentim procurava olhar para dentro do poço, não via nada, que diabo de homem era esse que morava debaixo d'água, como um cágado, um ser submarino criado pela imaginação da mulher doida. Puxou Catarina pelo braço, deixasse, seu marido deveria estar dormindo, não fazia mal, outra vez falaria com ele. Nisso ouviu distintamente uma voz de gente, meio de bicho, semitonada, rouquenha: e os soldados, Catarina? Ela então disse, a guerra terminou, Daniel Abrahão, já não há mais soldados, agora é gente como nós que volta para casa, sobe homem, por favor, sobe. Ficaram os dois escutando os primeiros movimentos do bicho enfurnado, ele sempre repetindo os soldados, os soldados, Catarina falando coisas, repetindo frases, como quando se fala com um cavalo xucro rebelde à doma, Valentim constrangido, admirado, afastando-se um pouco para facilitar o diálogo difícil entre marido e mulher; viu quando surgiu o cano de uma arma e depois as mãos em forma de garra, afinal a cabeça melenuda do homem, grandes olhos examinando Oestereich da cabeça aos pés. Queres me entregar mesmo para os soldados, isso não se faz, nunca pensei. Catarina tirou a espingarda do marido e fez um sinal para Valentim, ele que se aproximasse. Oestereich não é mais soldado, é um homem de paz, um patrício da gente, prometeu nos ajudar, vai dizer em São Leopoldo toda a verdade, não podes continuar o resto da vida aí dentro. O visitante estendeu a mão em sinal de amizade e sentiu uma certa repulsa pela mão imunda do outro. Ajudou Catarina a puxá-lo para fora, carecia de amparo para os primeiros passos, as pernas frouxas, alquebrado, pele enrugada e peito chupado, mais parecendo um velho. A mulher notou fios brancos na barba e nos cabelos compridos. Philipp de longe assistindo ao ressurgimento do pai diante de estranhos, os escravos espiando. Valentim dizendo, incrível, não queria acreditar no que os seus olhos viam, a mulher tentando melhorar a sua aparência, tirando

placas de barro ressequido da roupa de cor indefinida, pedaços de folhas e de galhos. Colocaram-no sentado num mocho de três pés.

– Você está me entregando, Catarina. Fala a verdade, pelo amor de Deus. Diz que está me entregando – gemeu ele.

Valentim disse, não é verdade, Herr Schneider. Vou clarear esta história e volto ainda aqui para arrendar estas terras, cuidar delas, começa agora uma vida nova. Arrendar a terra?, perguntou Daniel Abrahão arregalando os olhos. O visitante disse, Frau Catarina depois explica melhor o trato, eu agora vou reunir os meus homens e partir antes que a noite caia de todo. Botou a mão no ombro de Catarina, fique descansada, tudo será resolvido para melhor, isso não se faz com um cão, um bugre não merecia isso. Catarina ficou com medo de chorar, não era o momento.

– Vá com Deus, leve comida e volte logo.

Quando partiam, Oestereich, ainda abanando para Philipp que corria para a figueira, Daniel Abrahão disse para a mulher:

– Quero voltar para o meu lugar, quero voltar para o poço.

Foi levado para lá, sem uma palavra de Catarina, que quase não reconhecia mais aquele Daniel Abrahão Lauer Schneider, que um dia viera com ela e o filho da Europa distante, chegando à nova terra numa tarde de agosto, nos imundos porões da sumaca *São Francisco de Paulo*.

5.

Valentim não gostaria de dar aos Schneider uma casa caindo aos pedaços, entregando-se da manhã à noite a consertar o telhado, remendar as paredes, repregar portas e janelas, cortar o mato que tomava conta do quintal, o último terreno da Rua do Sacramento. A mulher deixara o filho com um vizinho e viera ao povoado ajudar o marido. Quanto mais ouvia a mulher mais se convencia de que estava dando um passo certo. Os bugres andavam cada vez mais atrevidos, nem esperavam a noite para atacar, ela mesma vira um bugre morto por Franz Bohrer, o corpo ainda quente. Matavam homens e mulheres, raptavam as crianças, saqueavam, queimavam as choupanas. Era uma desgraça receber um lote mais distante, no começo do mato grosso, perto dos rios. À noite dormiam numa cama improvisada com enxergões e pelegos e Valentim dizia que estava muito cansado para ouvir histórias assim e que preferia matar a saudade dela, a lamparina de luz fraca ajudando a reencontrar o corpo da mulher, ele dizia, quantas noites pensei em ti, no meio da campanha, às vezes achava que ia enlouquecer, não conseguia sequer imaginar o teu corpo, como eram os teus olhos, teus cabelos, não sobra muito para quem está na guerra e a gente nunca sabe se vai viver um dia, um minuto ou um ano, muito difícil um ano. Ele pedia, não veste a roupa ainda, quero te ver, passava a mão calosa por todo o corpo, como um cego, tateando, o desejo voltando, ela exausta, quem sabe a gente dorme um pouco, falta tanta coisa ainda para arrumar, ajeitar, limpar, que vergonha a mulher dele chegar aqui e encontrar a casa como está, tudo tão estragado pelo tempo e pelos bichos.

Quando estava tudo a contento, na véspera de partir, a filha Ana Maria já com eles, as carroças preparadas, Valentim disse à mulher que gostaria de rever os amigos, despedir-se, beber uns tragos, com os antigos companheiros dos Lanceiros Alemães, rememorar feitos e valentias, brindar pela paz eterna dos que haviam morrido. Foi quando chegou o Pastor João Jorge Ehlers, todo vestido de preto e encurvado como um urubu, mãos em garra segurando uma Bíblia. Quando Valentim enxergou o reverendo disse à mulher, lá vem aquela alma penada, que será que ele quer comigo? Bisbilhotar, pelo visto, que dinheiro ele sabe que eu não dou. Ela disse, ele parece tão agourento, o pobre. Ehlers deu bons-dias, que Deus Nosso Senhor estivesse com eles, agora sim a casa começava a tomar ares de casa mesmo, que Deus abençoa os casais que trabalham e creem nele. Valentim disse, não vamos morar nesta casa, estamos arrumando para fazer uma troca com terras da fronteira, vem para cá uma outra família, amigos meus. Uma lástima, disse o pastor, São Leopoldo está muito precisada de gente como você, Oestereich, há muito ainda o que fazer aqui, limpar a vila de elementos malignos, proteger o rebanho do Senhor, o diabo não perde ocasião, dorme com um olho aberto. Pior ainda, para mim ele não dorme. Mas graças à Providência Divina ele, Oestereich, ainda estava ali e seu nome devia constar de um abaixo-assinado em defesa de todas as famílias. Valentim largou o que tinha nas mãos, olhou intrigado o pastor.

– Em defesa de quê, reverendo?

O homenzinho fez um ar sombrio, precisavam afastar da cidade o falso Doutor Carlos Godofredo von Ende, um charlatão desleixado e ignorante. Imagine, curou torto o braço de uma pobre mulher e deixou um escravo aleijado para o resto da vida com a sua medicina de mentira. Você, Valentim, faz parte da nossa comunidade e deve assinar este memorial. Pois não vou assinar, desculpe, não quero encrenca, gastei na Cisplatina toda a vontade que tinha de brigar. Sei, o senhor não vai entender, paciência, amanhã mesmo me mudarei para sempre daqui. Então o homenzinho levantou a Bíblia e gritou que a ira dos céus recairia sobre ele e toda a sua geração, Deus não gostava de ovelhas tresmalhadas. Calma, reverendo, deixe que eu mesmo converso com Deus, ele me enxerga por dentro, já o senhor – não acabou de dizer o que começara, o pastor dera meia-volta e sumira na rua batida de sol.

Oestereich saiu e quando voltou já era noite. Estava meio bêbado. Imagina, disse para a mulher, que encontrei Kirchardt, Holfeld e Oberstadt, companheiros de guerra, e os três a insistirem para que eu assinasse outro memorial para expulsar de São Leopoldo sabe quem? Pois veja, expulsar o Pastor Ehlers que anda babando ódio contra o médico, um bom sujeito na opinião deles. Sabe de uma coisa? Amanhã de manhã partimos daqui e nem olho para trás, há muito ódio solto, ninguém se entende, não aguento mais. E outra coisa: falei com o Dr. Hillebrand, expliquei bem o caso do Schneider, ele me disse que não sabia quem era, ouviu alguma coisa há muito tempo e que Schneider viesse com a família que não havia mais nada contra ele, era coisa de guerra e que agora vivemos na paz, os soldados tirando a farda, deixasse a coisa com ele. Sabe, o doutor tem prestígio, ninguém aqui é capaz de fazer qualquer coisa sem que ele aprove. A mulher achou que estava certo, disse que os escravos haviam aprontado as carroças, comprado os cavalos, estava na hora mesmo de partirem e que estava pedindo a Deus que o sol do outro dia não mais os encontrasse por perto. Sabe, Valentim, estou me sentindo tão contente como num sonho. Então vamos comemorar, disse ele desabotoando o vestido de gola fechada da mulher.

Partiram noite ainda, quatro carroças, cavalos de reserva, Oestereich comandando, mulher e filha bem acomodadas, munição de boca à vontade, badulaques deixados, dívidas pagas, e na porta, pregada, uma tabuleta mal pintada informando aos passantes que haviam partido e de que em lugar deles viria morar na casa uma outra família. A casa ficava no fim da rua, porta e duas janelas, quintal a perder de vista, pés de laranjeira, horta abandonada e, banhado adentro, uma plantação de agrião, como inço.

6.

Sofia grávida. Barriga de cinco meses. Gründling comprando mais duas escravas, uma caleça vinda do Rio com quatro grandes e elegantes rodas, pequeno toldo na traseira, servida agora por um cocheiro negro. Sofia, acompanhada sempre por Mariana, em rápidas fugidas pelas redondezas, aproveitando as breves ausências de Gründling. Fora disso, o casarão confortável da Rua da

Igreja por menagem. As vizinhas entrincheiradas nos postigos, notando o ventre inchado. As mais afoitas passando rente à porta lavrada, pequenas paradas casuais, ouvido afiado para os menores ruídos vindos do interior. Mais tarde Gründling mandou construir um largo portão lateral, por onde a caleça entrava e saía, tirando Sofia dos olhares curiosos.

Não havia mais vestido que escondesse a realidade. Sofia bordando camisinhas, tecendo lã, recebendo da Alemanha as novidades desconhecidas na Província. Schaeffer escrevendo bilhetes secretos para o amigo, "isso de fazer filho na menina foi realmente uma loucura. Segundo um médico daqui, vocês podem fazer amor até o oitavo mês, desde que adotando cuidados especiais. E já deves ter notado, sensível como és, que a vagina da mulher prenhe tem um grau a mais de temperatura. Trata-se de um requinte, mas de requintes sei que ambos vivemos".

No fundo, Gründling detestava a linguagem do amigo quando se referia a Sofia. Para Schaeffer, todas as mulheres eram iguais. "Não sei se ficarás com a menina e sua cria, mas estou remetendo esta semana um berço lavrado em madeira de lei pelo melhor artesão marceneiro que encontrei em Hamburgo. Junto segue uma caixa de música, comprada na Suíça, para fazer o bebê dormir enquanto amares a mãe dele."

Um dia Gründling tomou uma decisão. Mandou chamar de São Leopoldo Padre Antônio Nunes de Souza. Precisava conversar com ele sobre coisas da alma, afinal a vida não era só negócios. Um Cronhardt Gründling estava a caminho. O padrezinho veio por água, instalado na casinhola de ré de um dos seus lanchões. Quando subiu os degraus da entrada, assustou-se com a riqueza da casa. A grande sala europeia, as cristaleiras de fina madeira com portas de vidro facetado, obra de artistas franceses. As poltronas forradas de cetim, tapetes de veludo. O padre aceitou o convite para sentar, chapéu rodopiando entre os dedos, o colarinho clerical empoeirado, as pesadas botinas sujas de barro. Gründling à vontade, passeando de um lado para outro, mãos às costas, fisionomia carregada, como a pensar no que havia de dizer ao homem. Decidiu-se:

– Padre, pedi sua presença nesta casa para combinar a cerimônia do meu casamento. Além do que custar o seu trabalho, ajudarei a levantar em São Leopoldo, em terreno de minha propriedade, uma bonita capela para as suas missas. Como gratidão, compreende.

– Não há nenhum problema, Herr Gründling. O senhor é muito generoso. Apenas não sabia que já estava noivo – disse o padre em péssimo alemão.

– Estou – disse Gründling.

O padre puxou umas folhas de papel do bolso interno da batina, lambeu a ponta de um lápis e ficou olhando para o dono da casa, que continuava a caminhar pela sala.

– Nome da noiva, por favor.
– Sofia Gründling.
– Eu pergunto pelo nome de solteira.
– Não importa, padre.
– Nome dos pais?
– Escreva aí, desconhecidos. A moça me foi entregue pelo Dr. Hillebrand, em confiança. Agora quero casar com ela. Por acaso isso contraria as leis da igreja?
– Bem...
– E diga logo de quanto precisa para começar as obras da capela. Forneço tijolo da minha olaria, escravos para a mão de obra e mando buscar um sino especial da Alemanha. Quero o casamento depois de amanhã, em casa mesmo.
– Mas temos bonitas igrejas em Porto Alegre, Herr Gründling.
– Quero aqui na minha casa, padre. Depois da cerimônia mandarei servir um jantar especial para um grupo de pessoas, amigas minhas. O senhor sentará à cabeceira e beberá do melhor vinho do reno.

Sofia abriu uma porta e surgiu na sala. O Padre Antônio levantou-se pressuroso, olhando para Gründling.

– Esta é Sofia, padre, minha mulher. Isto é, que será minha mulher – corrigiu sorrindo.

Sofia pediu ao padre que ficasse à vontade, sentou-se com dificuldade na poltrona ao lado e disse:

– De onde estava ouvi as suas perguntas a Herr Gründling. Tome nota que eu mesma posso lhe fornecer os dados pedidos. Meu nome é Sofia Spannenberger, filha de Julius e de Cristina Spannenberger. Idade, vamos ver, talvez dezenove anos. Ou vinte. Acho que isso não importa muito. Meus pais, pelo que sei, eram luteranos.

Nervoso, o padre ia tomando nota, molhando sempre a ponta do lápis na língua. Gründling deixara de caminhar, encostando-se na ponta da mesa, braços cruzados, achando graça no desembaraço da menina. Sofia de cabeça erguida, descansando as mãos sobre a barriga.

– Estou com cinco meses, talvez faltando pouco para seis meses de gravidez. Isso importa alguma coisa, padre?
– Bem, creio que não. A senhora conhece a parábola da pérola?

Sofia fez que não, com a cabeça.

– Está em São Mateus. "O Reino dos Céus é também semelhante a um negociante que buscava as boas pérolas; e, tendo achado uma de grande valor, foi vender tudo o que possuía e a comprou."

Gründling sorriu largo:

– O senhor poderia me dar esta citação por escrito, padre? Gostei muito dela. Então o negociante encontrou a pérola que queria, vendeu tudo o que tinha e a comprou. Está aí uma coisa que senta como uma luva para o meu caso. Só que eu não precisei vender tudo o que tinha, mas fiquei com a pérola que queria.

Serviu um cálice de rum ao padre, outros dois para ele e Sofia, erguendo o seu bem alto:

– Pela felicidade do nosso casamento, pela nova capela do Padre Antônio e pelo nosso filho que vem aí. Ah, ainda pela pérola que o senhor disse que encontrei.

O padre emborcou a sua dose, constrangido, devolveu o cálice para Sofia e pediu licença para sair.

Gründling acompanhou-o até a porta, bateu amigável e íntimo nas suas costas e lembrou, o padre na rua, ainda de chapéu na mão, confuso:

– Depois de amanhã, às sete horas. As testemunhas já estão avisadas.

Quando retornou à sala, Sofia continuava na mesma posição, segurando os cálices vazios.

VIII

1.

Quando a caravana de Oestereich surgiu no horizonte, notada por Philipp, Catarina já tinha tudo pronto, definido; sabia o que levar e o que deixar. O casal de escravos com filhos ficaria. Os outros seguiriam juntos, ajudando na viagem. Havia levado Juanito até o padre da paróquia de Santa Vitória e lá tratara de fazer o casamento com Ceji, passando o índio e a mulher a formar um novo casal Schneider, que era preciso um sobrenome cristão. A princípio pensara em deixar os dois tomando conta da Estância Medanos-Chico, abandonada como tapera desde a degolação de José Mariano; mas pensou melhor, poderia surgir amanhã ou depois um parente reivindicando a propriedade. Juanito seria expulso no mesmo dia. Eles agora eram gente de casa, iriam junto.

A caravana se aproximava, Catarina postada resoluta sobre os pés separados e bem plantados. Olhar vencendo coxilhas, rios e serras, fitos na colônia distante onde recomeçariam uma vida quebrada pela guerra e quase destruída pelo ódio.

Daniel Abrahão espiando pela borda do poço, indormido havia quase três dias. As pessoas que vinham eram os seus inimigos, aqueles que ameaçavam a sua furna, a sua solidão. Que fariam com o velho poço? Com a toca em forma de galeria, escorada, protegida, cada coisa em seu lugar, a marca de fuligem do lampião, as prateleiras para o pão, o charque, para as garrafas de cachaça, as forquilhas onde descansava a espingarda, longe da umidade, a tampa de caixa onde colocava a velha Bíblia. O tempo aprisionado ali dentro, naquela pilha de varas aneladas. Cada anel assinalando um fato, uma hora de terror, posse e vigília, dores e pesadelos. Ah, os intermináveis pesadelos daqueles dias de travessia;

nos ouvidos, como uma concha, o rosnar do mar bravio. O tamborilar das patas de cavalo, os gritos dos invasores. Tudo ali guardado, marcado, gravado. Os bandidos estuprando a sua mulher, quebrando a coronhadas o ombro do índio, o roubo das espingardas de contrabando, o eterno galopar dos inimigos na demoníaca roda-viva da guerra sem fim. Lá vinham eles, os ladrões, agora que a paz começava a reinar; no instante mesmo em que ele tencionava transformar a toca num profundo lago solitário.

À noite – Daniel Abrahão comendo debaixo da terra e lá ficando para dormir –, as famílias Schneider e Oestereich confraternizaram, acertando os detalhes da troca. A pequena Ana Maria dormindo nos braços da mãe e esta sem ouvir e nem falar. Philipp atento, sonhando com a viagem maravilhosa, novas árvores, outros pássaros, bichos novos. Catarina e Valentim esmiuçando detalhes, tudo muito tranquilo, nenhum dando de si mais do que desejava.

– A senhora volta com duas das minhas carroças novas – disse Valentim – com parelhas de cavalos. Boi se arrasta muito, o tiro é longo. Dois dos meus escravos voltam também, trilhando o mesmo caminho. Sabem onde fica a casa, conhecem gente do povoado.

– Os meus escravos casados ficam com o senhor.

– Parte dos mantimentos que vieram comigo – continuou Oestereich – voltam com a senhora. Um pouco de cada coisa, o suficiente para a viagem. Cachaça, óleo de peixe, farinha, açúcar, um pacote de palitos de fósforos, meio saco de milho para ajudar na alimentação dos cavalos, capim só não chega para tão longa puxada. Lá na casa ficaram camas, mesas, cadeiras e mochos, dois lampiões, dois baldes e alguma coisa mais que comprei à última hora.

O índio e a mulher servindo churrasco de carne fresca, Catarina havia ordenado Juanito a carnear uma ovelha, mal avistara a caravana. Deram canecas de leite para as crianças, Philipp e Carlota roendo, pela primeira vez na vida, um pedaço de rapadura.

Madrugada clareando, Catarina iniciou os preparativos para a viagem. As últimas estrelas começando a desaparecer, enxotadas pela débil claridade do sol que se anunciava distante ainda. Oestereich, logo depois, ajudando a carregar as carroças. Tudo amarrado, pronto, feitas as acomodações para as pessoas, começaram os escravos a atrelar os cavalos. Só Daniel Abrahão alheio a tudo, enterrado.

– Marido, vamos?

– Já vou subir – respondeu Schneider, ainda sem dormir.

A noite inteira de lampião aceso, preparando as suas coisas com minúcias, os feixes de varas-calendário cuidadosamente amarradas. Um saco de pedras limosas, as que lhe diziam qualquer coisa, por misteriosas razões.

Catarina percorrendo os arredores dos ranchos, passando os pés, devagar, no chão onde o primeiro soldado a violara, caminhando por entre as árvores novas do pomar, examinando com carinho as folhas das hortaliças, controlando uma vontade de chorar. Cada coisa tinha a sua marca, fora feita por suas mãos, lembrava uma noite, um dia, uma certa madrugada. Mandou Juanito encher de água os corotes. Juanito não entendeu, e nem precisava; ela disse "água do segundo poço". Depois foi buscar Daniel Abrahão. O índio baixou para ajudar a carregar as suas coisas, ele nem sequer olhou para trás, levava a espingarda e as varas. Entrou direto para o lugar designado pela mulher, lá se amoitou. A seu lado, Carlota e Mateus, ainda dormindo, acomodados entre cobertores. Catarina apenas estendeu a mão para Oestereich:

– Quero que o senhor e sua família sejam muito felizes aqui neste lugar. Mais do que nós fomos.

– Desejo o mesmo para a senhora, Frau Catarina. Em São Leopoldo, qualquer coisa procure o Dr. Hillebrand. Ele está sempre pronto para servir os outros, é um grande coração.

Ela subiu para a carroça, ao lado do marido. Dois escravos fustigaram os cavalos da primeira carroça, iniciando a marcha. Juanito dirigia a outra, a indiazinha sentada mais atrás, com uma das mãos agarrada ao cinto do marido. Os outros seguiam a cavalo, cabresteando os de reserva. O primeiro clarão do sol de um dia de céu limpo encontrou a caravana passando ao largo de Medanos-Chico. Ceji tapou o rosto com a mão e começou a chorar. Catarina impávida, olhar perdido na distância, confusa.

2.

O Padre Antônio bateu à porta carregando os paramentos numa sacola de veludo bordado, batina colada ao corpo pela chuva fina que caía, o pampeiro varrendo as ruas, sentindo a água molhar as meias.

Mariana abriu a porta, protegendo-se da água e do vento, fazendo sinais para que ele entrasse ligeiro. Gründling surgiu no alto da pequena escada, trajado com esmero, cabelo bem penteado, copo na mão.

– Que desastre esta chuva, padre. Não ligue para os tapetes, entre logo.

O padre arregaçou a batina e mostrou as botinas enlameadas. O dono da casa deu meia-volta, demorou-se um pouco, trouxe enfiadas nos dedos as suas próprias chinelas de dormir.

– Deixe as botinas aí e calce estes chinelos secos.

O padre obedeceu, tirou as meias molhadas também e subiu os degraus com dificuldade, que os chinelos sobravam. Sentiu logo o calor aconchegante da sala, esfregando as mãos aliviado. Gründling apresentou o padre aos amigos.

– Aqui Herr João Sulzbach – ia dando tempo para os apertos de mão e as mesuras –, Benjamin Zimmermann, Jaques Schiling, Guilherme Tobz e a Senhora Izabela... Izabela Silveira, da família dos Silveiras de Viamão, gente da terra.

Izabela estendeu a mão constrangida, que a negra Mariana se mostrara surpresa com a sua presença; o grande chapéu de feltro com a aba balançando, a cara quase irreconhecível de tanta pomada e colorido, um decote exagerado que deixava entrever um par de seios caídos, murchos.

– Fique à vontade, padre – disse Gründling servindo uma forte dose de rum –, que o calor mais forte sempre vem de dentro.

Ao sentar-se, o padre puxou a batina tentando esconder os chinelões floreados que havia recebido. Bebeu o rum em pequenos goles, passando a língua pelos lábios.

Mariana subiu numa cadeira e acendeu os seis lampiões do lustre, clareando mais a sala. A conversa se desenrolava em grupos, a meia-voz, o padre e Izabela mudos, encolhidos nas suas cadeiras. As duas escravas moças ofereciam em pratos de porcelana pequenas fatias de porco e quadradinhos de um queijo vermelho que o padre nunca vira antes. Mastigou um pedaço e arregalou os olhos, fazendo sinais de aprovação com a cabeça. Gründling quebrou o gelo do encontro:

– Não sei se vocês já ouviram alguma coisa, mas eu ando preocupado com certos boatos que andam correndo pela colônia. Conversa de descontentamento, de conspiração. Você ouviu alguma coisa sobre isso, Tobz?

– Kalsing andou me falando de coisas assim – disse o outro –, mas não acreditei em quase nada. Claro, gente descontente há em qualquer lugar do mundo, mas daí para se falar em conspiração, pelo amor de Deus.

Schiling entrou na conversa:

– Mas todo o mundo sabe que os nossos patrícios estão irritados com essa questão de atraso dos pagamentos por parte do governo. Tem gente aí passando fome, Gründling.

– E isso seria motivo para conspiração? – perguntou ele a Schiling –, pois se não recebem o dinheiro do governo que reclamem os seus direitos, que peçam ao Dr. Hillebrand que exija o cumprimento dos contratos. Isso é o que entendo, posso estar errado.

— Na verdade — interveio Zimmermann —, essa falta de pagamento prejudica os nossos negócios. Vender para quem, se ninguém tem uma moeda para pagar?

— O senhor ouviu alguma coisa a respeito, padre? — perguntou Gründling, servindo mais rum.

— Bem, sei que falam, mas eu mesmo conversei com o Major João Manuel, e ele me asseverou que o boato sempre corre à frente da verdade.

— Pois ele, mais do que ninguém, deveria saber de tudo — afirmou Tobz de boca cheia, mastigando pedaços de pernil assado.

Gründling empinou o seu cálice de rum:

— Pura conversa, falatório de quem não tem o que fazer. Imaginem vocês que citaram até o nome do Major Oto Heise, um dos grandes amigos do Major Schaeffer, como um dos principais conspiradores. Santo Cristo! Um homem de bem, um homem que ajudou a trazer para o Brasil, a mando da falecida imperatriz, alemães da melhor cepa guerreira que formaram dois batalhões que tantas glórias deram ao Império. Vejam só, Oto Heise conspirador!

Virou-se para Izabela, toda empertigada na sua cadeira:

— Que diz a minha cara amiga de tudo isso? Conhece tanta gente, tem um círculo social tão grande — concluiu piscando um olho, depois de falar o seu português cheio de erros.

Izabela mexeu as mãos, nervosa, olhou assustada para o padre — havia tanto tempo que não via um padre — e disse com voz sumida, olhando para Gründling:

— Nem sei do que estão falando, não entendi nada.

Gründling riu alto e disse para os amigos:

— Dona Izabela não entende uma palavra de alemão. Mas na certa não sabe de nada do que estávamos falando.

Houve um silêncio geral, o padre segurando sobre os joelhos a sacola com os paramentos, os amigos calados, mastigando e bebendo.

— Padre — disse Gründling —, venha comigo até aqui, acho que está na hora de prepararmos a cerimônia. Coisa simples, padre, nada de muito latim.

O homenzinho seguiu o dono da casa, arrastando penosamente os chinelões, fazendo mesuras aos demais, como a pedir licença. Desapareceu por uma porta aberta por Gründling, que logo a seguir gritou para dentro chamando a noiva, estava chegando a hora, que não demorasse.

O padre abriu uma fresta da porta, enfiou a cabeça e disse para Gründling, em voz baixa:

– Não seria melhor mandar buscar as minhas botinas? Acho que assim, não sei...

– Qual nada, padre, aqui ninguém repara numa coisa dessas. Fique à vontade – e virando-se para a sala –, todo o mundo fica proibido de olhar para os pés do padre. Quem desobedecer será castigado pelos céus.

O padre recolheu a cabeça, desaparecendo. Gründling voltou rindo.

– Não há de ser um padre de chinelos que irá impedir Deus de abençoar o nosso casamento. Vocês não estão de acordo comigo?

Minutos depois o Padre Antônio surgia com sua túnica de rendas, estola e um manípulo pendente do braço esquerdo, apertando na mão direita o livro litúrgico, com o Pontifical Romano. As duas mucamas abriram a porta, postando-se uma de cada lado, como ensaiadas, surgindo entre elas Sofia, inteiramente vestida de branco, véu e grinaldas europeias, um conjunto especialmente mandado da Alemanha por Schaeffer. "Vai aí o vestido de noiva pedido, com o véu lindo e as grinaldas com flor de laranjeira, símbolo da virgindade. Se algum erro existir em tudo isso, você terá sido o único culpado. Podia ter tido um pouco mais de paciência."

Entre os homens causaram sensação os ombros nus e o rasgado decote terminando em ponta, deixando à mostra o regaço opulento. A larga saia armada com crinolinas, encobrindo os pés. Uma roupagem que lembrava os exageros dos tempos de Maria Antonieta. Por aqui ainda se viam as mulheres com vestidos cujo comprimento não ia além da canela, deixando entrever os calções rendados e fofos. Mangas imensas e gordas, ao contrário do vestido de Sofia, de mangas largas até os cotovelos e justas até os punhos. A cintura baixa – Schaeffer não atentara para esse detalhe – deixava ainda mais saltada a grande barriga, com a saia aberta nas costas, discretamente disfarçada pelo véu que se prolongava até o chão, com sobra de extensa cauda.

Sofia caminhava lentamente, com dignidade. Izabela a pensar no dinheiro que faria com uma menina dessas no seu salão. Bastaria tê-la encontrado antes de Gründling. Quase sem nenhuma pintura, seu rosto era perfeito. Os grandes e calmos olhos azuis contrastando com a roupagem branca, os lábios entreabertos, fisionomia séria. O padre evitando olhar para a barriga, o livro litúrgico aberto, nervoso.

Gründling caminhou ao encontro da noiva, ofereceu-lhe o braço, encaminhando-se os dois para o meio da sala, como se estivessem trilhando um tapete de igreja. Estacaram diante do padre.

Houve um breve silêncio, todos se levantaram:

– Estamos aqui reunidos para unir pelo sagrado matrimônio da Santa Madre Igreja – o padre consultou suas anotações – Carlos Frederico Jacob Nicolau Cronhardt Gründling, solteiro, católico, alemão, e Sofia Spannenberger, solteira, alemã, de pais luteranos.

Gründling puxou as mãos de Sofia que descansavam sobre a barriga, seu costume nos últimos tempos; abotoou seu grande casaco preto, ficando ainda mais empertigado. O padre lia o seu aranzel, enquanto Izabela se deslumbrava com a cerimônia, mal contendo as lágrimas de emoção. Tudo era tão bonito, nunca havia assistido, antes, a um casamento. Tobz continuava a mastigar, com discrição, os pedacinhos de pernil.

– A Igreja concede dispensa a casamento entre católico e não católico, desde que haja para isso razões justas – novamente olhou para todos –, desde que a parte não católica prometa evitar qualquer perigo para a fé católica, prometendo ambas as partes batizar seus filhos segundo os rituais da Santa Madre Igreja.

Gründling, sorridente, bateu de leve na barriga de Sofia:

– Pode contar, padre, que este aqui será batizado na Igreja Católica.

Os outros riram, Sofia fez cara de contrafeita, o padre prosseguiu irritado com a interrupção:

– A Santa Madre Igreja exige a certeza moral de que esses compromissos sejam cumpridos. Esta cerimônia dispensa os ritos sagrados de costume, os banhos não devem ser publicados, nem haverá missa nem bênção nupcial. Mas aqueles a quem Deus une ninguém mais os separará.

Folheou o livro, fez uma pausa e empostou a voz:

– Carlos Frederico Jacob Nicolau Cronhardt Gründling, aceita Sofia Spannenberger por sua legítima esposa?

– Claro, padre, aceito – respondeu alegre.

– Sofia Spannenberger, aceita Carlos Frederico Jacob Nicolau Cronhardt Gründling por seu legítimo esposo?

– Aceito – respondeu a noiva com um fio de voz.

– Pois não havendo nenhum impedimento ou se alguém souber de algum que torne este casamento ilícito ou nulo é obrigado, sob pena de pecado mortal, a denunciá-lo.

Fez uma pausa, estendeu a mão esquerda conduzindo a estola, pedindo a Sofia que colocasse sobre ela a sua mão direita, sem luvas, com a palma voltada para cima. Pediu a seguir a Gründling que colocasse a sua mão direita sobre a mão da noiva. Sobre ambas colocou a outra ponta da estola, prosseguindo:

– Repita comigo, Herr Gründling: eu, Carlos Frederico Jacob Nicolau Cronhardt Gründling...
– Eu, Carlos Frederico Jacob Nicolau Cronhardt Gründling.
– Recebo a vós, Sofia Spannenberger, por minha legítima mulher.
– Eu, Sofia Spannenberger, repita comigo.
– Eu, Sofia Spannenberger...
– Recebo a vós, Carlos Frederico Jacob Nicolau Cronhardt Gründling, por meu legítimo marido.

Sofia repetiu com voz pausada, baixando os olhos.

– Eu vos uno em matrimônio, *im Namen des Vaters, des Sohnes und des heiligen Geistes, amém*. Pela aspersão de água benta, Deus Onipotente vos conceda sua graça e bênção.

Gründling beijou Sofia, depois cada um dos presentes fez o mesmo. Izabela apertou a mão da noiva e fez uma curvatura tão exagerada – afinal estava diante de uma senhora casada – que o grande chapéu caiu sobre os olhos, desmanchando ainda mais a pintura.

– Padre – disse Gründling –, dispa-se dessa coisarada toda e venha ocupar o seu lugar de honra em nossa mesa. Mas antes disso, um momento, senhores e senhoras, para uma comunicação. Senhores, atenção! Quero que todos saibam que o Padre Antônio acaba de ganhar um excelente terreno de minha propriedade, em São Leopoldo, terreno de esquina, para nele construir a sua igreja.

Tirou do bolso um papel:

– Neste documento concretizo a doação. E mais, darei os tijolos necessários para a construção e mais escravos para a mão de obra.

Padre Antônio, sem esconder a sua alegria, acrescentou:

– Sem falar no sino especial, Herr Gründling, que mandará vir da Alemanha especialmente para a capela.

– Ah, seu vigário esperto, não esqueceu nem a promessa do sino. Pois mantenho a palavra. Quero um sino que seja ouvido até a Feitoria, chamando gente das picadas e das linhas. Está satisfeito, padre? Pois ande logo e venha para a mesa.

O padre sumiu pela porta de onde saíra paramentado, Sofia foi acomodada ao centro da mesa, Mariana trouxe dois castiçais de prata com velas acesas, as mucamas começaram a trazer travessas e pratos fumegantes.

O último a sentar-se foi o padre, que antes pediu silêncio, baixou a cabeça e disse:

— Peço a Deus Nosso Senhor que abençoe o alimento que hoje nos dá, amém.

Gründling abancou-se e repetiu bem-humorado:

— Amém, amém, amém que este leitão faz qualquer vivente morrer afogado de tanta água que nos vem à boca.

Sacudiu uma sineta de cabo de marfim, gritando para dentro:

— Mariana, traz o meu vinho do reno especial.

— Do Reno mesmo? – perguntou o padre.

— E de onde queria o senhor que eu fosse buscar o vinho para comemorar o meu casamento? Dos parreirais do Rio Grande, que mais se parece com vinagre ardido?

Mariana veio com quatro garrafas num cesto, Gründling ia tirando garrafa por garrafa e dizendo:

— Este branco é da região do Mosela. Este tinto, muito raro, vem do Sarre. Aqui temos um branco seco do Meno e outro de Nahe, todos eles filhos legítimos das vertentes do Rheingau.

Schiling foi o primeiro a provar. Estalou a língua no céu da boca, "só aos deuses é dado tal prazer". Zimmermann fingiu desmaiar, "depois disso a morte, a gloriosa morte, deuses do Olimpo". Gründling cortava o leitão com uma grande faca de prata, pedindo que cada um escolhesse o seu pedaço. Sofia pediu uma fatia pequena de peru, sentindo-se mal com a grinalda que ameaçava cair a todo o instante, o véu prendendo nos recortes da cadeira de espaldar alto. Izabela de olhar fixo para o decote que entremostrava dois rijos, macios, veludosos, seios de menina-moça, "há quanto tempo não vejo uma coisa assim. Com uma menina dessas eu faria fortuna em menos de um ano".

— Padre – disse Gründling de boca cheia –, façamos um brinde à sua futura igreja na colônia de São Leopoldo. Que Deus passe a morar dentro dela, para a salvação das almas de todos nós!

Levantaram as taças, Padre Antônio disse "que Deus os abençoe", agradecido, já imaginando o início das obras dentro de mais algumas semanas, se as chuvas passassem. Enquanto isso, era beberem do melhor vinho do mundo, aqueles acepipes caídos do céu.

Só Izabela sem nada entender, lembrando-se, um pouco preocupada, de que àquela hora o salão já começava a receber a freguesia de sempre, Dolores tomando conta do negócio, os últimos soldados chegados da guerra tomando conta das mesas e das mulheres, iniciando pela décima vez a borracheira em comemoração pela paz. Lá estava Jacob batucando seu piano, a fumaça compacta dos palheiros, os palavrões e as danças com retinir de esporas.

Quando Gründling gritou, batendo na mesa, que não aguentava mais de tanto comer, os demais já haviam cruzado os talheres. As mucamas vieram tirar a mesa, trazendo logo a seguir as belas compoteiras coloridas com doce de leite, ambrosia, pêssegos em calda, fios de ovos e bons-bocados.

– Deus não aprecia os gulosos – disse Padre Antônio estendendo a mão com o pratinho vazio –, mas perdoa sempre os que sabem apreciar os deliciosos doces de casamento. Gostaria de provar um pouquinho de cada um deles, se não estou sendo mal-educado.

– Pois eu faço o mesmo, padre, e sei que não estou pecando – disse o dono da casa tirando fios de ovos com um grande garfo. – Primeiro desse aqui que só Mariana sabe fazer, só ela tem o segredo.

Sofia pediu também fios de ovos.

Gründling ainda esperou que o padre terminasse de comer o último doce – o homenzinho jantava de novo –, para sugerir que o café fosse tomado nas poltronas. Ajudou Sofia a levantar-se.

– Estou com vontade de tirar esta roupa – disse ela.

– Não senhora – contestou Gründling –, isso daria azar.

E mais baixo, só para ela ouvir:

– Quem deve despir a noiva é o noivo. Disto não abro mão.

Depois do café as negras serviram, em bandejas de prata cobertas com finos guardanapos de renda pequenos cálices com licor de anis. Zimmermann levou seu cálice de encontro a uma vela e disse para os demais:

– Alguém já viu cor mais bela?

O padre bebeu o licor de um gole só, olhos amortecidos, cabeça pendente, tonto de sono, com o vinho branco a borbulhar no estômago, perdidos os dois chinelos sob a mesa, deixando de fora da batina os pés macilentos, de grandes unhas curvas e encardidas.

Mariana trouxe, a um pequeno sinal de Sofia, a caixa de música mandada por Schaeffer, colocando-a na mesinha ao lado do padre. Abriu a tampa e se ouviu um trecho repetido de valsa, leves notas delicadas, puras, cristalinas, Padre Antônio achando que era música de anjo, enchendo a sua cabeça de sonhos e de nuvens, vendo-se carregado por uma legião de querubins diretamente para o reino celeste. Uma suprema graça de Jesus Cristo Nosso Senhor, como a concedera a Elias, levado para os céus num refulgente carro de fogo. Ou como Henoch, sugado para o céu em carne e osso.

– O nosso bom padrezinho se apagou, senhores. – E nós vamos deixar o encantador casal iniciar a sua lua de mel – disse Schiling, levantando-se sem firmeza.

Todos o imitaram. Gründling afastou-se de Sofia, chamou os amigos e confidenciou, de língua mole, que Izabela havia preparado a continuação da festa na casa dela. Cada um recebe a esposa que merece, mulherio escolhido a dedo para meus convidados. Tudo por minha conta.

Formaram fila, cumprimentando Sofia, desejando felicidades sem conta, ela empertigada na sua cadeira, sorrindo sempre. A última foi Izabela. O dono da casa acompanhou os convidados até a porta, onde os guardava a caleça fustigada pelo vento e pela chuva fina.

Gründling voltou:

– E que fazer, agora, com o nosso bom padre?

– Acho melhor levá-lo para o quarto de hóspedes – disse Sofia.

Foi o que o marido fez, ajudado por Mariana e as duas negras. Foi jogado na cama macia de batina e tudo e sobre ele colocaram um cobertor de lã.

As negras se retiraram a um sinal do dono da casa. Ele caminhou até Sofia, levantou-a no colo e foi direto para o quarto, abrindo a porta com um leve empurrar de pé. Estava tudo preparado por Mariana, uma lamparina acesa sobre a cômoda, os grandes travesseiros engomados, os lençóis perfumados e reluzentes. Depositou a noiva na cama, com cuidado, tirou o pesado casaco e o colarinho, desabotoou o colete, descalçou os sapatos esfregando um pé contra o outro. Sentou-se ao lado dela, Sofia inerte, os grandes olhos parados. Então tirou o véu e as grinaldas, começou a afrouxar o corpete, retirou a saia e terminou de despi-la, aconchegando-se a seu lado. Você fica engraçada assim nua, com a barriguinha esticada como um tambor. Como será que a pele é feita? Parece de borracha, a natureza é sábia. Quero ver quando o guri sair daí, se a pele volta a ser o que era. Há mulheres em que isso não acontece, elas ficam, depois dos filhos, com a barriga cheia de rugas e pregas. Mas isso com as mulheres velhas. É gostoso passar a mão assim, bem de leve. Deixa eu escutar esse moleque, silêncio, quieta, acho que estou ouvindo o coraçãozinho dele bater. Teus seios, vê, estão ficando enormes, lá na mesa eu estava com ciúmes dos olhares de todos eles. A certa altura me deu vontade de abrir ainda mais o decote e mostrar a eles o que é só meu, de mais ninguém, eles morreriam de inveja. Claro, eu é que passarei a ter inveja. Vem aí alguém que se adonará deles, isso não é uma coisa engraçada? Disse Sofia, meu amor comeu tanto, é perigoso. Ele começou a passar a boca semiaberta pelos bicos arroxeados. Comer ou beber nunca fez mal ao amor, pelo contrário. Deitou o rosto junto ao da mulher, hoje é a nossa grande noite. Sofia ficou passando os dedos abertos em seu cabelo, na orelha, para mim também é uma grande noite, mas não maior e nem melhor do que aquela noite, sabes do que estou falando, daquela grande noite. Foi quando chegamos do teatro, quando eu vi todas aquelas mulheres horrorosas agarradas no braço dos maridos, sabendo o que fariam quando chegassem em casa. Eu sonhando a cada minuto contigo, ouvindo ruído de porta se abrindo, naquelas longas noites, madrugadas inteiras me revirando na cama, desejando-te com loucura. Aquela sim, foi a grande noite, a maior noite. Ele aspirava o perfume forte da marcela, enquanto Sofia desatava a fivela do seu cinto, desabotoando a braguilha e desatando o tope das ceroulas. Isso mesmo, aquela foi a grande noite, repetiu ele. Sentiu a mão da mulher penetrando a roupa, tocando na sua pele. Facilitou a procura, nervoso, o coração disparando, acelerado. Tenho medo de machucar o bebê. Vira assim de lado. Assim. Sofia ficou de costas, descansou a grande barriga sobre os lençóis, ajudava o marido, sentiu as suas mãos abarcando os seios túrgidos, uma sensação de quem desmaia.

Acordou na manhã do dia seguinte ouvindo o barulho da chuva que não parara e o canto molhado de um galo próximo, o raiar de um novo dia.

3.

Rua do Sacramento, sem número. Ali estava a casinha de pau a pique, duas janelas ladeando a porta, paredes caiadas de branco. Um dos escravos de Oestereich pulou do cavalo e abriu a porta. Catarina entrou curiosa, uma sala acanhada, dois quartinhos, a cozinha separada por um telheiro, mais ao fundo a latrina de tábuas velhas, telhado de madeira, queimada pelo tempo. O pomar destruído, a horta tomada por erva ruim. Cheiro de mofo pelos cantos, janelas e portas com belas e luminosas teias de aranha. Juanito começou a destrancar as janelas, os escravos iniciando a descarga das carroças. Os cavalos foram levados pelos escravos para um terreno baldio, ao lado. Ceji olhando a sujeira e começando a limpar a mesa tosca, os mochos. O colchão da cama, imprestável. Dois escravos o retiraram aos pedaços. Catarina foi até a porta e dali correu o olhar pelos arredores. Era a última casa da rua alagada, grandes valetas por onde a água escorria, um matagal fechado para o norte, três ou quatro quarteirões dali um largo descampado, seria talvez a praça. O dia descambava e a limpeza teve de ser apressada. Em lugar do colchão, cobertores. Ceji e Juanito, com vassouras improvisadas de guanxuma, deixaram o chão de terra batida limpinho, lustroso em alguns lugares. O último a descer da carroça, quando a noite já havia chegado, escura e fria, foi Daniel Abrahão, gestos de um fugitivo, encostado depois contra a parede, acuado. O fogão de tijolos já com chamas, panelas com água, esquentando, um lampião na sala, a parca luz.

– A casa é pequena – disse Catarina para o marido.
– Fomos logrados por aquele vagabundo.
– Não. Ele nunca nos falou que daria um palácio. Para tudo há remédio. A partir de amanhã mesmo trataremos de aumentar as peças, construir um abrigo para os negros, um galpão para as carroças.
– Mas para isso precisamos de dinheiro – disse ele cofiando a barba suja.

Catarina olhou para o marido com certo desprezo.
– Deixa isso comigo.

Schneider passou a noite em claro. Não devíamos ter saído de lá. Estava tudo arranjado. Sim, tinha a minha toca debaixo da terra. Mas era tudo mais seguro. Não, lá não passava ninguém por perto, era muito raro passar algum vivente. Catarina mandou que ele calasse a boca, se ele não podia dormir, pelo menos deixasse os outros dormirem. Faltava para ele o teto ao alcance das mãos, as paredes coladas ao corpo, não sabia mais dormir sobre a terra, o ar frio entrando pelas frestas como duendes ameaçadores, o inimigo sempre à espreita, os soldados prontos a caçá-lo. A faca que corta o pescoço, a espada que entra no peito, a corda a balançar sinistra de um galho qualquer.

Ao acordar, madrugada ainda, Catarina viu o marido acocorado a um canto, espingarda entre as mãos, olhos muito abertos, posição de cão em guarda.
– Não vejo a razão de tudo isso, Daniel Abrahão. Terias ganho mais aproveitando a noite para dormir. Teremos de trabalhar da manhã à noite, não podemos nos dar ao luxo de ficar uma noite inteira de tocaia. E tocaia contra quem, pelo amor de Deus?

Os escravos legados por Oestereich foram a um tambo próximo buscar leite e de um empório trouxeram grãos de café, moídos logo depois num pilão de mesa. Também bolachas, duras, quadradas, precisavam molhar no café com leite.

Mais duas semanas e havia uma nova peça ligada à casa. Para o galpão dos escravos e das carroças começavam a chegar grandes toras de madeira, contratando Catarina um carpinteiro especializado em construções.

Num pedaço de chão do telheiro, Daniel Abrahão cavou um grande buraco, fez sobre ele uma cobertura de madeira e bem ao centro engendrou uma porta de alçapão. Catarina nem perguntou para que serviria aquele buraco. Sabia muito bem. Pronta a nova toca, o marido cobrira o fundo com palha seca, ajeitou uma cama com varas finas de eucalipto, forrou o tramado com um grosso cobertor, encheu uma fronha com feno, escondeu lá embaixo suas varas-calendário, suas pedras trazidas de Jerebatuba, seu lampiãozinho de óleo de peixe.

Acabado o dia, lá se enfurnava ele, tomando o cuidado de prender a porta do alçapão por dentro.

Um dia, Catarina achou que era chegado o momento de procurar o Dr. Hillebrand. O consultório estava cheio, ela esperou como se fosse paciente à procura de cuidados.

– O que há com a senhora? Está com bom aspecto – iniciou o médico assim que ela entrou.

– Não estou doente, doutor. Sou Catarina Klumpp Schneider, mulher de Daniel Abrahão.

– Ah, sim, da família que veio para a casa de Oestereich. Um bom sujeito aquele Valentim Oestereich. Fizeram boa viagem? Seu marido está bem?

– Apesar de tudo por que passou, doutor, até que está bem, descontando-se algumas manias do pobre.

– Manias?

– Bem, ele passou muito tempo dentro de um poço, numa toca cavada por ele próprio, pois queriam enforcá-lo.

– Sim, Oestereich me contou essa história. Mas agora aqui, trabalhando duro, ele esquece esses tempos ruins.

– Pode ser, doutor, mas não tenho muitas esperanças. Voltou outro homem, às vezes chego a desconhecer meu marido.

– Pois um dia quero vê-lo, ficará bom. A senhora está precisando de alguma coisa? Estou às ordens.

– Obrigada. Queria apenas saber se podemos afinal iniciar aqui em São Leopoldo a nossa vida, o nosso trabalho. Só isso, doutor.

– Mas claro, é evidente que podem. Não há mais nada contra seu marido, ele pode trabalhar, é um seleiro dos melhores, pode ganhar o seu dinheiro honestamente. Ninguém irá incomodar vocês, isso eu posso assegurar.

Voltou mais confiante, o horizonte aberto das bandas do Chuí não lhe faria falta, sabia exatamente o que fazer e como fazer. Havia dinheiro de sobra para começar, era arregaçar as mangas, baixar a cabeça e tocar o barco. Chegou em casa quase alegre, fez carinhos inesperados nos filhos e sentiu o olhar espantado de Daniel Abrahão.

No dia seguinte foi procurar o novo inspetor de colonização. Queria saber onde encontrar seus velhos amigos, seus companheiros de viagem. Jost Werland e sua mulher Cristina. Pedro Heit, Maria Luiza e seus filhos Jorge Carlos, Maria Luiza e Cristóvão Carlos. Felipe Dexheimer e sua mulher Ana Margarida, os dois de Hessen Darmstadt, João Selzen, Henrique Jacob Dieterich. Onde andavam eles? O inspetor percorreu com atenção as listas, os livros e registros; estavam todos espalhados por picadas e linhas, alguns ainda em Estância Velha, Bom Jardim, São Miguel, Linha 48, Picada do Café.

Enquanto os escravos terminavam os galpões, comprou couros e correias, tachas, cordéis de selaria, ferramentas especiais, importadas, entregando tudo ao marido.

– A partir de agora vais exercer a tua profissão. Precisamos ganhar dinheiro.

Dias depois encontrou no povoado o seu conhecido Isaias Noll, modesto fabricante de carroças. Ofereceu a ele sociedade, meio a meio. Os Schneider entrariam com o material e com os galpões. Ele, Noll, com a experiência. Daniel Abrahão entendia do riscado. Negócio fechado, Noll levava quatro meses para entregar uma só carroça, assim produziria mais. De manhã à noite Daniel Abrahão trabalhava com entusiasmo, entalhava peças, enxó em punho, recolhendo-se ao esconderijo no fim do dia, músculos doloridos, desabituados ao trabalho pesado. E assim a primeira carroça foi construída, montada peça por peça, o aro de ferro colocado por um ferreiro amigo, Frederico Jacobus, que logo depois pediu para trabalharem em conjunto.

Nem bem aprontavam uma carroça e já o comprador estava na porta com o dinheiro na mão, ansioso para levá-la. Os melhores e mais cômodos serigotes começaram também a sair dali, agora uma enorme oficina com mais dois galpões emendados, muito mais gente trabalhando, os negros no serviço de limpeza, na entrega de mercadorias.

Carregando Juanito consigo, Catarina iniciou os primeiros contatos com seus amigos nas colônias, ao pé da serra. Queria comprar sua produção para vendê-la em Porto Alegre e Rio Grande. A mulher de Felipe Darnian, Eva Margarida, disse a ela:

– Aqui, tudo o que se tira da terra é vendido para os empórios de um tal de Gründling. Paga bem.

– Pois eu pago mais. Gründling está enriquecendo à custa de vocês todos.

A mulher fez uma cara de espanto. Gritou para dentro:

– Felipe, ouve o que Catarina está dizendo.

O homem veio, sestroso, reconheceu a mulher de Schneider, mas então por onde andaram por todo esse tempo, as crianças, são duas, se não me engano.

– Três – corrigiu Catarina. – Philipp, que eu já trouxe da Alemanha, Carlota e Mateus.

Fez uma pausa, elogiou o cuidado do lote, a casa bem tratada.

– Então, querem fazer negócio comigo?

– Bem – disse o homem –, mesmo que a senhora pagasse a mesma coisa, a gente ia dar preferência para os amigos. Está fechado o negócio.

Virou-se para a mulher, que ficara satisfeita com a decisão:

– Quando os compradores dele aparecerem por aqui diz que não temos nada para vender.

Dessas viagens, Catarina regressava quase sempre noite fechada, muitas vezes tendo de descobrir os caminhos, perdendo-se nos atalhos, mas chegando em casa com novas perspectivas de negócios, novas esperanças. Mandou construir outro galpão, desta vez mais bem acabado: queria instalar nele o novo empório da praça de São Leopoldo.

IX

1.

— Se for menino vai receber o nome de Jorge Antônio em homenagem ao nosso grande amigo Schaeffer – disse Gründling.

— Mas se vier menina – disse Sofia – quero homenagear minha mãe, a pobrezinha. Vai se chamar Cristina.

Na madrugada de domingo para segunda-feira, dia 19 de outubro, Jorge Antônio chorou pela primeira vez, cabeça para baixo, os pezinhos seguros pelos dedos experientes de Frau Hortênsia Linck, velha parteira das famílias endinheiradas. Mariana e as negras correndo da cozinha para o quarto, o grande fogão de chapa rubra de tanto fogo, grandes panelas e bacias cheias d'água, o pai torcendo as mãos, a perguntar se tudo corria bem, se o menino não tinha nenhum defeito, se a mãe sofria muito. Dona Hortênsia chamou o pai e exibiu, enrolada em alvos panos, uma coisinha leitosa, cara enrugada.

— Se tem algum defeito? – disse ela, rindo. – Claro, os defeitos do pai, na certa, mas isso só se vê mais tarde, quando for homem.

Gründling ficou olhando para o miolo daqueles panos todos. Seriam mesmo assim as crianças, todas as crianças, quando nasciam? Parecido com quem? Não dava para ver.

— Pode entrar e cumprimentar a menina – disse a parteira. – A mãe tem uma bacia capaz de parir um filho de nove em nove meses.

Gründling ajoelhou-se ao lado da cama, pegou entre as suas as mãos macias e pálidas de Sofia.

— Estás contente? Querias homem – disse ela.

— Muito, muito mesmo. Vai ser um Spannenberger Gründling de deixar nome na história. Macho como poucos, disso não tenho a menor dúvida. – Pelo que vejo estás te deixando influenciar demais pelos gaúchos. Pois olha, eu quero que seja músico, ou poeta, ou um alto senhor de negócios – disse Sofia com os olhos úmidos.

– Será o que você quiser, meu bem.

– A gente nasce com o destino escrito. Vê o meu caso. Quando poderia sonhar que um dia iria te encontrar – sorriu Sofia.

Naquela semana mesmo Gründling recebe uma carta de Schaeffer: "não sei se ao chegar esta carta às suas mãos já não terá nascido o filho de vocês. Ou a filha. As cartas demoram muito para atravessar o mar e chegar aí. Nossos empórios de Hamburgo receberam as cargas de milho e de batata-inglesa, sendo que parte desta em péssimas condições. O fumo em folhas, embora em pequena quantidade, agradou muito aos compradores. Os couros estão sendo colocados com dificuldade, tendo em vista os defeitos produzidos pelos bernes e ainda pela má qualidade da curtição. Pretendo mandar para aí um técnico em curtumes, um tal de Carlos Adam que inclusive levará mudas de acácia-negra. Pelo próximo navio segue um selim usado na Europa para modelo a ser produzido aí. Isto poderá nos render muito dinheiro".

Gründling leu parte da longa carta para Sofia. Omitiu alguns trechos: "Estou remetendo quatro caixas de rum e duas de champanha para as tuas noitadas. Pretendo ainda este ano ir ao Brasil. Prepara a bruaca da Izabela, que reúna as melhores mulheres que puder, só para nós dois. Esta Europa não vale mais nada. Estou cansado dela. E, para esquecer, encerro as minhas atividades antes das seis horas da tarde e começo a abrir garrafas".

Mariana entrou com o embrulho de panos e rendas. Colocou a criança, com cuidado, ao lado da mãe. Sofia afastou as bordas do pano e ficou extasiada, olhando a carinha do filho.

– Será que ele não quer mamar? – disse Gründling.

– Não – disse Sofia, sorrindo –, a parteira disse que ele deve mamar só amanhã. E leite não vai faltar.

Tirou o seio para fora da bata, pegou o bico com o polegar e o indicador, espremendo. O líquido escorreu pelos dedos.

2.

Isaias Noll, ao cair da noite, ouvia Daniel Abrahão ler a Bíblia. Pedia sempre para repetir os trechos do Apocalipse. Sabia que era assim mesmo que o mundo acabaria.

– Leia aquele pedaço, Herr Schneider, da quarta trombeta.
– Ah, a quarta trombeta. Vejamos – lambia a ponta do polegar e folheava as páginas do livro seboso. – Está aqui: "O quarto anjo tocou a trombeta. Foi ferida a terça parte do sol, a terça parte da lua e a terça parte das estrelas, para que a terça parte deles se escurecesse e faltasse a terça parte da luz do dia e do mesmo modo da noite".
– Por que será que só a terça parte, Herr Schneider?
– Castigo divino – dizia Daniel Abrahão. – Deus não quer acabar o mundo todo de uma só vez. Sobrando a terça parte ao homem ele sofrerá muito mais, pagando todos os seus pecados contra os sagrados mandamentos.

Noll contou que tinha sonhos deslumbrantes uma vez por semana. Via uma luz muito brilhante no céu e da luz vinha uma voz como o trovão. Seria a voz de Deus. Ameaçava o homem com ferro e fogo. Afinal, todos pecam dia e noite, Herr Schneider. Veja só a cobiça entre irmãos, o exagerado amor pelo dinheiro, o vizinho desejando a mulher do vizinho, ninguém mais quer saber da Igreja e das palavras de Jesus Cristo. Haverá alguma coisa na Bíblia sobre esses sonhos? Quem sabe já não será uma visão do próprio Apocalipse?

Daniel Abrahão fechava a Bíblia sobre uma das mãos e com a outra batia nela com vigor:

– Tudo o que acontece sobre a face da Terra, debaixo dela ou nos céus, tudo está aqui neste livro.

Depois de comer, metia-se na sua nova toca, trancando a porta do alçapão com uma tramela. Numa sexta-feira ficou lá dentro mais tempo. Catarina bateu com a sola do pé, chamando por ele.

– O dia clareou há muito, Daniel Abrahão!

Ele saiu extremunhado, esfregando os olhos vermelhos, meio tonto. Enfrentou a mulher que estava na sua clássica e decidida atitude de mãos nas cadeiras.

– Esta noite Harwerther falou comigo. Pobre Frederico. Foi degolado pelos castelhanos falando em mim. Eu nem queria olhar para a ferida que tinha no pescoço. Quando o pobre falava, saía sangue pela boca e pelo talho. Ele ainda me contou que estava ao lado de Mayer quando o infeliz foi fuzilado na batalha do Passo do Rosário.

Catarina ouviu calada. Estaria ficando louco o seu marido? Foi até a porta:

– Não deves comer tanto antes de dormir. Anda depressa que os outros já estão no trabalho. Há uma carroça para ser entregue ainda hoje e nem os eixos foram colocados.

Ela trouxe, momentos depois, uma caneca de café preto, um pedaço de linguiça frita e algumas batatas cozidas. Sob a desculpa de ver como as coisas iam, espreitava o marido, mais soturno do que nunca. Ao lado do formão, da plaina ou da enxó, sempre a Bíblia. Falaria com o Pastor Frederico Cristiano Klinglhöefer. Não estava gostando nada das atitudes do marido, aquelas suas manias esquisitas, agora esta de conversar com gente morta, primeiro Harwerther, amanhã ou depois com outro, com seus avós e pais. Não demorou uma semana, novamente Daniel Abrahão se atrasando, a mulher desconfiada com mais uma noite de pesadelos.

– Quem é que esteve com você esta noite?

– Ah, já sabias? Com Mayer, o coitado. Cinco balas encravadas no corpo, um buraco no peito que dava para enxergar o outro lado. Não podia falar, o infeliz só fazia gestos e eu compreendi tudo. Ele nunca nos denunciou para ninguém, sempre disse que o contrabando de armas foi obra de Gründling. Ora, Mayer nos traindo, era só o que faltava. Mas ele saiu tranquilo, tirei um peso da consciência dele, acho que essas coisas não podem deixar nunca um homem em paz consigo mesmo.

Catarina escutou e não disse nada. Pensou nos filhos. Uma hora depois partia com Juanito conduzindo duas carroças com toldos, das grandes, era dia de arrecadar mercadoria.

O empório crescendo, cheio de homens, movimento contínuo da manhã à noite, mascates em lombo de burro comprando as coisas que vinham de Porto Alegre, linhas, fitas, botões, agulhas, pavios de candeeiro, palitos de fósforos, fazendinhas ralas, xaropes, musselinas, pimenta, sal, garrafas de *schnaps*, toalhas – tudo lotando os dois sacos de couro, pendentes do lombo dos burros. Caixeiros-viajantes com seus largos chapéus de feltro, palas de franjas e botas retinindo longas esporas. Metiam-se picadas adentro, embrenhavam-se pelas linhas, vendiam de casa em casa as suas bugigangas úteis, tão ansiosamente esperadas, e, quando voltavam, traziam encomendas e recados para Catarina, que fosse buscar linguiça fresca, toucinho, torresmo, trigo, batata-inglesa.

Frederico Jacobus trouxe para trabalhar na oficina o filho Emanuel, rapaz de 20 anos, dois braços musculosos a divertir os companheiros, nas horas de folga, levantando toras de sessenta quilos ou mais. Jacobus tomava conta dos negócios durante as ausências seguidas de Catarina; sabia comprar o melhor material e o mais barato, fazia a caixa do dia, pagava os empregados e ainda encontrava tempo para desviar da concorrência os melhores fregueses.

Um dia recebeu um chamado para conversar com Catarina. Entrou curioso e desajeitado na saleta da frente, torso nu escorrendo suor, pés descalços com as bordas coscoradas. Sentou-se, obedecendo a um gesto dela, as grandes mãos apoiadas sobre os joelhos.

– Precisamos conversar um pouco, Herr Jacobus. Sei que o trabalho é muito, mas sempre é bom, de vez em quando, parar um pouco e conversar sobre essas coisas.

– Às ordens, Frau Catarina, a senhora manda.

Ela parecia não saber por onde começar. Serviu uma dose de aguardente, sentou-se num banco de parede, apoiando os cotovelos na tábua crua da mesa.

– Sabe, eu conto muito com o senhor. Daniel Abrahão, deve ter notado, não anda muito bom da cabeça, desde aqueles tempos na fronteira.

– Mas eu acho que Herr Schneider está muito bem.

– Bem ele está, mas anda esquisito, diferente. Tem tido pesadelos horríveis, nestas últimas semanas. Eu mal sei ler, faço as minhas contas como posso. Não fosse o senhor, não sei o que seria de mim.

– Não diga isso – disse Jacobus, corando.

– É a verdade, e a verdade sempre deve ser dita. Tenho um plano agora e queria saber se poderia contar com o senhor.

– Plano?

– Sim, estou querendo abrir uma nova casa pelas alturas do Portão, a gente pode aproveitar algumas picadas melhores para aqueles lados, chegar mais longe, novas fontes de mercadoria. E, sabe, é meio caminho para trazer coisas de Estância Velha, principalmente charque e couro, além de toda aquela beirada de serra onde as plantações aumentam e se cria muito porco.

– Mas e o trabalho aqui, Frau Catarina?

– Justamente sobre isso é que precisava contar com o senhor. Sei que tem um bom amigo da mesma profissão na Linha 48.

– Meu cunhado, Carlos Sonenberg, casado com minha irmã Doroteia. Ele entende, inclusive, de selaria.

– Pois me lembrei dele. Converse com sua mulher, Emanuel continuaria aqui como o meu braço direito, lá o lugar é bom, saudável, tem mato e campo. Ficaria lá como meu gerente e sócio.

– Me dê dois dias, Frau Catarina.

Ela se levantou, dando o assunto por encerrado. Apertou a mão de Jacobus, encaminhando-se ambos para as oficinas.

– O senhor tem mais do que dois dias. Vou amanhã a Porto Alegre e na volta me diz se quer ir ou se prefere ficar. Aquilo que achar melhor, o que for de sua conveniência. Estamos entendidos?

Daniel Abrahão falquejava um *Langwitt*, absorto, concentrado, indiferente ao que ia em redor, como um artista executando a sua obra. Sempre ao alcance da mão, sobre uma tora, a velha Bíblia. Emanuel encaixando os raios numa roda, enquanto o pai recomendava qualquer coisa. Catarina, querendo saber onde andava Mateus, viu Carlota perseguindo na rua uns filhotes de cachorro, e Philipp, trepado numa banqueta, atrás do balcão, ajudando os caixeiros. Pensou, estava na hora de botar o menino na escola, estava com quase dez anos, falaria com o Dr. Hillebrand sobre o assunto, ele saberia indicar uma boa escola.

A noite deserta, escura, sem estrelas e nem lua, Catarina viu Isaias Noll agachado junto à porta do alçapão que permanecia aberta, fugindo de lá uma réstea de luz e a voz rouca de Daniel Abrahão:

– Vi no céu outro sinal, grande e maravilhoso, sete anjos com as sete pragas, as últimas pragas.

3.

Gründling, na sua poltrona, lia a última carta de Schaeffer. Sofia bordava, balançando, de vez em quando, o bercinho de Jorge Antônio, agora com quase dois meses. Junto à porta, sentada numa banqueta, a negra Mariana.

A uma pergunta da mulher, Gründling disse, às vezes Schaeffer me parece louco. Manda me contar as coisas mais banais da Europa, intrigas de duques e de condes, princesas e baronesas, e depois de tudo três linhas para dizer que vem ao Brasil porque chegou aos seus ouvidos que o imperador vai suspender a imigração, veja só, simplesmente o seu negócio mais rendoso. Chega ao Rio dentro de um mês e quer que eu esteja lá nessa ocasião. Tudo muito fácil para o nosso caro Major Schaeffer, ele atravessar o oceano e eu largar todos os negócios e me tocar para a Corte. Uma carta de cinco páginas, nessa sua letrinha de boticário, como se estivesse no melhor dos mundos. Claro, Schaeffer sempre viveu no melhor dos mundos, a verdade deve ser dita. Outra coisa é chegar no Rio e conseguir, de repente, que o imperador mude de pensamento. Sofia largou por um instante a agulha, ele sabe como agir, assim como conquistou as graças da falecida imperatriz, talvez consiga o mesmo com o próprio imperador. Gründling balançou a cabeça, muita lógica na sua cabecinha, mas o imperador não passa de um joguete, reina mas não governa, vai agradecer a Schaeffer os belos cavalos enviados da Europa, por ele abandonaria os aposentos reais e passaria a dormir nas estrebarias, é outro que não enxerga o perigo, amando acima de tudo os seus cavalos, Schaeffer amando todas as mulheres da Europa.

Ficou olhando para o berço do filho, só me apavora o mundo em que o pobrezinho terá de viver, não gosto nem de pensar, não consigo pensar. Schaeffer lá metido naquela briga de trazer gente e nós aqui com o exemplo da colônia, onde deveria haver união, que diabo, não bastam os bugres, os tigres, as cobras, as doenças, os próprios imigrantes se odiando, agora mesmo estou sabendo por Schiling e por Tobz que São Leopoldo vive momentos difíceis, a população se dividindo entre um pastor maluco e um médico que pouco conhece da profissão, como se isso adiantasse alguma coisa, se já não bastasse a guerra que mal acabou, pelo menos inimigo era inimigo, falava língua estranha, podia-se matar sem remorso. Falamos língua diferente, também? Uma coisa nada tem a ver com outra. Estamos do mesmo lado, um termina absorvendo a língua do outro. Schaeffer, aliás, me diz isto nesta carta. "Mandarei tantos alemães para o Brasil que dentro de vinte anos, ou menos, ninguém falará outra língua, pelo menos no Sul." Não sei como podes bordar com a luz tão fraca assim, deixa eu levantar o pavio. Aliás, acho que está na hora da menina dormir com seu bebê.

Levantou-se, ajeitou a roupa, tirou fiapos invisíveis do casaco e disse, repetindo as noites anteriores, preciso sair mas não me demoro, as coisas andam muito confusas e preciso andar por dentro dos acontecimentos, há muito dinheiro em jogo e não pretendo perder agora o que ganhei em épocas mais difíceis. Não te preocupa, voltarei mais cedo hoje. Curvou-se para beijá-la, passou os dedos, de leve, na cabecinha do filho e disse em português para a negra: Mariana, cuida deles enquanto saio. Sofia ficou calada, mas sabia o rumo que ele tomaria e a dificuldade que teria ao tentar meter a chave no buraco da fechadura.

4.

Gründling ouviu o piano de Jacob muito antes de enxergar o casarão velho da Ladeira de São Jorge. Estava uma noite silenciosa, poucas rãs coaxando, os cachorros quietos. O cego tocava valsas ligeiras para dança. Ao entrar viu logo que a casa não estava nos seus melhores dias. Izabela correu pressurosa, acompanhou Gründling até o piano, Jacob sem parar disse boa--noite Herr Gründling, ele bateu amigável nas costas do cego e saiu em direção do reservado. Não sabia bem o que queria. Para começar uma cerveja, se não for incômodo, disse enquanto tirava o casaco, a casa estava abafada, havia um cheiro de urina vindo de fora. Os teus fregueses ainda não aprenderam a mijar senão aí na parede de fora, nunca viram uma latrina na vida deles, os porcos? Ela disse que Vicença tinha um perfume que agradaria muito, marca estrangeira trazida de Rio Grande, ele nem sentiria mais a porcaria dos outros, todo o mundo havia voltado da guerra como uns animais, Gründling disse, é claro, Dresbach me contou que no entrevero da Batalha do Passo do Rosário muitos soldados fizeram as necessidades nas calças, não dava tempo para procurar uma árvore, qualquer macega, um sargento que fizera isso saíra todo chamuscado, os gringos haviam tocado fogo no campo. Izabela riu muito, coitados dos soldados, Herr Gründling. Mais cerveja. Vicença boa-noite, senta aqui, muito quietinha, hoje não estou bom. Um soldado abriu a cortina do reservado, tinha o dólmã aberto sobre a pele, então lhe tiravam a mulher sem mais aquela, pensava que fosse para o rei da Inglaterra e o que via ali sentado senão um comedor de chucrute, um alemão miserável. Gründling disse para Izabela, leva esse rapaz embora, não quero encrencas, quero beber cerveja e ouvir o piano do Jacob. O soldado gritou, para esse piano, cego de merda, pois alemão nenhum vai ouvir música aqui dentro desta casa. Jacob ficou sem saber se parava ou se prosseguia, Gründling não comandava nada, era só o soldado a gritar, as coisas não estavam indo bem. Izabela querendo afastar o soldado, não conseguindo. Por fim Gründling arredou o banco da mesa, levantou-se tranquilo – naquele momento pensou em Schlaberndorf, não cairia noutra igual –, afastou Izabela do meio do caminho, enfrentou o soldado que se punha em guarda: rapaz, volta para a tua mesa, vai beber a tua cerveja, não quero encrenca. Depois tudo correra tão rápido que Izabela jamais saberia contar o que houvera, realmente. Gründling fora agarrado pela camisa, dera um soco na boca do estômago do soldado, este se curvara bastante para receber em pleno rosto o joelho de Gründling, caindo para trás, a distância, no meio do salão. Foi até lá, levantou o corpo, arrastou-o até a porta que Izabela já abrira, jogando o rapaz na rua. Quando voltou a sentar-se e a beber a sua cerveja, parecia que nada havia acontecido, nem mesmo Jacob havia parado de tocar piano. Quero mais cerveja. Uma bacia com água e uma toalha seca. Esfolara as costas da mão direita, estava vermelho e suando. Viu quando Izabela levava até a porta os companheiros do soldado, mandando-os embora.

– Eu pago a despesa deles – disse Gründling.

Vicença e Izabela ficaram sentadas do outro lado da mesa, enquanto ele bebia sem entusiasmo. Está se sentindo bem? Ele não respondeu, tinha o pensamento longe. Esta semana embarco para o Rio de Janeiro. Vocês sabem para que lado fica o Rio de Janeiro? Vou ficar mais de um mês longe daqui, mais de um mês. Antes de ir preciso fazer um filho na minha mulher. Não adianta falar, vocês não entendem disso. Izabela disse, então vamos beber à saúde do filho que ainda vai ser feito. Ele bateu forte com a mão na mesa, diz para aquele cego miserável que só quero ouvir música triste, podem ser até mesmo as tuas músicas paraguaias. Não tem importância. Ouviram socos e pontapés na porta de entrada, Izabela correu para lá, gritou do lado de dentro: vão embora senão chamo a guarda. Eles ainda bateram mais, cansaram e foram embora. Foi aquele soldadinho que voltou?, perguntou Gründling calmamente. Na certa, ele e os seus companheiros. Os valentões brasileiros, mestiços filhos de uma cadela. Izabela disse, não precisava mandar tocar os meus *purahjeí*, assim fico eu com vontade de chorar. Chora minha filha, eu decidi embarcar no primeiro navio decente que aparecer por aqui. Vou à Corte me encontrar com Schaeffer, seremos recebidos pelo imperador, mas antes disso farei mais um filho. Um Cronhardt Gründling, não é fácil. Não farei um trabalho de tropeiro ou de soldado, farei um filho com as artes que não se aprendem em livro, nascem com a gente. Olhou vago para Vicença, menina pode ir embora, toma aqui todo o dinheiro que tenho nos bolsos. Via duas Izabelas à sua frente. Não tinha jeito mesmo, minha querida Izabela, eu hoje quero voltar puro para casa. Tenho este direito. Ou não tenho? Mais cerveja. Direi ao meu caro major, mudei muito, sou outro homem, pai de família, quero ter dez filhos homens, mas preste atenção para uma coisa: filho meu jamais irá para a guerra, todos eles serão honrados comerciantes, respeitados por homens e mulheres, o próprio imperador...

Novamente tentavam arrombar a porta, Jacob deixara de tocar, não havia mais nenhum freguês, Izabela correndo para gritar que fossem embora, que deixassem de incomodar, um moleque já fora avisar a guarda. Novos pontapés e silêncio. Ela ainda ficou de ouvido colado numa fresta, depois voltou e disse, esses rapazes bebem e ficam impossíveis, mas são bons rapazes. Gründling: eu já nem me lembro o que estava dizendo, esses porcos bem que podiam estar dormindo nos seus chiqueiros, que diabo, não se tem mais descanso nem no cabaré, onde mais se pode beber sem aporrinhações? Diga, Izabela, onde mais? Não achava a boca, entornando a cerveja no peito da camisa. Pediu o casaco. Vou embora, quero dormir, esta semana embarco para o Rio, vou ser recebido pelo imperador, a viagem é longa, fico enjoado no mar. Se me dá licença, boa--noite. Gritou para o cego, quando Izabela destrancava a porta, amanhã te dou dinheiro em dobro, tu mereces.

Aspirou forte o ar da noite, as estrelas giravam no céu, a cabeça doendo como se tivesse um anel de ferro em torno dela. Imagine só, viajar para o Rio, uma terra onde só se veem negros pelas ruas e depois, abandonar os negócios por tanto tempo, falaria muito com Schiling e Tobz, olho-vivo nos empórios, não podiam descuidar-se, a concorrência não dorme, precisamos fazer a mesma coisa. Só para atender ao chamado do melhor amigo, iria encontrá-lo na África, no deserto, no Polo Norte.

    Voltava inseguro, como se já estivesse no tombadilho da casca de noz que o levaria mar afora, o inevitável enjoo de bordo, o estômago revolto, tudo rodopiando. Agora eram martelos a bater na cabeça, apoiou a mão numa casa de esquina e vomitou o que pôde. Mais um pouco e chegaria em casa, acordaria Mariana, queria um chá bem forte, o sono largado junto ao corpo de Sofia. Quando girou para reiniciar a caminhada, precisava andar, respirar fundo, viu-se frente a frente com o soldado em quem batera. Atrás dele, armados de bastões, mais quatro amigos. Os porcos ainda não se haviam recolhido aos chiqueiros. Fez o gesto de quem vai puxar uma faca da cava do colete, sentiu o impacto dos primeiros socos e pontapés. Lutou como sabia, como podia, como um animal ferido, espumando de ódio. Por que não vinham como homens, um de cada vez? Derrubado, sentiu o rosto raspar no chão de terra. Os animais investiam. Pisoteado, chutado, batido, sentiu que tudo escurecia, a própria noite sumira.

    Quando deu conta de si estava sendo carregado por estranhos, entre eles um negro, onde pensam vocês que eu quero ir? Quem permitira que tocassem com as suas mãos imundas o seu corpo, a sua roupa? Parou mais uma vez para vomitar, os homens esperando com paciência, um deles carregando no braço um balaio cheio de peixes que fediam de ninguém suportar. A caminhada recomeçou, ele trôpego, dolorido, sem conseguir abrir os olhos de todo. Os homens bateram na sua porta, era a sua porta, bateram muitas vezes, até que abriram uma das folhas e surgiu a cara espantada de Mariana. Céus, o que havia acontecido com o seu amo, correu para ajudar, os homens imundos entraram também, Gründling foi largado num sofá, enquanto os homens saíam e Sofia chegava, de camisola ainda, sentindo as pernas fraquejarem ao ver o estado do marido, a roupa rasgada, o rosto uma chaga só, o sangue envelhecido, os olhos negros fechados.

    Mariana já estava de volta carregando uma grande bacia com água e toalhas. Gründling sem dizer nada, Sofia começando a limpar com delicadeza as feridas, Mariana retornando para buscar unguento medicinal. Terminados os curativos, olhou para a negra assustada e começou a chorar baixinho.

    Gründling ficou quatro dias em casa, mandando dizer a todos que o procuravam que estava indisposto, não receberia ninguém. Sofia sem perguntar nada, cuidando das feridas, trocando ataduras. Quem sabe chamariam um médico? Não quero médico nenhum, repetia Gründling. Passava horas olhando para o teto, repelindo todas as tentativas de Sofia para conversarem. Um dia, depois do jantar, ele disse:

– Se pensas que foi um só, estás muito enganada. Foram cinco. Mas eles não perdem por esperar.

5.

A gente ia e vinha pelas ruas de São Leopoldo, os carroções levantando ondas de pó, mascates em lombo de burro se encontrando e mantendo longas conversas ao sol, beatas que entravam e saíam das igrejas, livrinhos de oração nas mãos, meninos brincando debaixo das árvores – a vida de todos os dias. Mas, nas casas e nos empórios, nas pequenas bodegas às margens do rio, as notícias mais desencontradas, passadas de boca em boca. Conspiração, revolta, conjura – que mais se sabia? Seriam os alemães, descontentes com o atraso dos pagamentos prometidos pelo governo, amanhã, depois, sempre adiando, ninguém dizia coisa com coisa, o inspetor de colonização desconversando. Enquanto isso, os vizinhos brigando por questões de limites maldefinidos, se matando, Joaquim Hinrichsen assassinara seu lindeiro Fried Helms; Franz Elvers entre a vida e a morte, levara um tiro de espingarda quando abrira a porta atendendo a batidas de um desconhecido, em plena noite. Um mal-estar geral e agora os boatos de uma revolta dos militares. O major-comandante do 28º Batalhão, interpelado pelas autoridades, negava qualquer veracidade a tais boatos. Volta e meia um alemão influente era denunciado e preso. Diziam que era por subversão. Vários colonos arrastados de suas casas e levados para longe. Quando voltavam, traziam no corpo as marcas da chibata e das torturas. Não diziam nada, emudeciam.

Emanuel ouvia as conversas e contava a Catarina tudo o que se dizia. Daniel Abrahão, de cabeça baixa no trabalho, como se vivesse num outro mundo, mas murmurando, ao descer para o seu esconderijo, que o Apocalipse estava chegando. Um dia um soldado apeou na frente do empório, entrou, pediu um copo de cachaça, começou a falar alto. Os que andavam por ali foram chegando, encostando-se pelos balcões, o soldado contava histórias fantásticas. Catarina perguntou:

– De onde você vem?

– Venho de longe. Meu batalhão andava atrás do Coronel *Quebra*. Já ouviram falar nesse homem?

– De Caçapava, se não estou enganado – disse alguém.

– Pois de lá mesmo. O homem parece maluco, proclamou a república, saiu para os lados de Cachoeira comandando escravos, aos gritos de liberdade, de independência e de separação do Rio Grande de São Pedro do resto do Brasil.

Um velho que fazia compras falou sem deixar de ensacar o que comprara:

– Não é a primeira vez que esse tal de *Quebra* faz isso, pelo que sei.

– É – disse o soldado bebendo mais –, já andou fazendo outras. E toda a gente se assusta quando falam no nome dele. O homem é contra o império mesmo e ninguém tira isso da cabeça dele. Dizem que tem ataques quando ouve o nome do imperador. E agora quer a redenção dos escravos, vejam só. O homem é doido mesmo.

O soldado terminou de beber, pagou com uma pequena moeda que não dava para a despesa, desculpem mas andei trabalhando para vocês, enfrentando esses negros assassinos, merecia cachaça de graça, fui dos Lanceiros na Cisplatina. Catarina ia dizer que ele levasse a moeda de volta, mas o homem montou e desapareceu. Gustavo Heuse, fabricante de tipitis para engenhos de mandioca, coçou o queixo e disse:

– Em certas coisas esse tal de *Quebra* anda certo. Por exemplo, que faz o imperador por nossa gente?

– Estou com você – disse um outro. – Até agora nem demarcaram as nossas terras, não deram os animais prometidos, e do subsídio só embromação aqui do imperador.

Heuse carregou nos braços o que havia comprado:

– Pois sei de uma coisa mais séria ainda. Fiquei sabendo por um cunhado meu que serve no Batalhão.

Houve um silêncio geral, o homem se sentiu alvo de todos os olhares, teve noção da sua importância, pelo menos. Pois se queriam saber, que soubessem:

– Cinco oficiais, não sei o nome deles, estiveram há dois dias na casa do Major João Manuel, denunciando ao comandante os nomes dos outros oficiais que estão conspirando. Sim, senhores, conspirando.

– E que oficiais são esses? – perguntou Catarina.

– O nome de todos não sei, mas de pelo menos dois guardei os nomes: Capitão Samuel Godfroy Kerst e Capitão Eduardo Stepanousky, do 6º Regimento de Cavalaria e do Corpo de Engenheiros.

– Foram presos?

– Não. O Major João Manuel disse que tudo não passara de invenção.

Catarina pensou: o major deve estar do lado dos conspiradores. Outro nome lhe veio à cabeça. Mas qual, não podia ser.

X

1.

Comprara o melhor cubículo do *Carolina*. Aliás, o único. Além dele o quartinho pobre e acanhado do Comandante Benjamin Blecker. Antes, mandara improvisar uma cama decente, cortinas na janelinha redonda, um tapete para não pisar no chão sujo e engordurado. Uma caixa de rum, meia dúzia de garrafas de champanha e o seu inseparável travesseiro de penas, cheirando a camomila, igual ao da mulher. Quando deitava a cabeça nele, tinha a impressão de que ali estavam os cabelos soltos de Sofia, a nuca perfumada, ela própria, quente e viva.

– Alguma coisa séria, Herr Gründling? – perguntou o capitão do barco, vendo a atadura atravessada na sua testa.

– Um pequeno acidente – disse Gründling, cortando o assunto.

O homem quis saber se tudo estava em ordem, pediu licença e foi dar as ordens de partida. Depois voltou, sentando-se ao lado do passageiro.

– Estou levando nos porões muita coisa sua para o Rio. Uma boa partida de couro, por sinal. O senhor vai se demorar ou volta logo?

– Assim que puder.

Até Rio Grande Gründling saíra do quartinho apenas duas vezes para comer qualquer coisa com o capitão. O resto do tempo permanecera deitado, sem dormir, pensando no encontro com Schaeffer, em Sofia, que ficara com lágrimas a escorrer pelo rosto, e no filho. Ela deve ter ficado prenhe de outro filho, estava na melhor época para isso. O mundo não fora feito para mulher. Estou certo de que será homem. O nome? Pois se chamará Albino, nome do meu pai. Ele merece. Sou capaz de jurar que será homem, jogaria nisso quatro malas com dinheiro. À mão, sobre uma caixa vazia, um copo de rum. Dera uma garrafa de presente ao comandante que, ao examinar o rótulo, disse "não há melhor em todo o mundo". Levava para o Rio um carregamento de vinte tonéis de cachaça de Torres, preferida pelos botequins da Lapa e do Catete. "Mas anote: muitos bares da Rua do Ouvidor servem dessa cachaça para a sua clientela de boêmios de fraque e cartola. Mas nada como esse rum dos deuses."

Mar grosso, saindo da barra de Rio Grande, Gründling percebeu que se daria mal na travessia, o naviozinho afundando entre marolas, subindo reto para as cristas mais elevadas, uma gangorra de revirar as tripas. As paredes da cela, rodopiando. Quando navegavam à noite pensava que a própria cama emborcaria de todo. Mas aguentou firme. Bebendo muito e comendo pouco, pensava, o mar nada teria a pedir de volta. Um dia antes da chegada, Blecker notou que o passageiro estava mais habituado com o balanço, caminhava pelo tombadilho feito bêbado, pernas abertas e duras, braços como asas, a equilibrar-se. Blecker acercou-se dele:

– O jeito é amolecer os joelhos e manter o corpo sempre na vertical. Assim – e fez uma pequena demonstração.

– Jamais eu seria um bom marinheiro – disse Gründling a rir. – Prefiro a terra firme. Quando eu entender de balançar e vomitar, bebo um litro de rum e duas taças de champanha. É tiro e queda.

Sentaram-se os dois sobre barris enfileirados, vendo a bombordo, azulada pela distância, a terra recortada das costas.

– O senhor vai encontrar um Rio tumultuado. A política ferve, portugueses e brasileiros em guerra aberta. O próprio imperador sem saber o que fazer, escândalos na Corte, tudo muito ruim para os negócios – começou o capitão.

– Na província a gente fica sabendo das notícias com muito atraso. Mas quem são esses, afinal, que hostilizam o imperador?

– Pelo que sei, a coisa começa na própria Assembleia Nacional. O que se sabe é que D. Pedro detesta aquela gente.

O capitão caminhou até a amurada, seguido por Gründling, viam à esquerda o maciço da Gávea, mais além o Corcovado recoberto de vegetação azul-escura, distante ainda o Pão de Açúcar. O comandante foi assumir seu posto. Gründling, mais uma vez, maravilhado com a paisagem que se abria diante dos olhos. Ao passar o *Carolina* pela fortaleza de Santa Cruz, ouviram as salvas de praxe anunciando a chegada de mais um barco; logo a seguir enxergaram as praias de São Domingos e o porto de Niterói. A capital do Império à vista, as torres das igrejas, os conventos e seus campanários. A baía recortada de canoas e pequenos barcos a remo, tripulados por negros e mestiços seminus. O barco se dirige lentamente para o porto dos navios mercantes, fronteira ao Largo do Paço, vendo-se dali a ilha das Cobras, com seus coqueiros imóveis.

2.

Gründling pisou terra firme desconfiado. Ninguém a esperá-lo. Schaeffer fora avisado do nome do barco, do dia de chegada, e ninguém ali, nem mesmo um escravo. Foi quando o Capitão Blecker começou a desembarcar a sua carga não confessada, cerca de trinta escravos para serem vendidos na praça do Rio, onde os preços eram mais altos. Os negros desciam acorrentados, cegos pela luz do dia, a maioria de uma magreza impressionante, mal se sustentando nas pernas. Grandes carroções gradeados já os aguardavam, desaparecendo, a seguir, pelas ruas tortuosas. Blecker, chupando seu cachimbo, aproximou-se de Gründling, notando seu desapontamento.

– Ninguém à sua espera, Herr Gründling? Isso acontece. Já mandei descer a sua bagagem. Se não conseguir contato logo com seus amigos, já sabe, pode continuar no seu camarote.

– Obrigado, capitão, mas serei procurado.

Ficou andando de um lado para outro, observando o casario das vielas, em geral de dois andares, assimétricos, a casa de negócio no térreo, a moradia no primeiro andar, beirais desalinhados. Abrindo para as vielas, janelas e portas protegidas por gelosias pintadas. Sentiu saudades de sua casa da Rua da Igreja, portas lavradas, janelas altas com bandeiras de vitrais franceses, piso de mármore nas escadas de entrada, rua tranquila, os poucos sobrados rosa-pálidos com umbrais pintados de branco. Entre as suas paredes, Sofia gestando.

Uma carruagem modesta, com uma parelha de cavalos pequenos, negros, surgiu numa das vielas, parando a uns vinte metros; dela desceram dois homens desconhecidos para ele. Quem sabe seriam os emissários do major? Os estranhos falaram com o capitão e este levantou o braço apontando para seu lado. Encontraram-se a meio caminho, mãos estendidas.

– Herr Gründling? – perguntou o primeiro deles.

– Sim, às suas ordens.

– Pois muito prazer, meu nome é Augusto Rasch e este aqui é Alois Moog, amigos do Major Schaeffer. Ele manda pedir muitas desculpas, mas afazeres de última hora impediram que ele tivesse a honra e o prazer de lhe dar as boas-vindas pessoalmente. Mas estamos aqui para servi-lo.

Moog, de grande estatura, cabelos loiros, olhos transparentes de tão azuis, fez uma espécie de mesura:

– O senhor ficará hospedado na mesma casa onde está o major, na Armação.

O capitão, quase correndo, veio apresentar as suas despedidas, eu sabia que o senhor seria esperado, eu lhe dizia, veja, eu tinha razão, que o senhor seja muito feliz nos negócios e que se divirta o quanto puder. Os dois emissários se encarregaram de colocar a bagagem na carruagem, convidando Gründling a subir primeiro e cada um entrando por um lado, deixando-o no meio. Quando partiram, sentiu-se desconfortável, sem ter onde apoiar-se, caindo ora sobre um, ora sobre outro. Não havia assunto, iam quase calados. Moog disse que felizmente não havia mais guerra, que agora todos viviam em paz, isso iria ser de grande valia para a província. O homem calou. Gründling reconheceu o Convento de São Bento, o da Ajuda, os edifícios da Alfândega e do Arsenal de Guerra. Na metade do caminho, quando o silêncio era mais constrangedor, Rasch perguntou:

– A viagem transcorreu sem incidentes, Herr Gründling?

– Correu tudo muito bem, obrigado. Tudo bem – respondeu ele disposto a não conversar.

Poderia acontecer ali o que não havia acontecido a bordo: vomitar. Das ruas apinhadas de negros e carregadores vinha um bafio, um bodum quase insuportável. Não gostava, decididamente, do casario deselegante construído pelos portugueses, um mau gosto contínuo só quebrado, vez por outra, com a presença de um prédio mais imponente, o Teatro Nacional ou a residência do Conde do Rio Seco.

O cocheiro sofreou os animais defronte a um casarão caindo aos pedaços, pintura desfeita, reboco descascado, o madeirame das gelosias apodrecido. Rasch desceu e esperou que Gründling fizesse o mesmo. Moog adiantou-se para abrir uma das largas folhas da porta desbotada pelo tempo. Passaram por corredores escuros, rescendendo a mofo, até chegarem numa ampla sala, pobremente mobiliada e quase sem luz, janelões fechados, entrando luz do dia pelas bandeiras de vidros opacos. Estirado num sofá, cabeça apoiada numa almofada, Gründling reconheceu Schaeffer, uma sombra do amigo Schaeffer de tempos atrás. O chão atopetado de garrafas vazias, copos esparramados, roupas deixadas nos espaldares de quase todas as cadeiras. Gründling aproximou-se com a impressão de que Schaeffer dormia, mas viu que estava bêbado, com a camisa de punhos de renda vomitada. Esperou que qualquer um dos homens dissesse alguma coisa, cruzou os braços e ali ficou sem saber o que fazer.

– O major tem abusado um pouco da bebida – disse Rasch, mas o senhor saberá desculpar essas coisas.

– Sei como são essas coisas.

Percorreu a sala, devagar. Examinava as roupas atiradas sobre os móveis, revirou com o pé as que estavam no chão, pegou nos copos e garrafas.

– Pelo que vejo foi uma festa de monges. Nem sinal de mulher nesta farra. Ou o major já não é o mesmo?

– O major, ultimamente, tem preferido assim – esclareceu Moog. – Diz ele que a vida é curta e se deve escolher entre uma coisa ou outra. Ou melhor, entre um prazer e outro.

Gründling sentou numa cadeira Luiz XV, de espaldar descascado. Olhou para o boneco de engonço fantasiado de Schaeffer e sentiu um enorme arrependimento por ter feito a viagem. Pensara durante todo o tempo que iria encontrá-lo numa bela mansão, e se via agora ali numa tapera roída pelo cupim e pelo abandono. Perguntou aos dois que permaneciam em pé, juntos:

– Vocês são agentes da imigração feita por ele?

– Éramos – disse Moog. – O governo acaba de suspender toda e qualquer verba para esse fim. O negócio, ao que tudo indica, terminou.

– Mas isso é impossível. Na última carta Schaeffer mandou dizer que agora era que a coisa estava começando, que tinha mais de duas mil cabeças à espera de transporte.

– Quando escreveu, estava falando a verdade. Mas essa gente toda vai ficar por lá mesmo.

Schaeffer remexeu-se no sofá, grunhiu qualquer coisa e logo Rasch e Moog correram para junto dele.

– Major, chegou do Sul seu amigo Herr Gründling. Major, Herr Gründling acaba de chegar.

– Ahn, Herr quem? – babou Schaeffer.

– Gründling, seu amigo Gründling.

Schaeffer tentou levantar-se e não conseguiu. Foi preciso o auxílio dos outros. Ficou sentado, apoiando-se no encosto, olhos perdidos. Passou a mão na cara murcha, forçando o olhar. Distinguiu um vulto à sua frente, Gründling em pé, braços cruzados, calado.

– Sou eu mesmo, Schaeffer. Como está? – conseguiu dizer.

Moog abriu um tampo de janela, deixando entrar um pouco mais de luz na sala. Schaeffer fez um novo esforço para enxergar melhor. Viu Gründling se aproximando. Sim, era Gründling. Abriu os braços, cabeça pendendo:

— Será Gründling mesmo? Nem posso acreditar! Senta aqui do meu lado. Pelos quintos do diabo, por que não me avisou da sua chegada? – procurou alguma coisa em redor – Rasch! Moog! Onde merda se meteram vocês?

— É melhor você dormir um pouco mais – aconselhou Gründling colocando a mão em seu ombro. – Sei que a farra foi grande e isso quebra a cabeça da gente no dia seguinte.

— Dormir? Ora essa, dormir por quê? Quero beber um trago à saúde da chegada do meu melhor amigo, pai do futuro General Jorge Antônio não sei de quê Gründling!

— Spannenberger – corrigiu o amigo.

— Isso, General Spannenberger Gründling, afilhado predileto do falecido Major Jorge Antônio Schaeffer, agente especial da Imperatriz Leopoldina, arquiduquesa da casa dos Habsburgo, você sabe disso, arquiduquesa. – Gritou rouco: – Moog imbecil, mais um trago aqui!

Gründling ordenou com um sinal que não e com outro mandou que eles saíssem da sala.

— Acabou a bebida, Schaeffer. Um café forte agora seria uma santa solução.

— Café onde nessa casa de negros? Uma taça de champanha é mais fácil e agora vinha a calhar. Escuta, e a tua mulher Cristina como vai?

— Sofia.

— Isso, Sofia, isso, onde merda estou com a cabeça! Acho que me deram arsênico para beber esta noite. Mas, meu velho, conta como estão as coisas lá por baixo. A mesma bosta de sempre, não é mesmo?

— É verdade. Muitas dificuldades, mas o pessoal vai se arranjando como pode. O diabo foi esse corte de verba, assim inesperado.

— Ah, você já sabia, então. Pois cortaram o dinheiro, quero que este país vá para os quintos do inferno!

— Você não chegou a falar com o imperador?

— Eu, falar com o imperador? – disse entre um riso histérico e raivoso. – Pois virei criminoso depois de tudo o que fiz, meu caro. Criminoso. Andam agora me caçando como quem caça animal do mato. Então não sabia?

— Você deve estar enganado, não pode ser assim.

— Ah, não pode ser assim. Diz o Senhor Cronhardt Gründling que não pode ser assim.

Procurou entre as garrafas alguma que ainda tivesse um resto de bebida, achou uma delas, sacudiu e bebeu pelo gargalo.

— Onde se meteram Rasch e Moog?

– Saíram um pouco, foram ver a minha bagagem – e mudando de tom: – E nosso empório em Hamburgo, como está?

– Que sei eu, Gründling. Deixei lá dois, três ladrões. A parte que sobra deles vem para nós. Se fosse contar com isso, morria de fome. As barras de ouro do General Brant sim, valia a pena, graças à falecida imperatriz. Mas hoje...

Gründling deixara de ouvir as arengas do amigo. Sentiu a cabeça vazia, os pensamentos confusos. O famoso e temido Major Schaeffer naquela degradação, murcho e velho nos seus quarenta e poucos anos, duas papadas sob os olhos, a cara inchada. Assim, não o deixariam entrar no portão externo da Quinta da Boa Vista.

Descobriu uma garrafa ainda cheia sobre um guarda-louça de vidros partidos, abrindo-a com cuidado.

– Eis aqui o que você procurava, vamos brindar o nosso reencontro depois de tanto tempo. Temos de estudar uma saída – disse Gründling.

Bebeu dois goles, enquanto Schaeffer matava realmente a sede, uma enorme sede que lhe doía nas entranhas. Riu para Gründling como um débil mental. Meu velho e pobre Gründling, às vezes tenho pena de você lá entre aqueles mestiços, metido entre castelhanos, uma escória de caudilhos, tenho pena de você, da sua mulher, ah, de todas as suas mulheres de lá, pobrezinhas. Seu corpo começou a escorregar, o amigo amparando, pendeu a cabeça, olhos parados, terminou dormindo, corpo estendido ao comprido do sofá.

Gründling deixou a sala na penumbra. Na escada da rua encontrou Moog e Rasch conversando em voz baixa. Levantaram-se limpando as calças.

– Vou sair, dar umas voltas – disse Gründling.

– A condução ficou à sua disposição – disse Moog.

– Obrigado, prefiro caminhar um pouco.

– Em absoluto, mas são ordens do Major Schaeffer.

Ordens do Major Schaeffer, dava vontade de rir. Em que momento do dia ou da noite teria ele dado tais ordens? E por que secretos motivos ficavam aqueles dois patetas ali, bajulando uma sombra? Deu de ombros, como a dizer tanto faz. Subiram na velha carruagem e reparou, com asco, que a cetineta das almofadas estava poída e suja, cinquenta anos de vômitos noturnos.

3.

– O major está passando uma fase difícil – disse Moog, depois de muito tempo –, o senhor deve ter reparado. O major não é homem de ser humilhado, não suporta menosprezo. Ele sempre sonha reagir.

– Reagir? – Gründling só ouvira a última palavra. Reagir contra quê?

– Estou falando dessa fase difícil do major. O senhor notou, claro que notou.

– Sim, notei. Na verdade quase desconheci Schaeffer. Nem sei como pode aguentar tanta bebida.

– Com a morte de Dona Leopoldina as coisas mudaram muito para o major – explicou Moog com ar abatido. – Esta outra imperatriz, apesar de ser da casa dos Leuchtemberg, é mesquinha. Ficou sabendo da amizade que ligava o major à falecida imperatriz e tanto bastou para não querer ouvir o nome dele. Ciúmes, sabe.

– Compreendo – disse Gründling com seus próprios pensamentos.

– E além disso esses liberais atacando a Corte noite e dia, não respeitam nem domingo, nem dia santo ou feriado. Como cães de fila. O senhor chegou a ler algum número do *Aurora Fluminense*?

Ele assentia com a cabeça, sem dizer nada. Um homem de província, de uma província tão distante e tão perdida no mapa, ou não sabia de nada ou ficava sabendo sempre tarde demais. Moog voltou ao assunto:

– O senhor soube do assassinato de Libero Badaró, em São Paulo?

– Não.

– Pois acredite, isso está me cheirando mal.

Estavam nas imediações da Rua do Ouvidor, ele fez um gesto pedindo a Moog que mandasse parar a carruagem, queria ficar ali mesmo. Moog foi o primeiro a descer, ajudando Gründling a fazer o mesmo, solícito, quase humilde.

– Não tenha pressa, senhor, ficaremos aqui esperando.

– Em absoluto. Voltarei noutra condução, está escurecendo.

– Desculpe, são ordens do major.

– Mas acho que vou demorar...

– Não importa. Ficaremos aqui.

Gründling agradeceu contrariado, despediu-se e começou a caminhar pela rua atravancada de gente – negros e brancos, vendedores ambulantes, aglomerações ruidosas em torno de mágicos e acrobatas envergando roupas de circo, enquanto meninos recolhiam moedas em pratinhos de folha; tocadores de bandolim, elegantes cavalheiros de fraque e cartola, negros sacudindo grandes chocalhos chamando a atenção para "mercadorias importadas, a preço de mel coado". Parou sob a luz mortiça de um lampião, olhando sem interesse para uma extensa procissão alumiada por lanternas e tochas, com filas de membros de diversas confrarias e irmandades. O cortejo arrastado, o murmúrio das ladainhas, rezas recitadas em canto gregoriano pelos sacerdotes e toda a multidão contrita, respondendo o aranzel.

Comprou um exemplar do *Aurora Fluminense*, acercou-se de um grupo de mestiços com archotes fincados no meio da rua, demorou-se lendo os títulos, algumas notícias, parte do artigo de Evaristo da Veiga. Sacudiu a cabeça desiludido. Fim de mundo, onde o respeito pela autoridade da Coroa, onde o respeito pelas leis, então cada um se julgando com o direito de dizer o que lhe viesse à cabeça, o caos se instalando, o cupim a roer os alicerces. Meu caro Major Jorge Antônio Schaeffer, aceite um conselho desinteressado de amigo, compre logo uma passagem de volta, Paris, Roma, qualquer outra grande cidade, Berlim, ar puro, nenhum negro nas ruas, nem aquele cheiro nauseabundo das frituras em azeite de dendê, de pamonhas e de cuscuz. Pois agora começo a entender e a dar razão ao meu caro amigo. Como as coisas estavam marchando, só dentro das garrafas se poderia encontrar a viagem maravilhosa. Dentro delas, a saída. Encostou o jornal que trazia nas mãos ao fogo de um archote e largou-o em chamas no meio da rua.

Preocupou-se com Moog na carruagem. O homem lá estaria no mesmo lugar, feito lacaio, esperando o amigo do amo, o beberrão Schaeffer. Pois o homem não arredara pé. Quando viu Gründling acordou o cocheiro, ajeitou a própria roupa e fez a mesura de praxe:

– Tenha a bondade, Herr Gründling. Faço votos que se tenha distraído um pouco.

– Obrigado, realmente aproveitei muito o passeio. O Rio cada vez mais encantador.

4.

Nove horas, Gründling desceu uns degraus e, sem camisa, foi lavar-se numa caraça de leão despejando água pela boca. Voltou, terminando de vestir-se, caminhou para a sala principal e lá encontrou Rasch dando ordens incompreendidas para uma preta velha que limpava o chão e reunia as garrafas da véspera.

– Bom-dia, senhor, não esperava que madrugasse tanto – disse sorrindo Rasch.

– Costumo levantar cedo. O major ainda dorme?

– Até meio-dia ou mais, como de hábito.

– Pois vou dar umas voltas pelos arredores, para esticar as pernas, antes dessa hora estarei aqui.

Do alto da escada avistou um pedaço do mar, as ruelas tortuosas e imundas, negros carregando grandes balaios na cabeça. Que estaria fazendo Sofia a essa hora? Jorge Antônio no berço de madeira lavrada, presente de Schaeffer. O outro Spannenberger enrodilhado na barriga da mãe, uma semente informe. Que mais poderia conversar com o amigo bêbado, meio doido, um fantasma do outro Schaeffer que conhecera e respeitara? Agora um trapo, não mais que isso. Por uma garrafa de rum Schaeffer se ajoelharia a seus pés, implorando, prometendo lamber a sola das suas botinas. Lembrou-se, de repente, de Daniel Abrahão Lauer Schneider, onde andaria aquele infeliz? – ao qual prometera, como um prêmio, a visita do Major Schaeffer, unha e carne da imperatriz, comensal da Corte do Czar Alexandre I. Sentiu vontade de rir. Imaginou Schaeffer bêbado, de rastos, pedindo ao seu posteiro do Uruguai um copo de cachaça. Pois muita honra em conhecê-lo, excelência. Fora tudo para os quintos do inferno com a Cisplatina. Os malditos castelhanos estragando o grande negócio de armas, desmanchando a patadas o trabalho dos outros. Merda para o posto da fronteira.

Voltando, encontrou o major no alto da escada. Para admiração sua mantinha-se em pé.

– Meu velho, chegou bem na hora de inaugurar uma garrafa das que você teve a gentileza de trazer – saudou o Major Schaeffer.

– Meio cedo – desculpou-se Gründling.

– Cedo? Precisamos primeiro forrar o estômago para a comida que vem aí.

Apertaram-se as mãos, Schaeffer batendo amigável nas costas de Gründling. Entraram, deixando Rasch e Moog de lado, isolando-se em duas cadeiras ao lado de um janelão aberto. Gründling quis aproveitar a sobriedade passageira do amigo.

Estou curioso, Schaeffer, para saber quais são seus planos.

– Hoje, quando acordei, tive uma ideia: voltar à Rússia. Há por lá um campo muito bom para negócios, mas preciso contar com você. Os armênios andam precisados de armas. Coisa fácil e rendosa. Se aceitar a proposta, partiremos logo.

– Sair do Brasil agora? Ah, meu caro, não posso. Ainda mais com mulher e filho.

– Vejam só o meu velho Gründling sentimental feito um menino de vinte anos. Olha, tua mulher é moça e bonita.

Entre cada frase um gole de rum. Já bebera mais de meia garrafa. Bateu no joelho de Gründling.

– Há muito dinheiro nos esperando na Rússia. Sofia se arranja, se for preciso se manda dinheiro de lá para ela.

Gründling bebendo pouco, interessado em ficar lúcido, vendo Schaeffer afogar-se no rum, soltando a língua numa espécie de delírio.

– Posso voltar para a ilha da Sitcha, o Rei Kameaméa é meu amigo, sabe esquecer certas coisas, vamos nós dois para lá, não te dou dois meses e estamos de donos da ilha.

– Lamento não poder te acompanhar. Na verdade, Schaeffer, comecei a criar raízes.

– Meu caro, estou meio bêbado, mas sei o que digo. Tuas ideias são de mestiço, pensamento de gente inferior. Vou te dar uma semana para pensar.

– Já pensei, não vou.

Schaeffer começou a rir, batendo com a mão na testa, meneando a cabeça. Então o bravo Senhor Gründling havia criado raízes na barriga de uma alemãzinha qualquer, esquecendo-se do resto do mundo e de todas as suas infinitas atrações. Trocava tudo, aventura, dinheiro, opulência, poder, por uma fatia de ar viciado numa terra de vaqueiros e de caudilhos ladrões.

– Pois vou sozinho. Fique você cavalgando a femeazinha que lhe promete um filho por ano.

– Você sabe o que está fazendo.

– Gründling, seu vegetal.

Deixou cair a cabeça, enterrando o queixo no peito. Resmungava e não conseguia dizer mais nada.

– Gründling, Gründling – balbuciava de olhos fechados, a baba escorrendo pelos cantos da boca.

Gründling não estava mais ali, saíra ao encontro de Moog e de Rasch que ainda permaneciam junto à porta.

– Agora sim, gostaria que me deixassem no centro.

– Cinco minutos, Herr Gründling, é só atrelar os cavalos – disse Moog saindo apressado.

Gründling pediu licença, precisava tirar da mala alguns documentos. Passou pelo major que já havia sido colocado por Rasch no sofá de sempre. Dava a impressão de um homem morto. No quarto, tirou de um fundo falso da mala todo o dinheiro que trouxera, espalhando-o, sem cuidado, pelos bolsos. Quando desceu a escadaria da frente a carruagem já o esperava, com o eterno Moog fazendo mesuras. Andaram todo o tempo sem trocar uma palavra sequer. Nas imediações da Rua do Ouvidor, desceu quase no mesmo lugar. Hoje sim, Moog, você não precisa esperar. Desculpe, mas esperarei. Peço que não espere. São ordens do Major Schaeffer. Pois exijo que volte e não me espere. Lamento não atendê-lo, demore o tempo que demorar, esperarei. Gründling teve vontade de esmurrá-lo. Pois muito bem, já que deseja assim, espere. Da primeira esquina voltou-se e viu Moog ao lado dos cavalos, o largo casaco azul se destacando do burburinho sem pressa. Começou a caminhar na direção do porto; passou pela frente do palácio do imperador – quem sabe àquela hora sua majestade estaria completamente nu na sua grande cama imperial, fornicando com sua augusta e fiel esposa, olhos fechados, imaginando ter debaixo de si a Marquesa de Santos – depois um renque de sobrados menos desajeitados, o casario da Rua Direita, sobre arcadas. A linha do mar com as baixas muralhas de atracação de canoas e catraias.

Avistou o *Carolina* no mesmo lugar, carregadores em fila subindo para bordo com sacos às costas. Caminhou para o barco como um passageiro. Subiu a escada e encontrou o Capitão Blecker se preparando para almoçar.

– Herr Gründling, que satisfação, chegou mesmo na hora do almoço. Sabe, a bordo se come tarde.

– Pois vou aceitar.

O capitão falou quase todo o tempo contando as suas aventuras. Notando o companheiro soturno, perguntou:

– Então, fechou novos e bons negócios com seu amigo da Alemanha?

– Não. Meu amigo morreu durante a travessia.

– Mas que coisa desagradável. E que pretende fazer agora?

– Voltar, se possível, no *Carolina*.

– Levanto ferros amanhã, antes do meio-dia. Seu camarote continua aí mesmo e a honra será toda minha em poder contar com tão ilustre companhia.

– O mesmo digo eu. Agora, meu caro comandante, se não fosse pedir muito, gostaria de dormir um pouco.

Gründling foi acompanhado pelo capitão até o camarote. Deu um "até-já" e entrou. Sacudiu o lençol da cama, bateu com um pano sobre caixas e paredes, fechou a cortina, escurecendo a peça. Dormiu pesado até a noite, acordando com leves batidas na porta.

– Quem é?

O comandante abriu a porta e apareceu em trajes domingueiros, cabelo emplastado de gordura, um largo pente em punho.

– Pelo que vejo o amigo está se preparando para sair.

– Pois é verdade, Herr Gründling. Se o senhor estiver disposto e não contar com nenhum programa melhor, bem que podia me fazer companhia. Sei de um lugar que é diferente de tudo o que há sobre a terra.

– Convite aceito.

Lembrou-se de Moog plantado junto à carruagem. Que ficasse lá pelos séculos afora.

5.

De fato, o lugar para onde fora carregado pelo Comandante Blecker era diferente de tudo que ele já vira. Um grande casarão sem paredes internas, próximo ao cais; marinheiros em profusão, brancos e negros, mulatos, rosados europeus dos grandes navios atracados, uma fumaceira cerrada, cheiro de peixe frito e sebo derretido, mesas apinhadas, cachaça e cerveja, grandes mulatas de ancas largas e peitos balouçando sob vestidos frouxos. Só bebendo muito, pensou Gründling olhando ao redor. Blecker levou-o para um comprido balcão, bateu forte no tampo de madeira encardida, pediu cerveja e perguntou ao empregado se havia mulheres disponíveis. Tocaram os copos, à saúde, ao regresso feliz, à vida. Sofia, àquelas horas, estaria bordando sob o bico de luz e balançando o berço do filho com a ponta do pé. No seu útero, a sementinha encorpando. A quieta Rua da Igreja, o rio lá embaixo, águas espraiadas e calmas, a larga e macia cama, tapetes, o corpo de Sofia colado ao seu, o perfume que só dela emanava. O senhor quer ficar com esta aqui? É uma das melhores fêmeas do mundo. Chama-se Sofia Spannenberger, a rainha das putas. Gründling saltou:

– Que disse o senhor? Como se atreve...

O homem ficou assustado. Herr Gründling estaria ficando louco ou já estaria bêbado com um copo de cerveja?

– Estou lhe apresentando a melhor e mais tarimbada mulata do Rio. Veja, chama-se Marina não sei de quê. Mulher da vida não tem sobrenome.

Gründling estava se sentindo indisposto. Pois capitão, sigo o seu conselho, o senhor é um velho lobo do mar e sabe o que diz em matéria de mulher. Se acha que esta é a melhor mulher do mundo, pois desde já lhe agradeço e ela passa a ser minha exclusiva propriedade. Naturalmente o senhor saberá aonde levar uma mulher dessas aqui no Rio. Mas meu caro senhor, não se preocupe com detalhes. Conheço dois camarotes, paredes-meias, encravados num barco chamado *Carolina*.

Saíram os dois sem muita demora, Gründling seguido pela mulata e uma cafuza que enroscara os braços no pescoço de Blecker.

Gründling acordou madrugada alta. Custou a localizar-se. Sentiu que uma mulher dormia a seu lado. Apalpou o seu corpo, os dois seios, sentiu a gaforinha áspera exalando fedor de brilhantina. Notou a janelinha redonda, qualquer coisa como o marulho de água batendo no casco de um navio. A fala de um homem dizendo palavrões. Era Blecker, lembrou-se. Blecker com a cafuza. Passou a mão espalmada sobre o ventre da mulata, que se mexeu. Marina, isto mesmo, chamava-se Marina. Começou a dizer coisas que ela não entendia. Por sua vez ela balbuciava uma espécie de patoá dos africanos, mãos ágeis apalpando, boca de grossos lábios molhados descendo ventre abaixo, um resfolegar animal e excitante. A cafuza, ao lado, gritando; Blecker rugindo. Por um momento ficou atento, por um momento apenas, que Marina conhecia mágicas do demônio.

Depois, ela havia tirado de seus bolsos o dinheiro que quisera e desaparecera como a noite quando chega o sol. Gründling sentiu-se imundo, emporcalhado, seu corpo estaria marcado. Como explicar a Sofia, na volta, a origem daquelas placas negras grudadas em suas carnes? Ouviu uma voz forte do outro lado da parede:

– Tudo bem, Herr Gründling? A negra era o que eu dizia ou não?

Estava a bordo do *Carolina* mesmo, não botaria mais o pé em terras, do Rio de Janeiro. Deixaria a sua bagagem no velho casarão onde se refugiava agora o falecido, o bom, o generoso, o excelente Major Schaeffer, amigo íntimo de reis, czares e imperadores.

— Mais um serigote – disse ele à guisa de cumprimento, depois de cinco dias de ausência. Parou de trabalhar, olhou bem para a mulher, sorriu. – Mais um. Conseguiu as ferramentas que eu pedi?
— Mas não encontrei as alemãs. Consegui de marca inglesa.
— Perdem o fio logo.
— Não havia outras, paciência.

Catarina voltou à carroça com Carlota agarrada à sua saia. Descobriu o que procurava num caixote, pegou o embrulho e mandou Philipp entregar ao pai. O guri deu meia-volta e saiu correndo. Então ela ficou parada na frente de Jacobus, com a cara franzida e olhos apertados. O homem limpou as mãos num grosso avental, cabeça baixa:

— A senhora já sabia que a minha resposta era sim.
— Não sabia, estou sabendo agora.
— Quando a senhora quiser, vamos para o Portão. Está tudo pronto para a viagem.
— Assim que houver condições.

Quando entrou na casa viu Juanito ao lado de Ceji, a indiazinha deitada na sua enxerga de palha, abatida, olhos caídos. Juanito nervoso, voltado agora para Catarina, como a pedir socorro, Emanuel falou da porta, pedindo licença para entrar:

— Frau Catarina, a índia desde ontem que não come nada, faz sinal que doem as cadeiras, vomitou muito. Depois ela tentou se levantar, mas estava sem forças.

Catarina passou a mão no rosto de Ceji, na sua testa, viu que ela estava muito fraca. Fez sinal para que ficasse deitada, depois iria falar com o médico. Juanito desapareceu e voltou muito tempo depois com molhos de ervas receitadas por um curandeiro. Catarina viu quando ele fervia as plantas numa panela, pensou que se bem não fizesse, mal não faria. Era coisa de bugre, lá tinham eles seus remédios. Juanito não arredou pé, acocorado ao lado da enxerga, braços abarcando as pernas, como de costume, queixo apoiado nos joelhos unidos.

À noite Daniel Abrahão encontrou a mulher com a mão na testa da índia, Ceji ardia em febre. Preparou compressas de água fria e mostrou a Juanito como deveria fazer. Ele obedeceu, olhinhos apavorados, Ceji poderia morrer. Lembrou-se do Grande Espírito que dá os animais do céu e os animais da terra para alimento, Njandejara. Um daqueles alimentos, estava certo, salvaria Ceji. Continuou mudando as compressas, sempre atento, acocorado. Durante o jantar ninguém falou. De vez em quando ouviam gemidos da indiazinha. Catarina achou melhor falar de negócios, era a sua maneira de aliviar a tensão:

XI

1.

DANIEL ABRAHÃO TERMINAVA um novo serigote, encomenda do Major Oto Heise. O desbaste da madeira, uma peça inteiriça de louro, fora obra de ajudantes, rapazotes que trabalhavam a troco de comida. Depois entrava a mão do artista, os rebordos trabalhados, a pelica de nonato cobrindo a madeira crua, acabamento com tachas de cobre, material importado. Philipp absorto vendo o pai trabalhar, alcançando a ferramenta adequada, ajudando a firmar a peça no cavalete, enchendo o mate nos breves intervalos quando o pai, cuia na mão, tomava distância para melhor apreciar a obra. Corria à cozinha quando a água acabava trazendo de volta a chaleira cheia, fumegando. Jacobus, auxiliado por mais dois, montava uma nova carroça. Sozinho, o filho Emanuel levantava o eixo, enquanto outros encaixavam as rodas, os anéis incandescentes colocados a golpes de malho e resfriados a seguir com latas d'água.

Catarina chega com Juanito, carroção abarrotado de mercadorias, cabelos esvoaçantes, o coque desfeito.

– Correu tudo bem? – perguntou Jacobus.
– Tudo bem – disse ela. – E por aqui?
– Como Deus quer, Frau Catarina.

Ela chamou os filhos, beijou Philipp e Carlota, pegou Mateus no colo.
– Que sujeira!

Deu ordens aos ajudantes do empório para começarem a descarregar as tralhas, que tomassem cuidado, havia coisas de quebrar. Ainda com Mateus nos braços foi ao encontro do marido, indiferente ao que se passava em redor nem sequer notando a chegada da mulher. Catarina bateu no seu ombro, disse: eu cheguei, fiz boa viagem.

— Voltei com um pedido de duzentas sacas de milho para os Weit do Caminho Novo, e vendi mais cinco serigotes.

Daniel Abrahão, de boca cheia, fez um assentimento com a cabeça. Catarina botou as crianças na cama e recolheu os pratos da mesa. Daniel Abrahão entrara e saíra da toca, trazendo nas mãos a Bíblia. Levou um lampião e se postou ao lado da doente. Por algum tempo folheou o livro, achou o que queria: "Tendo entrado Jesus na casa de Pedro, viu que a sogra deste estava de cama e com febre. E, tocando-lhe a mão, a febre a deixou. Ela se levantou e o servia". Dizendo isso, botou a própria mão sobre a testa da doente, dizendo coisas que ninguém entendia. Catarina arrumava a cozinha e sacudia a cabeça, o marido nunca mais ficaria bom, era a cruz que deveria carregar. Ele ainda leu: "Ele mesmo tomou as nossas enfermidades e carregou com as nossas doenças". Ela disse sem olhar:

— Daniel Abrahão, acho melhor dormir, amanhã é outro dia.

Colocou ao lado de Juanito um prato de comida. Ele não olhou e não moveu um músculo do rosto; parecia de pedra. Ceji dava a impressão de dormir, de vez em quando inquieta, gemendo, respiração ofegante.

2.

Jacobus chegou com a notícia que corria de casa em casa: qualquer coisa de estranho estava acontecendo no 28º Batalhão. Três oficiais haviam sido presos de madrugada e levados para Porto Alegre. Falaram em conspiração.

— Volta o assunto de novo – disse Catarina acendendo o fogo. – É só no que se fala. Os oficiais foram levados para um navio velho, a *Presiganga*.

— Mas nem o nome desses oficiais essa gente sabe?

Jacobus chamou pelo filho:

— Emanuel, sabes os nomes dos oficiais presos?

O rapaz fez que sim com a cabeça:

— Só pelo que ouvi dizer.

— E quem são eles? – perguntou Catarina.

— Stepanousky, Godfroy Kerst e Oto Heise.

— Oto Heise?

— Ele mesmo – disse Jacobus.

Do lado de fora da porta, Hermann Krieger, antigo combatente da Cisplatina, ligado por amizade ao Major João Manuel, ouviu a conversa de Catarina e pediu licença:

– Há muito boato nisso tudo. O próprio Major João Manuel já disse isso mesmo ao comandante da Polícia de Porto Alegre. Agora, isso da prisão dos três oficiais é verdade. Só não acredito que o Major Oto Heise esteja na encrenca.
– Mas conspiração contra o quê, Herr Krieger? – perguntou Catarina.
– Não se sabe se é conspiração mesmo. Ouvi dizer, inclusive, que os colonos precisam se armar porque os negros escravos vêm assaltar a colônia. Para mim, isto não tem pé nem cabeça.
– O senhor acha isso tão absurdo assim?
– Acho, Frau Catarina. Se os negros estão pretendendo nos atacar, por que motivo esses oficiais foram presos? Há bicho escondido na ramagem da árvore e não se consegue ver sequer o rabo.
– E o major tão seu amigo não lhe disse mais nada?
– Bem – disse Krieger com ar misterioso –, nem tudo o que os amigos conversam com a gente se pode dizer. Militar sempre tem segredo só da classe. Não é como a gente.

No dia seguinte Krieger voltou ao empório, desta vez trazendo nas mãos o *Constitucional Rio-Grandense*, de Ferreira Gomes:

– Escutem aqui o que está escrito neste jornal. Parece mentira, mas essa gente só quer encrenca os alemães com o governo imperial.
– Leia, homem – disse Catarina curiosa.
– Pois vejam só, escutem aqui: "O plano que se traçava era de acordo com os alemães da colina de São Leopoldo, os quais (segundo se afirma) deviam surpreender a guarnição desta capital. Uns se abalançam a sonhar com a mudança de estandartes, de autoridades, variedade de governo para o absolutismo, outros para o republicanismo, de mãos dadas com as repúblicas vizinhas...".
– Ah, então essa gente acha que somos nós, os alemães, que estamos conspirando contra as suas riquezas! – exclamou Jacobus indignado.
– Acontece que chegou esta madrugada aqui em São Leopoldo um destacamento imperial comandado pelo Brigadeiro Fontoura, um militar com peito coberto de medalhas.

Catarina fez um muxoxo de desdém e disse para que todos ouvissem bem:
– Vejam só, nós estamos querendo derrubar o governo!
– Não quero me meter na conversa – disse Emanuel pedindo licença ao pai –, mas ontem mesmo uma escolta armada prendeu e arrastou o relojoeiro Sarrazin e toda a sua gente. Até o pobre do francês!

Os homens ainda continuaram conversando, Catarina desligada, não compreendia mais nada, a continuar assim vamos todos morar numa toca debaixo da terra, como Daniel Abrahão, cada um com medo de ser dependurado pelo pescoço num galho de árvore. Reviu a figueira de Jerebatuba, as marcas de cordas de outros enforcamentos, o posto de vigia de Philipp, o poço, ela chegando até a borda, falando pelas frestas, o inimigo ainda está por perto, sempre o inimigo, sempre. Ouviu Jacobus perguntando a Krieger o que fazia, a todas essas, o senhor Inspetor Lima. Relatórios, mensageiros enchendo o gabinete do Presidente Lopes Gama de toda essa porcaria que nada adiantava. Levantaria um mastro ao lado do empório, no topo pregaria uma gávea e Philipp voltaria a cuidar dos inimigos. Daniel Abrahão, alheio ao que acontecia em redor, trabalhando decidido com a enxó que soltava lascas para todos os lados, como se escavasse o pescoço de um inimigo. Alguém disse, ainda há pessoas sensatas neste mundo. Ela não ficou sabendo quem, o barulho da oficina era maior. O sensato, pensou, era morar, comer, dormir numa toca, alçapão tramelado, espingarda sempre à mão.

– Fico a pensar, quem olhará por nós – exclamou Catarina, sem querer.

Daniel Abrahão ficou com a enxó a meia altura e falou de frente para a mulher:

– O Senhor olhará por nós.

Prosseguiu falquejando a peça de madeira, queria saber agora o que fazer do serigote encomendado pelo Major Oto Heise, ele talvez nunca mais precisasse de cavalo.

3.

Madrugada silenciosa, lamparina amortecida sobre a mesinha de cabeceira, Gründling segura o ventre nu de Sofia, encosta o ouvido na pele esticada: ouço o coraçãozinho dele. Presta atenção, escuta, isso é ele, então não conheceria as batidas do coração do meu próprio filho? Sofia espicha o corpo na cama, braços estendidos, palmas das mãos voltadas para o lençol. Ele diz, eu estava com saudades de ouvir o canto desse galo, de ouvir esse silêncio que é só nosso, o cheiro desta casa, sonhava com essas paredes, quadros e tapetes, o arrastar de chinelos de Mariana, o café servido no quarto, o gosto daquele pão com geleia. Sofia pergunta: quantas mulheres dormiram contigo durante as últimas semanas? Nenhuma, posso jurar de pés juntos, nenhuma. Depois que te encontrei, minha vida mudou muito, estás sempre no meu pensamento, não consigo me concentrar noutra coisa, sei que não se deve dizer isso a uma mulher, há perigo de se transformarem em tiranas. Sofia, olhos fechados, passando os dedos entre os cabelos do marido, sabes que isso não aconteceria comigo, mas gosto de ouvir essas coisas ditas por tua boca. Ele desencosta a orelha do ventre, ergue a cabeça: escuta o galo nosso amigo.

– Ainda não me falaste de Schaeffer, de como está ele – disse, cobrindo-se com o lençol.

– É verdade, nem tive tempo. Schaeffer vai muito bem. Voltou para a Europa no mesmo dia em que embarquei de volta para cá.

– Agradeceste os presentes, o barco, a caixa de música? Falaste para ele no Jorge Antônio, nome dado em sua homenagem?

– Schaeffer ficou emocionado. Quando voltar da Europa virá direto a Porto Alegre batizar o menino.

Novamente o galo. Gründling dorme, esgotado. Com cuidado, ela puxa o lençol e cobre também seu corpo. Desce o outro travesseiro até a sua nuca, aos poucos vira o seu corpo, fazendo com que a sua cabeça escorregue do ventre até as penas cheirando a camomila.

Mariana bate de leve na porta, entra e coloca numa mesinha redonda, ladeada por duas cadeiras, uma grande bandeja com café da manhã. Gründling na mesma posição, travesseiro a meio da cama, ressonando. Sofia com Jorge Antônio nos braços. Pede a Mariana para abrir uma fresta numa das folhas da janela, com sinais apenas de mão, como sempre fazia. Estende os braços com o filho, Mariana o recoloca no berço, ajeita as cobertas bordadas e sai.

– Está na hora de acordar.

A voz de Sofia, o teto de largas tábuas envernizadas, as paredes caiadas de branco, quadros e espelhos, o cheiro que era só deles. Percebe na distância, depois cada vez mais perto, a voz fanhosa do vendedor de peixe de todas as manhãs. Sente a pele da mulher, vê seu rosto, está na sua casa, na sua fortaleza; além das grossas paredes, o mundo cheirando a bodum de escravos, o amigo bêbado, as cidades com seus feios sobrados de gelosias simétricas, o imperador vacilante e aquela laia de politiqueiros tentando derrubá-lo.

– É hora de acordar, sim – disse ele. – Estou vendo que há sol lá fora.

Saltou da cama e foi olhar de perto a bandeja trazida pela escrava. Não havia disso a bordo do navio do meu amigo Capitão Blecker. Vê com água na boca a obra-prima diária de Mariana, um dourado pão de trigo e de centeio. Barra uma fatia com geleia de pêssego. Mais outra. Se o imperador desconfiasse da existência desse pão, mandaria nos deportar os dois e acorrentaria a negra velha ao pé do fogão real.

– Ainda bem que ele não sabe disso. Ou Schaeffer teria contado esse detalhe ao imperador? – disse Sofia puxando a cadeira para junto da mesinha.

– Oh, não, Schaeffer seria incapaz de revelar um segredo desses ao imperador. Schaeffer é nosso amigo.

Vai até o berço, escuta o leve balbuciar do filho, puxa as cobertas e vê o rostinho de grandes olhos azuis fixos nele.

Estou notando que algo te preocupa – diz Sofia.

– Eu sempre ando preocupado. Não sei como andam os negócios por aqui, quando viajei havia muita conversa de conspiração militar. São Leopoldo cheia de falatórios. Essas coisas atrapalham os negócios. Vou mandar chamar Schiling e Kalsing.

Chamou Mariana, deu ordens para a caleça buscar os dois.

Abraçou Sofia. Não passei um dia sem pensar em ti, uma hora, um minuto.

4.

Os dois chegaram antes do meio-dia.

– Puxa, pensávamos que não fosses voltar mais – disse Schiling alegre.

– Muita novidade durante a minha ausência?

– Algumas – disse Schiling. – E como deixou o Major Schaeffer? Ele está bem? Deve ter levado um baque com esse negócio do corte de verbas para a colonização.

– É, mas Schaeffer é um homem que não se abate por qualquer coisa. Esteve várias vezes com o imperador, fez ver o erro que o governo estava cometendo. Schaeffer sabe lidar com essa gente, nasceu para isso.

– E será que voltam atrás?

– Não se sabe. A política ferve no Rio, a Corte anda muito desprestigiada. Como Schaeffer tem sérios compromissos na Europa, resolveu viajar. E como vão os nossos negócios?

– A concorrência aumentou muito, todo o mundo achando que é melhor comerciar do que plantar. Estão ficando espertos – disse Kalsing.

– E o que está havendo com a nossa gente?

– Continua fazendo o que pode. Muitos dos nossos antigos fornecedores, de uma hora para outra, simplesmente sustaram as vendas.

– Estão querendo explorar – exclamou Gründling.

– De uns tempos para cá, por exemplo, apareceu em São Leopoldo uma mulher que está entrando no negócio sem meias medidas. Paga um pouco mais, conta com muitos amigos nas colônias e vende bem em Porto Alegre.

Gründling riu:

– Então os meus valentes homens estão se deixando enrolar por uma mulher! Parece mentira. E que mulher é essa?

– Uma tal de Catarina. Mulher, como eles dizem por aqui, "de faca na bota".

– Catarina? E de onde surgiu?

– Ela morava para os lados do Chuí – disse Schiling –, então trocou a estância por uma casa velha no povoado. Trocou com um tal Oestereich.

– Mas que espécie de troca ele fez com essa mulher?

– Não sabemos – disse Schiling. – A antiga casa dele, na Rua do Sacramento, de um casebre de pau a pique foi aos poucos se transformando, ampliando e hoje tem selaria, ferraria, fábrica de carroças, dos melhores serigotes da região, e um empório que cada dia cresce mais.

– Ainda não entendi por que uma mulher.

– O marido está meio doido, pensa que é bicho, só consegue dormir num buraco cavado no chão, com tampa fechada.

– Dorme num buraco?

– Durante a Cisplatina, teve de passar dois ou três anos numa toca dentro do poço.

– Virou toupeira, o desgraçado. Como se chama ele?

– Daniel – interveio Schiling. – Daniel Abrahão.

– Claro que conheço. Daniel Abrahão Lauer Schneider, meu amigo, foi o meu homem naquele negócio que a guerra estragou. Vocês se lembram, Harwerther, Mayer. Mas estão certos de que o rapaz enlouqueceu?

– É o que toda a gente diz – confirmou Kalsing – mas eu nunca vi o homem.

Gründling passeava na sala, mãos às costas, como sempre fazia quando estava preocupado. Então eles voltam, não me procuram, resolvem entrar no meu negócio, pagam mais. Isto não está me cheirando bem. Voltou-se para os dois:

– Pois vou a São Leopoldo me avistar com Catarina.

– Quero ir junto – disse Schiling.

– Pois vamos – deu um estalo com os dedos, achando engraçada a situação. – Então, Catarina me tirando a freguesia!

5.

O primeiro a levantar naquela madrugada foi Daniel Abrahão. O ranger da porta do alçapão foi ouvido apenas por Juanito, que passara a noite cuidando de Ceji. A indiazinha dormia, pálida. Juanito sentado no chão, costas na parede, a cabeça apoiada nos joelhos; ouvido alerta ao mais leve movimento dela. Viu quando Daniel Abrahão se aproximou em silêncio. Bíblia em punho, cabelos desgrenhados; viu quando ele colocou a mão espalmada na testa da mulher e disse qualquer coisa, acercando-se depois de uma fresta na parede por onde entrava a primeira claridade do dia nascendo. Folheava a Bíblia, até que começou a ler em voz baixa. Quase uma ladainha. Juanito sem entender uma palavra. Estaria Ceji morrendo? Mas a índia abriu os olhos e moveu a cabeça. Pediu água. Juanito mergulhou um porongo numa vasilha, sustentou a cabeça dela encontro ao peito, de vez em quando olhando assustado para o dono da casa que prosseguia lendo. Depois passou a mão no rosto dela e sentiu o suor frio. O espírito do mal estava saindo. Daniel Abrahão descansou a Bíblia sobre uma banqueta, passou para o alpendre e, com um balde, encheu a bacia apoiada numa trempe de ferro, obra de Jacobus, e começou a lavar o rosto barbudo, levando água com as mãos em concha.

Começava o movimento nas oficinas, Catarina preparando o fogo, enchendo as chaleiras; os caixeiros abrindo as portas do empório, movimento dos primeiros carroções, começava o movimento de todos os dias. Catarina veio dar o remédio mandado preparar pelo Dr. Hillebrand para a indiazinha doente. Encontrou-a melhor, sem febre; trouxe para Juanito meio pão de milho aberto em dois, dentro dele uma grossa fatia de pernil. Disse em português: Ceji boa, ficando boa. Ele assentiu com a cabeça e começou a comer devagar, sem fome.

Daniel Abrahão sentou-se à mesa; cortava com um facão fatias finas de pernil, lambuzando-as com s*chimier*, enquanto a mulher descascava quatro ovos duros.

– Catarina – disse ele –, mil anos já devem ter-se passado. Li no Livro Sagrado que depois de mil anos Satanás será solto de sua prisão e sairá a seduzir as nações que estão nos quatro cantos da Terra.

– Sei disso – concordou Catarina.

– Todos devem saber, está no Apocalipse de São João. E ai daqueles que alegarem ignorância. Satanás deve ser solto e em breve estará entre nós.

– Enquanto ele não chega – disse Catarina sem fazer uma pausa no seu trabalho de cozinha –, o melhor é terminar a carroça dos Weber. Quanto ao serigote do Major Oto Heise, vamos esperar, um dia ele virá buscar.

– O nome dele está desenhado a fogo no cepilho – disse Daniel Abrahão. Jacobus veio saber quando pensava Catarina abrir o empório do Portão. Ele e a família apenas aguardavam uma ordem sua. Emanuel era um bom menino, fazia tudo o que ele próprio sabia, talvez até melhor. Catarina disse que o plano continuava de pé, queria resolver primeiro outros assuntos mais urgentes. Diria a ele com tempo, não seria apanhado de surpresa.

Ceji tomou o primeiro caldo de galinha naquela semana. O rostinho macerado, olhos fundos, bracinhos como dois gravetos. Juanito mais alegre. Por duas vezes tentou beijar as mãos de Catarina. Só se afastava da indiazinha para rachar lenha, apanhar maravalhas na oficina ou varrer o chão de terra batida, obrigação que era da mulher doente. Depois do meio-dia levou para o Dr. Hillebrand um bilhete redigido com os garranchos de Catarina, pedindo mais um vidro de poção para a doentinha. Não demorou muito, voltou em desabalada carreira, atravessou aos pulos o empório, saltando sobre sacos, caixotes e pilhas de couro, chamando por Frau Catarina. Encontrou-a lavando com água morna uma ferida no joelho de Mateus, que caíra na oficina. Juanito levantava as mãos bem para o alto: "Gründling, Gründling". Catarina correu para a porta da casa, avistou ao longe dois homens caminhando na sua direção, o que vinha na frente lhe pareceu mesmo Gründling. Segundos depois, teve certeza. Voltou, apanhou uma velha espingarda sempre carregada e novamente se postou na porta. Gründling estava, agora, a menos de trinta metros. Um pouco atrás, um desconhecido.

– Se atravessar a rua, Herr Gründling, recebe uma bala.

Gründling estacou surpreso. O outro fez o mesmo, recuando um pouco.

– Não estou entendendo, Frau Catarina. Não vejo razão para isso. Vim apenas conversar com a senhora e com Daniel Abrahão.

Catarina levantou a espingarda na altura do rosto, dedo no gatilho.

Eu tenho as minhas razões e basta. *Hau ab sonst Knallt's!*

– Mas atirar por quê, Frau Catarina? A senhora deve estar enganada. Alguém andou nos intrigando.

Juanito enfiou a cabeça na janela e uma outra espingarda foi apontada contra Gründling. Jacobus e Emanuel surgiram no portão da oficina, barras de ferro na mão, caras de poucos amigos. Atrás deles, Daniel Abrahão com a Bíblia em punho, olhos fixos no homem que estacara.

– Volte, Herr Gründling, ou eu atiro – insistiu Catarina sem baixar a arma.

– Não acredito que a senhora tenha a coragem de atirar num amigo. Sei que a senhora não fará uma coisa dessas.

Reiniciou com cautela a caminhada interrompida. Catarina puxou o gatilho, a arma fez um terrível estampido, soltando fumarada pelo cano. A carga levantou placas de terra aos pés de Gründling, que estacou. Schiling, que vinha atrás, começou a recuar. Juanito esgueirou-se por dentro, trocou a sua espingarda carregada pela de Catarina que ainda fumegava.

– Não entendo, Frau Catarina. – Enxergou Daniel Abrahão entre os que estavam no portão: – Schneider, diga para a sua mulher que ela está errada, que somos amigos.

– Você morrerá num lago de fogo e de enxofre, maldito! Eu dizia que Satanás seria solto, eu dizia! – gritava Schneider empunhando a Bíblia como arma.

– Depois de tudo o que fiz por vocês...

– O que você fez não fará mais – tornou Catarina com voz decidida. – Nos largou no meio de dois inimigos com as suas malditas armas de contrabando. Arruinou as nossas vidas e a cabeça de Daniel Abrahão. Você só quer dinheiro, Herr Gründling. Só o dinheiro tem valor para você. Pois leve o que mais adora no mundo.

Metia as mãos nos bolsos do avental e de lá tirava moedas que ia jogando para os lados de Gründling.

– Tome, junte aí no chão o dinheiro que você quer. Agarre o dinheiro e não apareça nunca mais. Nunca mais.

Muita gente formava grupinhos, a distância. Catarina viu quando o Dr. Hillebrand se aproximou de Gründling, postando-se a seu lado.

– O que está se passando, Frau Catarina?

– Nada, doutor, só peço que não fique aí do lado desse miserável, temos velhas contas a ajustar.

O médico pegou do braço de Gründling, falando baixo. O melhor é voltar, ela está disposta mesmo a atirar. Doutor, não vou fugir feito um cachorro, como um poltrão, justamente de uma mulher. Herr Gründling, conheço Catarina, sei do que ela é capaz de fazer quando está decidida. Venha comigo. Começou a carregar Gründling pelo braço, ele querendo ficar, tentando libertar-se das mãos do médico, protestando. Num repelão, ficou livre do médico, voltou-se, ergueu o punho fechado para Catarina, berrando com as veias a saltarem do pescoço:

– A senhora não perde por esperar, nem seu marido. Pode ficar certa disso. Bandidos, miseráveis!

Foi carregado pelo médico e por Schiling. Catarina descansou a arma com a culatra no chão, virou-se para as portas do empório e para os que se aglomeravam no portão das oficinas:

– Vamos voltar ao trabalho. Não houve nada.

Quando passou por Juanito, esfregou a mão espalmada pelos cabelos lisos e espetados do índio; era o que sabia fazer quando queria exprimir gratidão.

Daniel Abrahão retornou ao trabalho e disse para a mulher:

– Eu avisei que depois de passados mil anos Satanás retornaria para seduzir as nações.

6.

No consultório do Dr. Hillebrand, Gründling aceitou um trago de aguardente, a cara vermelha, batendo com a mão sobre o braço da cadeira. Queria falar e não conseguia. O médico pedindo que ele se acalmasse, não era caso de trocar tiros com uma mulher, mãe de três filhos, ele ficaria em muito má situação no povoado. Afinal, depois de mais alguns tragos, conseguiu articular as palavras:

– Não costumo ser humilhado, doutor, sem dar o troco. Só fiz o bem para essa gente e é dessa maneira que eles pagam os favores.

– Há coisas que talvez o senhor desconheça. O marido dela passou muito tempo no fundo de um poço, procurado pelas tropas brasileiras e caçado pelos castelhanos, na Cisplatina. Os soldados de Lavalleja acharam num dos seus galpões várias caixas de armas endereçadas para o senhor, trazidas da Banda Oriental por um tal de Harwerther.

– Mas eu não sou culpado disso, doutor, não fui o culpado pelo negócio não ter dado certo.

– Harwerther foi degolado pelos castelhanos, e seu empregado Mayer, antes de ser fuzilado por ordem de Barbacena, na Batalha do Passo do Rosário, espalhou por aí que Daniel Abrahão fazia contrabando de armas para os castelhanos.

Mas veja, doutor, eu nem sabia disso. Isso é uma infâmia.

– Por isso é que digo, Frau Catarina tem lá suas razões, o senhor deve ter as suas. Mas acredite: se o senhor desse mais um passo hoje, a estas horas seria um homem morto. Frau Catarina é o homem da casa, Daniel Abrahão ficou doente da cabeça.

– Até aquele índio filho de uma puta, doutor, que foi cria minha. Sempre tratado como se fosse gente, até aquele índio miserável apontando arma contra mim!

– Esqueça isso, Herr Gründling, o senhor tem família para cuidar e muitas famílias vivem do trabalho que Catarina lhes dá.

Schiling não dizia nada, apenas passava o lenço na testa suada.

– É melhor voltarmos, Gründling. Deixe essa mulher de lado.

Gründling se reviu na rua poeirenta, calçado pela espingarda de Catarina, o povaréu assistindo de longe à humilhação, ele sem avançar, estacando quando ela ordenava, a mulher aos gritos. Se tivesse continuado a caminhada ela não teria coragem de atirar para matar. Então ele chegaria aonde Catarina estava, tomaria a espingarda e a quebraria nos joelhos, como um pedaço de pau. Voltaria hoje para casa e poderia olhar Sofia e o filho cara a cara, sem nada do que se envergonhar.

– Eu deveria ter prosseguido, doutor. Jamais vou me perdoar por não ter agido como devia. Jamais.

Voltando a Porto Alegre, num dos seus lanchões, Gründling dispensou a companhia de Schiling, queria estar sozinho. Durou a sua viagem uma garrafa de cachaça. Do cais, foi levado em braços para a sua caleça, três negros ajudaram o alemão barbudo a deitar na larga cama de seu quarto luxuoso e acolhedor. Sofia chorando discretamente, limpando os olhos azuis com seu lencinho de rendas, presente do Major Schaeffer.

Mais tarde, reconhecendo Sofia a seu lado, balbuciou mole, cabeça pendente do grande travesseiro:

– Depois de tudo o que fiz por eles...

XII

1.

COM OTO HEISE, KERST, STEPANOUSKY E DOIS ALFERES, três civis estavam sendo levados para Porto Alegre, para a *Presiganga*, um navio à deriva nas águas do Guaíba. Eram três colonos que haviam descido do sopé da serra para a compra de miudezas caseiras: Augusto Richter, Francisco Lucks e Jacob Sperling.

Muita gente desceu até o porto das Telhas para assistir ao embarque dos prisioneiros; os colonos cabisbaixos – por algum crime desconhecido, eles estavam sendo levados para as masmorras de Porto Alegre –, os militares serenos, Oto Heise arrogante. O Major João Manuel, cara fechada, acompanhou os oficiais até a bordo, disse a eles qualquer coisa que ninguém ouviu, alguns soldados se postaram em guarda no pequeno tombadilho, dois oficiais carcereiros seguiriam juntos. O povaréu assistia em silêncio ao embarque, várias carroças estacionadas pelas imediações, as mulheres sentadas nas boleias, sombrinhas desbotadas abertas contra o sol forte.

Algo de estranho estava acontecendo. Havia boatos nos balcões das vendas e dos empórios, conversas de rua, o que se dizia nas casas, os comentários dos vizinhos nas roças. A chegada inesperada do Brigadeiro Manuel Carneiro da Silva e Fontoura, com seu vistoso e brilhante fardamento de parada, peito repleto de medalhas e condecorações. Duas viagens, a chamado, do comandante do 28º Batalhão de Porto Alegre. E agora, para culminar, o arresto daquela gente, oficiais e civis alemães.

No dia seguinte, um domingo ameaçando chuva, logo após o culto dominical, o Pastor Frederico Cristiano Klinglhöefer foi compelido pelos fiéis a responder muitas perguntas, a maioria delas constrangedora, que diziam respeito aos últimos acontecimentos. O reverendo já tirara os paramentos e tratava de fechar janelas e portas, auxiliado pela mulher e os dois filhos. Já na saída foi cercado, não lhe sobrava alternativa.

– Das coisas do Reino dos Céus, procuramos entender nós, os humildes servos do Senhor. Sobre os assuntos do mundo, não nos cabe julgamento. Deus, na sua infinita sabedoria, saberá velar por todos os seus filhos.

– Mas, reverendo – disse Daniel Scherer –, a injustiça nos revolta. Estamos sendo vítimas de perseguições por parte dos brasileiros, das autoridades. Ora, estamos aqui chamados pelo governo, não somos intrusos.

– Sobre isso precisamos meditar, não devemos tomar decisões afoitas. Afinal por que tudo isso?

– O senhor sabe o que aconteceu ontem, três militares alemães e mais três agricultores, homens de bem, presos e levados para Porto Alegre como criminosos.

– Como se pode saber se a prisão desses homens de nossa terra se reveste de injustiça, se não houve julgamento? – ponderou o pastor.

– Seu irmão mesmo, Germano, está sendo apontado por alguns como fazendo parte da conspiração. Eles querem o que nós queremos, reverendo.

– E que é, precisamente, o que nós queremos, Herr Scherer? – disse já um pouco irritado o pastor.

– Queremos que nos paguem os subsídios atrasados. Há mais de um ano que não vemos a cor do dinheiro que nos foi prometido na Alemanha. Queremos a demarcação das terras, até hoje adiada para a próxima semana, que nunca chega. Queremos os animais domésticos que constam dos nossos contratos. Olhe, reverendo, por mim declaro alto e bom som: se esses homens estão sendo levados para a prisão por isso, estou disposto a seguir junto, pois quero o mesmo.

– Eles deviam primeiro cumprir com o que prometeram – disse Paulo Nabinger, prático de gabarras. – Sou da mesma opinião de Scherer. Este governo está nos enganando a todos.

– Um momento – atalhou Klinglhöefer –, acabamos de nos dirigir a Deus Nosso Senhor e é com tristeza que vejo homens de fé falando como simples ateus, investindo contra as autoridades constituídas. Falei dois domingos atrás sobre o Evangelho segundo São Mateus. Devem estar lembrados: "Quando, porém, vos perseguirem numa cidade, fugi para outra".

– Mas não queremos viver fugindo, reverendo.

– Não quero que entendam as palavras sagradas assim ao pé da letra. Devemos dar tempo a Deus para que ele alumie o pensamento daqueles que se encontram em erro.

Pediu que todos voltassem para suas casas e que orassem a Deus pedindo entendimento na terra entre os homens de boa vontade.

O último a falar, antes de sair, tangido pelo pastor, que desejava fechar a igreja, foi Paulo Nabinger:

– Nós, os homens de boa vontade, estamos nos entendendo bem, reverendo.

Klinglhöefer fechou a última porta, meteu a grande chave no bolso e preferiu dar primeiro uma passada na casa do irmão, Germano, "apontado como fazendo parte dessa tal de conspiração". Mas é impossível, Germano cuida do seu trabalho, não é lá muito assíduo aos cultos, mas é temente a Deus, um homem de bem. Há sempre os eternos interessados em levantar suspeitas contra este ou aquele, resultando disso tudo em inocentes atirados às enxovias do governo. O pastor pediu a sua mulher Maria Isabel que levasse os filhos, Madalena e Henoch, para casa, precisava passar na casa do irmão para uma palavrinha. O céu cada vez mais carregado, a mulher lhe dissera cuidado com a chuva, ela não demora. Um cheiro de terra molhada denunciando a água que já caía pelos arredores, Klinglhöefer caminhando sem pressa pelo meio da rua, o chapeuzinho escuro de feltro, toda a roupa preta, os grandes borzeguins empoeirados, de longe se destacando apenas o brilhante colarinho clerical, como uma coleira. Precisava escolher as palavras para falar com o irmão, poderia ser mal-interpretado, Germano tinha a cabeça dura como pedra, diferente dele, Frederico; a mãe costumava dizer "água e azeite". Quando uma vez o pai dissera que os dois eram como o preto e o branco, a mãe saltou indignada e proibiu a comparação: preto para ela representava o diabo. E ambos eram batizados, bons, obedientes.

Germano o recebe na porta, de braços abertos:

– Então o reverendo meu irmão vem me puxar as orelhas por não ter ido ao culto. Veja, estou com visitas.

Apresenta ao pastor seus amigos João Jacob Agner e Antônio Luiz Schröeder, luteranos só de nome, que não iam à igreja a não ser em casamentos, batizados ou encomendações.

Passei aqui apenas para saber como vão todos e não posso me demorar por causa da chuva que vem aí. E por sinal, grossa.

Muita gente na igreja?

– Como sempre, poucos. Como a capela não é muito grande, não abrigaria mesmo todos os bons cristãos da terra, de uma só vez.

Despediu-se dos dois amigos de Germano, apertando a mão de cada um, e saiu acompanhado do irmão até a rua.

– Germano, me diz uma coisa, ouvi dizer hoje que seu nome está sendo apontado como conspirador, não sei que conspiração é essa, há muito falatório, o caso da prisão daqueles oficiais e dos outros que foram levados para Porto Alegre. Fico preocupado por você, afinal...

– Fica tranquilo, Frederico, isso de conspiração é conversa fiada de quem não tem o que fazer. Sabe, São Leopoldo está cheia deles, gostam de bater com a língua nos dentes.

– Dizem uns que é por causa do desmazelo do governo para com a nossa gente. Mas precisamos ter paciência, com ódio não se constrói nada. Acima de tudo, paciência.

– Ah, reverendo, até esse ponto não vou. Ninguém aqui quer conspirar, derrubar governo, mesmo porque nos falta força para tanto. Mas, que precisamos fazer alguma coisa para dizer a essa gente que não somos animais e nem trastes, ah, isso precisamos.

– Você está alteando demais a voz, Germano – disse o pastor olhando em redor.

– Desculpa, Frederico. Quando falo nas injustiças que estão sendo praticadas contra nós, perco a calma.

Frederico olhou para a porta da casa, lá estavam os dois amigos, calados, olhando.

– E de que tratam vocês três, senão dessas coisas?

Germano ri:

– Estamos conversando sobre sementes de trigo, qualidades de hortaliças, sobre a melhor maneira de fazer linguiça sem porco. Sabe, o governo ainda não nos forneceu os animais de cria.

Frederico se afasta, sem pressa, quando grossos pingos de água começam a cair. Germano volta para junto dos amigos. Schröeder diz, preocupado:

– Teu irmão parece desconfiar de alguma coisa.

– Estamos de consciência tranquila – diz Germano sorrindo, diante da preocupação dos amigos.

– Vamos embora, antes que a chuva aperte mais – diz Agner se despedindo.

Quando partiam, tangidos pelo aguaceiro, ouviram a voz de Germano:

– Quando falarem com Salisch digam a ele o que penso a respeito da atuação do Major João Manuel.

2.

O Coronel José Joaquim Alves de Morais, comandante da Polícia de Porto Alegre, ajeita o grande corpo na cadeira de espaldar torneado, encimado por uma águia de asas abertas. Ao lado, uma bandeira imperial empoeirada, pendente de um mastro envolto por espirais azuis e brancas. Uma galeria de gravuras na parede, um grande salão aberto para um pátio interno, de pedras. Ele apoia os cotovelos na escrivaninha, encurvado, dando a impressão de que afivelara o talabarte curto demais. À sua frente, em posição de sentido, o Tenente Joaquim Araújo Silveira relata o que ouvira da inquirição do Major Oto Heise, a bordo da *Presiganga*. Fala sem gesticular, as mãos coladas no culote fofo, as perneiras derreadas sobre as botinas reiunas. Ereto, cabeça imóvel, só os lábios em movimento, o oficial recita o que sabe, sem tomar fôlego:

– Ouvi o protesto do major pela boca do intérprete juramentado Hans Ludwig, o major se diz inocente com palavras até certo ponto duras de homem que se considera ofendido pelo fato de estar trancafiado naquilo...

O coronel se recostara na cadeira, enfastiado, o tenente falava monocórdio, não fazia pontos e nem vírgulas, era um mistério como conseguia respirar. O coronel pensava: é agora que ele aspira um pouco de ar. Nada. Então Heise dizia que o navio-prisão fora feito para criminosos e ladrões vulgares, indivíduos sem fé e sem lei. O major servira em diversas nações, isso desde a idade prematura de dezoito anos. Em 1819 conquistara o posto de tenente-coronel.

Alves de Morais olhou para as janelas, estavam abertas, ele sentindo um calor enorme, o tenente ajudando naquela sensação de mal-estar com a sua voz cansada e inalterável. Sim, tenente, sei que o Major Oto Heise veio para o Brasil como mercenário e que serviu sob as ordens do Brigadeiro Rosado, no quarto batalhão de caçadores e nos Lanceiros Imperiais. Agora terá de explicar sua atuação em São Leopoldo.

O oficial, sempre imóvel, olhos fixos na parede, prosseguia na sua arenga, sem um gesto para afugentar as moscas. O major dá como testemunha de sua lisura o próprio Major João Manuel, faz questão de preservar um nome limpo de cidadão da nova pátria e de guerreiro, o que pode atestar com farta documentação, citações e ordens de serviço.

– E muitas outras coisas que eu pergunto se tenho licença para prosseguir, não querendo tomar o precioso tempo de meu digno comandante.

Alguém falava na sala e o coronel percebia isso muito vagamente. Limpava as unhas com um pequeno cortador de papel e pensava no que haveria de dizer ao presidente sobre o problema que estava sendo criado com a desmobilização dos soldados, a polícia sem recursos, ele em absoluto tinha culpa pelo que vinha acontecendo, dessem os recursos pedidos e então, sim, responderia à altura. Houve um silêncio repentino, o tenente havia calado. Perguntou se as demais testemunhas arroladas estavam sendo ouvidas. O tenente recomeçou tudo, o juiz da Ouvidoria Geral e Correição da Comarca marcara dezenas de depoimentos para os próximos dias, isso se fazia necessário dado o perigo por que passavam as instituições em face do que vinha acontecendo na Colônia, onde estrangeiros cuspiam no prato que lhes botavam na mesa. Ademais, senhor comandante, muito pouco foi até agora apurado, inclusive com relação ao Major Oto Heise, o qual entende o meritíssimo juiz mereça ser tirado da *Presiganga* em face das nuvens de moscas durante o dia e das ondas de mosquitos à noite.

– O senhor está dispensado.

Então o tenente revelou ao coronel que o prisioneiro ameaçava chegar aos ouvidos do imperador, através de amigos influentes, tudo o que se passava com ele, denunciando as arbitrariedades. O coronel atirou sobre a mesa o cortador de papel e disse, determino que o preso seja posto na sua própria casa, em custódia, enquanto anda o processo. O tenente bateu com os calcanhares, transmitiria ao meritíssimo juiz a determinação recebida, a qual além de sábia fazia justiça ao passado do prisioneiro, realmente um homem de grande valor.

Não pedi a sua opinião. Vá e transmita as minhas ordens.

– Com sua licença, agradeço a escolha de minha humilde pessoa para tão importante missão.

– Está dispensado! – berrou o comandante dando um murro na mesa, fazendo saltarem tinteiros e papéis.

O tenente fez continência sem quepe, meia-volta, desequilibrado, partindo em passo marcial direto à porta. O comandante ficou pensando para que diabo de lugar deveria transferir o tenente. Sim, para Rio Pardo, para o regimento do Coronel Emerenciano. Perfeito, para Rio Pardo, como não tivera a ideia antes? Emerenciano lhe pedira, tempos atrás, um tenente moço, amigo do trabalho, dedicado, fiel e burro.

Para Rio Pardo. Meteu a mão na gaveta e de lá tirou um guardanapo com dois deliciosos papos de anjo alaranjados.

3.

Germano Klinglhöefer foi chamado às pressas por seu amigo Carlos Echer. Alguma coisa de grave acontecera a João Agner.

Correram os dois para a Rua do Passo, havia um aglomerado de curiosos, abriram caminho aos empurrões. Agner estava estirado na terra, a camisa tinta de sangue, Schröeder ajoelhado, amparando a sua cabeça. Que aconteceu, pelo amor de Deus? Dois desconhecidos haviam assaltado Agner, desaparecendo em plena luz do dia, ladrões não eram, ninguém sabia dizer nada, precisamos levar o João até a casa do Dr. Hillebrand, ele não está nada bem.

Pediram ajuda para uns conhecidos, outro ofereceu a sua carroça, o ferido foi levado com dificuldade, corpo mole, lívido, sem abrir os olhos. A carroça devagar, ordenou Germano, alguém deve ir na frente prevenir o doutor. Formou-se um cortejo pela rua ensolarada, mulheres e crianças chegavam às janelas, o médico apareceu e alguém ordenou alto. Ele debruçou-se sobre o ferido, auscultou o peito, rasgou a camisa, examinando o ferimento. Virou-se para Germano: duas facadas mortais, não há nada mais a fazer, o rapaz acaba de morrer, lamento muito.

Schröeder disse: há cobra mandada nisso tudo, alguém pagará por isso. O médico perguntou: alguém? Sim, alguém mandou matar Agner, alguém que não costuma fazer as coisas pelas próprias mãos. Hillebrand recomendou calma, deveriam avisar o delegado de polícia, essas coisas devem ser entregues às autoridades. Alguém disse o delegado está em Porto Alegre, só volta depois de amanhã. Ficou o escrivão, chamem o escrivão. Dali saíram para encomendar um caixão a Fettermann, precisavam encomendar o defunto, chamassem o irmão de Germano, avisassem a família.

No empório da Rua do Sacramento Catarina ouve calada a narrativa de Germano, sentados frente a frente. Ela diz, vou para junto da mulher dele, nem sei como vai receber a notícia. Ninguém viu nada, pois não? Estamos numa terra de cegos, de mudos e de surdos. O delegado viajando. Os quatro praças comendo de graça nos lotes dizendo que andam protegendo os colonos dos ataques dos bugres. Quem sabe o inquérito terminará por descobrir que foram os bugres os assassinos de Agner? Emanuel chegou à porta, Frau Catarina posso formar um grupo para caçar os criminosos. Ela fez que não com a cabeça, não pensa nisso, rapaz. Disse com voz dura: foram os bugres. Ele arregalou muito os olhos, não pode ser, Frau Catarina, como poderiam ser os bugres? Volta para o trabalho, deixa essa coisa de lado, Herr Germano se encarregará disso.

Dois dias depois, o novo inspetor da colônia, Coronel Salustiano Severino dos Reis, comunicava ao governo que o ex-inspetor Tomaz de Lima tinha toda a razão quando afirmava, em seus relatórios, que a colônia estava em paz, seus moradores voltados para o trabalho da lavoura, para a criação de aves e de bichos de pequeno porte.

Uma noite, tendo cinco amigos reunidos em sua mesa, Catarina disse sem alterar a voz:

– Pois, se eles querem violência, terão violência.

4.

Jorge Antônio Spannenberger Gründling ganha uma cama nova e cede a sua, toda lavrada, para o irmão Albino, um menino pesando quatro quilos e meio. Nascera quando o pai regressava de São Leopoldo, pensando durante toda a viagem que chegaria tarde. Ao abrir a porta, ouvira o nome de Albino dito pela negra Mariana. Subiu a escada de um pulo, atravessou a sala quase correndo, alegre por haver chegado mais um homem. Sofia parecia desmaiada entre os lençóis e rendas, o rosto salpicado de vermelho, como se estivesse doente de catapora ou de sarampo. Examinou bem de perto a pele pontilhada, virou-se interrogativo e temeroso para a escrava, ela riu e disse que não era nada, não precisava ficar assustado. Aquilo se devia ao esforço que Sofia fizera para expelir o menino. Gründling foi olhar o filho o achou que, apesar de escurinho e enrugado, terminaria loiro e lisinho como Jorge Antônio. Estava ficando experiente em matéria de filho. Beijou de leve a testa da mulher, ela abriu os olhos sonolentos, esboçando um sorriso.

– Dorme e descansa, já vi o presente que ganhamos. E homem, como eu queria. Não me demoro, estou imundo de terra e de porcarias da rua. Mas de passagem, beberei uma taça de champanha pela felicidade dele.

Saiu para tomar banho e trocar de roupa. Jantaria no quarto, ao lado de Sofia e do filho. Enquanto comia contava que logo mais receberia a visita dos amigos e mais a de um forte comerciante de Rio Grande, um tal de Felipe Diefenthëler. Tratariam de negócios, havia a possibilidade de um acerto com ele para exportação. Sofia dormiu, enquanto ele falava. Saiu sem fazer o menor ruído, chamou Mariana e mandou que tirasse um quadro da parede. Foi até o porão da casa e de lá trouxe uma caixa, com cuidado, como quem carregasse cristais. Mandou a negra para dentro, abriu o pacote e de dentro dele tirou um relógio de pêndulo, de parede, todo esculpido em pinho-de-riga, enfeites dourados, incrustações de porcelana colorida, um capitel representando dois anjinhos abraçados, ramalhetes de flores vermelhas e amarelas, descendo com fartura do alto, terminando em delicadas pontas esverdeadas. Subiu numa cadeira, colocando-o no lugar do quadro. Tirou o relógio do bolso e acertou os ponteiros brilhantes. Deu corda e um piparote no pêndulo. Ouviu o leve tique--taque e afastou-se para melhor admirar a obra de arte, o belo disco de cobre polido de um lado para outro, lentamente. Faltavam dois minutos para as sete. Postou-se no umbral da porta do quarto onde Sofia dormia. Quando a primeira hora bateu, num som grave e musical, ela abriu os olhos, intrigada, cada nova batida enchia a casa de sons, viu o marido na porta.

– Que é isto?

– Um presente de Albino para a mãe, para marcar todas as horas de sua vida. Vai durar cem anos, este relógio.

– Mas eu queria ver.

– Não. Pelas batidas já podes adivinhar o quanto ele é bonito.

Ela disse que morreria de curiosidade. Gründling concordou, mas enquanto isso dorme descansada. Sentou-se ao lado da cama, falava baixo, não podes sequer imaginar a minha agonia durante toda a viagem, o lanchão não chegava nunca, ainda por cima vento sul, tive vontade de chorar. Agora dorme, precisas dormir, vou diminuir a luz.

Bateram na porta e ouviram Mariana arrastando os chinelos. Beijou a testa da mulher. São eles que estão chegando, vou fechar a porta do quarto para que não sejas incomodada pelas conversas. Cuida bem do guri.

Já encontrou na sala Zimmermann e Schiling. Os amigos admiravam o relógio que dominava a peça. Gründling disse, um presente que eu trouxe para Sofia pelo nascimento de Albino. Fomos informados, disseram eles, e desejamos muita felicidade para o menino e seus pais. Ah, é uma pena que vocês agora não possam vê-lo, é um meninão pesando mais de quatro quilos. Já disse à mãe, ele será militar, estudará na Europa e aqui comandará tropas como general. Sinto que há um grande futuro para os Spannenberger Gründling, não sei explicar por quê, mas sinto, qualquer coisa me diz aqui por dentro.

Novas batidas na porta, Mariana torcendo a chave, entraram Tobz e Diefenthëler, um alemão magro e ossudo, velho casaco quadriculado com grandes botões de osso e botinas de pelo de boi hosco, biqueiras gastas. O dono da casa adiantou-se, mão estendida:

– Prazer em conhecê-lo, Herr Diefenthëler. Espero que se sinta aqui como em sua própria casa.

O comerciante respondeu acanhado, humilde na sala luxuosa. Sentaram-se, Gründling na sua cadeira preferida, de braços. Schiling disse, nunca vi relógio mais bonito na minha vida, é uma verdadeira joia. Por alguns instantes ficaram todos como que hipnotizados pelo balanço do pêndulo, Gründling explicou que havia sido uma encomenda feita há muito tempo, pertencia a uma família nobre da Alsácia, por dinheiro nenhum do mundo se desfariam daquela preciosidade, mentiu ainda que graças às amizades de seu amigo Schaeffer terminara por ficar com o relógio. Ele prepara as pessoas para ouvir as horas, toca antes uma espécie de música muito bonita. Uma das negras entrou trazendo copos e garrafas, uma outra trouxe pratos de porcelana com pedaços de queijo branco e de pernil, cestinhas com pequenos pastéis de nata. Gründling perguntou ao comerciante se havia feito boa viagem. Não chegou a escutar a resposta, preocupando-se em servir a bebida, em dar ordens às negras. Zimmermann ergueu o copo, levantou-se e ficou em posição de sentido:

– À saúde do menino Albino e à felicidade dos pais!

Todos de pé, repetiram a saudação e esvaziaram os copos.

– Pois há muito que ando pensando em abrir um empório em Rio Grande – começou Gründling, dirigindo-se ao visitante. – Afinal, ali é o caminho do mar, a saída natural para a Europa.

Diefenthëler concordou, ele estava pensando certo, podia contar com ele, conhecia a vila, tinha boas relações. Gründling interrompeu o que o outro dizia, na verdade ele havia pensado assim há algum tempo, mas mudara de ideia. Veja, por que abrir um empório em Rio Grande? Que necessidade havia disso? Diefenthëler se mostrou confuso, bem, é como o senhor dizia, Rio Grande é uma saída para o mar. Claro, disse o dono da casa depois de esvaziar um cálice, Rio Grande é a saída, mas mudei de ideia e agora preferia fazer um acordo com o senhor, por que abrir outra casa, novo empório? A solução seria uma sociedade com ele, Diefenthëler, reuniriam esforços, somariam experiência, duas cabeças pensam mais do que uma. O homem disse que Zimmermann havia falado nessa sua ideia, pois estaria disposto a estudar um acordo, ficaria muito honrado com a distinção. Veja, prosseguiu o dono da casa, levantando-se: tenho essa colônia nas mãos, posso carrear para Rio Grande as mercadorias de maior procura, o que há de melhor para a exportação. Tenho grandes amizades em Hamburgo, além de um empório em sociedade com o Major Schaeffer. Aliás, a verdade é que Schaeffer anda desinteressado do negócio, vou terminar comprando a sua parte.

Diefenthëler pouco falava. Gründling caminhava de um lado para outro, mostrava que poderiam ganhar rios de dinheiro se usassem a cabeça, se trabalhassem juntos, meio a meio nos resultados das exportações e a mesma proposta para tudo aquilo que viesse da Europa para cá. Zimmermann, Schiling e Tobz, calados. Gründling só interrompeu o discurso quando o relógio começou a anunciar as horas. Fez um sinal pedindo silêncio, todos encantados com as batidas musicais. Não é uma beleza.

5.

Estavam ficando bêbados, Tobz havia quebrado um copo no braço da cadeira, Zimmermann cantarolava qualquer coisa. Gründling achou que Sofia estaria sendo incomodada, falou em voz baixa:

– Proponho uma coisa. Vamos para um bom lugar que conheço e lá terminaremos de comemorar duas coisas importantes: o nascimento de meu filho e a sociedade com o amigo Diefenthëler. Vamos nos entender muito bem.

O outro disse que gostaria muito de comemorar, mas preferia deixar para outra ocasião, tinha muita coisa ainda que fazer em Porto Alegre. Em absoluto, o senhor é que não pode ficar de fora, faço questão, ou então já começaremos brigando. Coisa de uma hora, não mais, depois cada um poderia ir para a direção que achasse melhor.

Levantaram-se ao mesmo tempo, a negra Mariana alcançando o chapéu de cada um, abriu a porta e ouviu do patrão a mentira de sempre, "se Sofia perguntar por mim, diga que não me demoro".

Tobz seguia à frente, com Diefenthëler, os outros mais atrás. Zimmermann disse: mataram João Agner em São Leopoldo. Gründling continuou impassível, pobre rapaz. Descobriram quem foi? Ninguém viu nada, o delegado estava aqui. Eu sabia que mais dia, menos dia, esse rapaz terminaria assim. Era muito conversador, gostava de se meter na vida alheia, e pelo que sei andava ultimamente em más companhias. Enfiou o braço no de Schiling, já avistavam a casa de Izabela, quem morreu, morreu, é a lei do mundo.

Ocuparam o reservado, sentaram todos em bancos ao redor da mesa, como se fossem colegiais. Gründling perguntou se queriam beber cerveja, deu ordens a Izabela, que saiu apressada. Que tal, Herr Diefenthëler, essa paraguaia? Não é o que se pode chamar de uma bela mulher, mas já virou a cabeça de generais e de nobres. O outro sorriu, não se incomodasse por ele. Incômodo nenhum, fazemos questão que o senhor fique com a melhor mulher desta casa. Quando ela retornou, trazendo as bebidas, Gründling disse, Izabela minha cara, encarregue-se de nosso convidado, Herr Diefenthëler, de Rio Grande, ele merece o que há de melhor aqui. Ela quis protestar, mas notou que estava recebendo uma ordem, passou o braço em torno do pescoço do homem que estava vermelho e suava, sentando-se no seu colo. Depois sumiu, carregando o estranho pela mão.

Madrugada fria, dia mal se anunciando, Gründling ainda tentava juntar as notas de uma velha canção folclórica da terra natal, os amigos bêbados dormindo debruçados sobre a mesa. Izabela entrou, abatida, pintura desfeita, cara ainda mais murcha e velha. Sentou-se desolada ao lado do amigo.

– E o nosso Diefenthëler, morreu?

– Fracassei, Herr Gründling, fracassei. Seu amigo nem sabia onde botar a mão. Saiu pela janela.

6.

Germano e Schröeder na pequena sala da casa de Catarina, sentados ao redor da mesa. Emanuel encostado na porta, Juanito pelos arredores. Ela disse: a morte de Agner não pode ficar impune. Se as autoridades botarem uma pedra em cima é porque estão mancomunadas com essa gente. Mas precisamos de calma, disse Germano, pois o que eles querem é que a gente perca a cabeça e termine apodrecendo numa cadeia qualquer, deixando o caminho livre para que eles façam o que bem entenderem. Schröeder concordou, é o que eles estão esperando mesmo, se a gente não tiver provas é como falar no deserto. Catarina achou graça, nunca arranjaremos provas contra Gründling, ele não faz, manda fazer. Primeiro aquele infeliz que apareceu boiando no rio, agora Agner, duas facadas num homem em pleno dia, o sol batendo nas ruas, pois ninguém viu nada, ninguém sabe de nada. Catarina atravessou o indicador nos lábios, pedindo silêncio, caminhou em direção dos fundos, demorou-se um pouco. Não é nada, Daniel Abrahão que está lendo a sua Bíblia. Sentou-se. Parecia não saber o que fazer nem o que pensar. Quem poderia ter sido? Schiling? Tobz? Aquela laia de gente, é capaz de tudo para lamber a sola do patrão. Schröeder lembrou, quem sabe se falava com Oto Heise, ele estava em casa, era homem tarimbado, poderia ajudar, não era daqueles que cruzam os braços diante de coisas desse tipo. Muito bem pensado, disse Germano, o difícil é chegar lá sem que alguém veja e vá correndo levantar suspeitas junto ao comandante da Polícia. Vamos terminar complicando ainda mais o rapaz, disse Catarina. Ficavam em longos silêncios. E dizer que Agner, há tão pouco tempo, estava cheio de vida, tão entusiasmado com tudo, só pensava na sua família e nos seus compatriotas. Parece mentira. Pois um assassinato daqueles terminava quando jogavam terra em cima do caixão, morreu está morto, o que se pode fazer, o escrivão irritado, o que querem que eu faça, que faça o rapaz ressuscitar? Não sou Deus, não sei fazer milagre. Catarina disse, para mim ele reclamou que ninguém devia se meter em seara alheia, o problema era deles, que cada um tratasse de cuidar de suas vidas. A senhora, por acaso, viu as pessoas que assassinaram João Agner? Pode me trazer aqui alguma testemunha ocular? Eu disse ao escrivão que o problema era de todos nós, qualquer um poderia aparecer morto no meio da rua e que ninguém tomava providências para prender os matadores. Sabem o que ele disse? Ora, Frau Catarina, tanto homem morreu na Cisplatina e nem por isso o mundo deixou de rodar. Mais um, menos um, dá no mesmo. Então eu disse, eu sei como são essas coisas quando a gente remexe muito, quando pode aparecer algum figurão. Ele então ficou vermelho de raiva e disse, a senhora está insinuando o nome de alguém, está querendo acusar alguém? Pois tome aí esta folha de papel e escreva a sua acusação. Vamos, escreva. Eu sabia que ele estava querendo me envolver, fiz que não ouvi e tratei de voltar para casa. Fez bem, disse Germano. Não se pode confiar nessa gente da Polícia.

XIII

1.

– Só Deus agora sabe o que poderá acontecer – disse Daniel Abrahão.

Os alemães se reuniam pelas vendas e barbearias, botecos e empórios, paravam os carroções abarrotados para uma conversa eivada de incertezas, dúvidas, ninguém sabia de nada, será que pode haver guerra, intervenção na Província? Agora mesmo é que não veremos mais o nosso dinheiro, D. Pedro II menino, uma criança ainda, que irão fazer com ele, Nosso Senhor Jesus Cristo!

Catarina se preparava para levar Philipp às aulas do Professor João Tiefenbach, mestre-escola que viera de Sockenfeld-Holstein e chegara também pelo *Protetor*. O menino vestia uma roupa de brim riscado, o reborbo das calças abaixo dos joelhos; precisava saber onde tinha o nariz, aprender contas e uma caligrafia caprichada para os cadernos de escrituração mercantil. Estava com o cabelo rebelde colado à cabeça, engraxado, só ouvia os mais velhos falarem, empertigado e medroso. Tiefenbach, dissera a ele um amiguinho veterano da escola, ensinava as contas e as lições com uma grande régua preta e com ela batia na cabeça dos que não prestavam atenção. Philipp não sabia o que significava abdicar. D. Pedro I abdicara.

– O imperador abandonou o trono, deixou a coroa, abdicou, entendeu? – explicou Catarina para o filho. Dirigiu-se ao marido: – Contanto que não se metam no nosso trabalho, que nos deixem em paz, esses homens que troquem de coroa quantas vezes quiserem e entenderem.

Jacobus limpou as mãos no avental encardido, preparando um palheiro. Estava também preocupado com as notícias que chegavam da Corte.

– D. Pedro II, com seis anos de idade, mais criança do que Philipp, não deve entender nada do que está se passando. Uma criança, o pobrezinho.

– Na certa não vai assumir o trono, nem pode – disse Catarina ajeitando a gola do casaco do filho que mal podia dobrar os braços, tão engomada estava a roupa.

– Então, quem vai tomar conta do governo? – perguntou Daniel Abrahão escarafunchando um pedaço de madeira com um formão.

– Não sei, agora quando eu falar com o professor pergunto a ele, é homem letrado e sabe de quase tudo.

Era um dia de sol forte, céu azul sem nuvens. Ficaram todos acompanhando com os olhos a caminhada de Catarina, passo forte e resoluto, seguida pelo filho de passinho miúdo, quase a correr.

O professor veio recebê-la na porta, roupa escura trazida da Alemanha, colarinho alto de ponta virada, óculos de aro de prata, cabelo à escovinha.

– Quero que faça dele um homem, professor. Não se pode contar com o pai, a não ser nos trabalhos de arte e nas suas leituras da Bíblia.

– No que obra muito bem, Frau Catarina. Deus nos livre de um mundo ateu e perverso. Mas Philipp é um menino inteligente e comigo ele aprenderá as coisas, nem que não queira. Está vendo aquela palmatória lá?

Catarina passou o braço em torno do pescoço do filho, notando que ele estava prestes a chorar. O colégio tinha uma sala só, porta e duas janelas para a rua, outra porta abrindo para um telheiro no pátio malcuidado. Para cada aluno uma mesinha de quatro pés, de madeira crua, e um banquinho sem encosto. Uma santa de madeira, ou uma dama antiga – Catarina não sabia bem – em cima de um pedestal rústico, protegida por uma campânula de vidro. A mesa do professor sobre um estrado e, dependurada atrás de sua cadeira, a palmatória de cinco furos, de cabo seboso pelo uso.

– Que me diz o senhor da abdicação de D. Pedro I, professor? – disse Catarina ansiosa para saber detalhes.

– Quem poderia imaginar, Frau Catarina! Ninguém aqui fala noutra coisa.

– E quem irá para o trono? O filhinho dele com seis anos?

– Não senhora, seria um absurdo uma criança assumir tamanha responsabilidade. Já tomou conta do governo uma regência provisória.

– E essa gente vai respeitar os nossos direitos, professor, ou fica o dito por não dito?

– Isso veremos, Frau Catarina. Os compromissos de papel passado, esses terão de ser respeitados. Mas vamos aqui ao seu filho. Como é o seu nome?

Catarina cutucou o filho com o braço.

– Philipp – disse ele com voz apagada.

– Philipp, muito bem. A senhora me disse que ele tem onze anos, não é isso? Pois já devia ter começado há muito tempo, hoje poderia estar lendo.

– Sabe, professor, Philipp ajuda muito no empório.

– E vai continuar ajudando, embora no colégio. Ele começa amanhã mesmo, às oito horas. Se chegar atrasado – apontou para a enorme palmatória na parede –, já sabe o que acontece. A senhora conhece os meus métodos de ensino, que são os mais modernos e têm dado os melhores resultados.

Estendeu a mão para Catarina, dando por encerrada a conversa. Pegou do queixo do menino:

– E outra coisa: uma das minhas sobrinhas examina sempre os alunos antes de começar a aula. Quero pescoço e orelhas bem limpinhos, unhas cortadas e sem terra, pés lavados. Entendeu? Não gosto de menino relaxado.

Philipp não disse nada, limitando-se a olhar para a mãe que concordava com a cabeça. Voltaram para casa, Catarina ralhando com o filho, não tinha motivo nenhum para estar chorando, feito bobo.

Naquela noite mesmo ela ficou sabendo que o Major Oto Heise havia voltado para casa e com ele vieram também Richter, Sperling e Lucks, os colonos libertados da *Presiganga*. Daniel Abrahão já descera para sua toca, as crianças dormiam e ela se preparava para deitar quando chegou Emanuel, filho de Jacobus:

– Frau Catarina, papai manda perguntar se a senhora pode ir até a casa de Herr Germano.

– Na casa de Germano, a essa hora? Que está acontecendo por lá?

– Não sei, Frau Catarina. Só estou dando o recado que o pai mandou.

Pediu que o rapaz esperasse, precisava pelo menos trocar de roupa, estava com o vestido rasgado de todos os dias. Emanuel ficou do lado de fora da porta, a vila banhada pela claridade forte da lua cheia. Minutos depois seguiam para a casa de Germano. Ela resmungando, então essa gente pensa que ninguém trabalha, que ninguém precisa levantar de madrugada, eu pelo menos levanto com as galinhas, com estrelas no céu ainda, o homem da casa mal da cabeça, aquela Bíblia sempre debaixo do braço, os negócios crescendo, a concorrência cada vez maior e ainda por cima reunião com gente que nem se sabe quem é. E que tenho eu a ver com isso?

– Sabe quem está na casa de Germano? – perguntou Catarina.

Emanuel não sabia e nem tinha ideia. A única coisa que ouvira do pai era que o Dr. Hillebrand não devia saber de nada, não convinha, na certa desconfiavam dele. Foram recebidos na porta pelo próprio Germano.

– Desculpe a incomodação, Frau Catarina, mas se trata de uma coisa muito importante, a senhora verá.

Entraram, Germano fez as apresentações, Antônio Luiz Schröeder, Francisco Lucks, Jacob Sperling e Augusto Richter, os três últimos recém-chegados do navio-prisão. Magros, assustados, apenas respondendo aos cumprimentos de Catarina com acenos de cabeça. Emanuel recebeu ordens de ficar do lado de fora da porta, vigiando qualquer movimento estranho. Logo a seguir entrou Jacobus:
– Boa-noite, Frau Catarina, eu estava dando uma olhadela pelos arredores. Não se vê ninguém na rua a estas horas. Emanuel ficou cuidando. – Dirigiu-se a Catarina: – Achei que a senhora precisava saber de certas coisas, espero que não me leve a mal.

Germano irritado, impaciente para falar. Pedi para que viessem até minha casa para mostrar algo revoltante, nós não podemos cruzar os braços, quando eu falo em nós, eu me refiro aos alemães, estou cansado disso tudo. Apontou para os três homens que estavam juntos, vejam, eles foram arrancados de suas casas, do seu trabalho, manietados como animais e jogados naquela masmorra imunda do Guaíba. Alguém ali pensava que eles haviam tido o direito de defesa? E mais, quiseram arrancar confissões à força, confissões de coisas que eles nem sequer sonharam. Eu já vi, mas faço questão de que todos vejam com os seus próprios olhos o estado lastimável em que deixaram esses pobres homens, pessoas de bem, trabalhadores, chefes de família. Virou-se para Catarina, a senhora desculpe, eu sei, é mulher, é mãe de família, mas precisa ver o que estão fazendo com a nossa gente. Caminhou até eles, uns bichos do mato assustados, tirem as camisas e mostrem o que os senhores do governo fizeram. Schröeder e Jacobus ajudaram os homens a despir os trapos sujos que cobriam o torso, Lucks tinha a camisa grudada nas feridas, gemiam ao movimentar os braços. Catarina levou a mão à boca, viu cada um deles com o corpo parecendo uma chaga só, os vergões descendo dos ombros até a cintura, muitas das feridas apustemadas, outras ainda com sangue vivo, recém-vertido ao desgrudar os panos. Ela disse, passei muitos horrores na vida, Herr Germano, pensava que depois da guerra as coisas iam melhorar. Sei o que os senhores vão falar esta noite, mas se me dão licença levarei esses homens ao Dr. Hillebrand, eles precisam com urgência de um médico. Germano fez um gesto de quem não havia falado tudo, ela levantou a mão, agora os senhores ficam falando, eu levarei esses homens ao médico. Está certo, disse Germano, mas ninguém aqui vai suportar mais isso. Catarina ordenou aos colonos que enfiassem as suas camisas, fez com que eles saíssem, da porta ainda disse, não sei ainda direito o que eu mesma possa fazer, mas contem comigo. E não só comigo, com meus amigos também. Teriam feito o mesmo com o Major Oto Heise? Ah, com o major não, não tiveram coragem. Sabe o que isso denota? Que não estão fortes como pensam. Heise é amigo do Major João Manuel, tem prestígio na Corte. Jacobus falou, sinto vergonha, vergonha mesmo, quando me lembro de que há alemães nossos patrícios que concordam com tudo isso e ficam calados, os miseráveis. Catarina saiu, da porta ouviu ainda Germano, tenha cuidado com o que disser ao doutor, não diga a ele que encontrou os homens na minha casa, o médico é amigo de Gründling e Gründling é o alemão que se presta a carregar prisioneiros nos seus lanchões e mantém espiões em toda a colônia. Ela parou: Gründling? Ora, a senhora sabe, primeiro o infeliz do Schlaberndorf, depois Agner, agora esses três, ele sempre com as mãos macias e limpas, sempre longe dos crimes, pois é dele que devemos cuidar.

Ela ainda ficou um certo tempo parada, olhando para Germano, mas sem ouvido mais, o pensamento distante, um tropel de pensamentos desencontrados pela cabeça. Acompanhava os homens, mais Emanuel, um magote de fantasmas pelas ruas desertas e escuras. Daniel Abrahão pode sair do poço, os soldados já se foram. Catarina, pelo amor de Deus, não me entregue ao inimigo, pensa nos nossos filhos. O retinir de esporas, as suas costas nuas esmagadas contra o chão de areia grossa, em carne viva como as costas de Lucks, Sperling e Richter. Depois o entrechocar de esporas diferentes, uma noite igual àquela, as mesmas estrelas, ela enxergando mais uma vez a cara barbuda do marido apontando na borda do poço.

2.

O médico abriu a porta, levantando alto o lampião, reconhecendo Catarina com aqueles homens, alguma coisa de sério estava acontecendo, assim de noite, o vilarejo dormindo. Catarina havia chorado, veja doutor, esses nossos patrícios acabam de chegar da *Presiganga*, pouca gente tem saído com vida de lá. Se o senhor pensa que se trata de ladrões, de bandidos, de assassinos, está muito enganado. É assim que tratam as pessoas, o mesmo governo que nos mandou buscar.

Os homens já haviam tirado as camisas, foram vistoriados pelo médico que empunhava ainda o lampião, não disse uma só palavra. Começou a tratar as feridas, Catarina ajudando, então isso se faz, doutor, surrados a relho, esbofeteados, torturados e tudo isso para quê, afinal? Alguém pode concordar com uma coisa dessas? Acalme-se, Frau Catarina, primeiro vamos tratar as feridas, a senhora me ajude, isso pode arruinar e não pense que vou me calar diante dessas barbaridades, amanhã mesmo irei a Porto Alegre protestar, se for preciso irei ao Rio, baterei às portas da própria regência. Pelo menos um deles, o General Lima e Silva, não admitirá que isso se repita. Eu esperava isso do senhor, disse Catarina, e seria bom que soubesse de algumas outras coisas, por exemplo, que papel estará representando nessa farsa toda o seu amigo Herr Gründling? Frau Catarina, não se deixe levar pelo seu ódio pessoal contra esse homem, Herr Gründling é um comerciante e nada mais. É o que todos pensam, doutor, mas procure saber detalhes a respeito da morte misteriosa de Schlaberndorf, antigo sócio dele, me apareceu afogado uma semana depois que revidou uma bofetada com a sua faca. Não teria sido o senhor mesmo que tratou Gründling do ferimento? O médico suspendeu o trabalho e ficou olhando para Catarina. Procure saber também, doutor, alguma coisa a respeito do assassinato de João Agner que chegou aqui numa carroça e até agora ninguém ficou sabendo de nada, a polícia cega e sabe uma coisa, doutor? Agner era amigo de Schlaberndorf e já começava a desconfiar sobre quem estaria por trás de tudo, qual o figurão interessado nas desgraças todas. Não sei o que dizer, Frau Catarina, mas pense duas vezes quando falar essas coisas, assim sem prova, apenas por desconfiar, isso pode resultar em dores de cabeça para a senhora. O médico voltava ao trabalho e ela continuava falando, pois conseguiria as provas, um dia todos saberiam a verdade. Ah, então o médico achava que ela queria apenas alimentar um ódio gratuito, pois deveria ter morado numa estância chamada Jerebatuba, iria sentir-se muito bem na furna cavada dentro de um poço, entre animais fardados que iam e vinham, isso é o que chamava de ódio gratuito. Pois o doutor ficasse sabendo que era desse ódio que ela pretendia viver, mesmo que morresse de velha. Hillebrand passava uma pomada amarela nos vergões, lembrando Catarina que essas coisas podiam levar a nada ou a muita coisa, veja se tivesse acertado aquele tiro em Gründling, toda a gente da rua de testemunha, Catarina protestou, não havia errado tiro nenhum, fizera pontaria contra o chão, da distância em que se encontrava acertaria numa mosca. O médico disse, acredito, acredito, só que a senhora esqueceu que tem um marido doente para cuidar, três filhos para criar, muita gente depende da senhora. Pediu licença, foi até o interior da casa e voltou com tiras de pano. Precisava enfaixar os homens, pois as camisas imundas poderiam arruinar as feridas.

– Obrigada, doutor. Mande a conta para mim.

– Esta conta é minha, Frau Catarina. Estou tão revoltado contra isso quanto a senhora. Vá com Deus.

Catarina levou os homens para a sua casa, Emanuel ajudou a arranjar camas no chão para que eles dormissem nos fundos da oficina aquela noite, ela confusa de ódio, cansada, o meio da noite chegando. Quando entrou, Juanito estava acocorado num canto da peça, espingarda entre as mãos, atento. Fez um gesto para que ele fosse dormir. Despiu-se no escuro, puxou as cobertas e deitou a cabeça no duro travesseiro. Se Daniel Abrahão estivesse acordado, pediria a ele que lesse alguma coisa da Bíblia, talvez recobrasse a calma, espantasse a insônia que se avizinhava. Gründling caminhando na sua direção, o peito dele enchendo a massa de mira, era só puxar o gatilho. *Hau ab sonst Knallt's!* A voz dele saindo do travesseiro: – não estou entendendo, não vejo razão para isso, vim apenas conversar. Daniel Abrahão agora, vi no céu outro sinal, grande e maravilhoso, sete anjos com as sete pragas. A guerra terminou, Daniel Abrahão, já não há mais soldados, agora é gente como nós que volta para a casa. Ouviu um galo cantar, era um aviso, Philipp do alto da árvore apontando para os pequenos pontos negros que se moviam no horizonte. O marido descendo para a furna, os escravos se escondendo, Philipp a gritar, Gründling, chegando, era ele que vinha, Juanito a seu lado, espingarda na mão e uma grande faca atravessada na boca. Gründling ajudando a jogar achas de lenha no poço, a voz de Daniel Abrahão, que é isso, mulher, você ficou doida, você quer me enterrar vivo? O poço a esbarrondar, entulhado, ela soluçando tão alto e desesperada que acordou Carlota.

3.

Sofia bordava, o grande bastidor com o pano esticado, a agulha tramando filigranas coloridas. Ouvia-se da sala o cantarolar engrolado de Mariana fazendo o pequeno Albino dormir. Gründling estava debruçado sobre a mesa, revisando os grossos livros de capa preta dos negócios.

– Será que o Schaeffer já sabe da notícia?

– Deve ter sabido – disse ele fechando um dos livros e empurrando os outros para o centro da mesa –, tinha tempo de sobra para saber. Imagina, abandonar o país deixando aqui um filho de seis anos para o trono.

Sofia abandonara o bastidor sobre os joelhos, esticando o corpo de encontro ao espaldar da cadeira.

– Se não te importas, vou beber um conhaque – disse ele.

Voltou com um cálice entre os dedos, ergueu-o em forma de brinde, à felicidade de Schaeffer, aos nossos filhos, ao futuro deles, sim, ao futuro deles, que é o que mais interessa. Vê só, este conhaque ainda foi um presente de Schaeffer, lembra-te? Veio no *Olbers* com a última leva de imigrantes conseguida por ele. Na carta que veio junto – não sei mais onde botei essa carta – mandava dizer que eu devia fazer com que tu bebesses doses reforçadas deste conhaque, que mulher bêbada na cama é um anjo.

Gründling sentou novamente. Tenho pensado muito em Schaeffer, não sei por quê, tenho pensado nele. Nos salões europeus, reis e príncipes, grandes damas, naquele tempo em que o General Brant pagava os seus serviços com barras de ouro. A Imperatriz Leopoldina declarando em cartas pessoais que ele "era o seu único amigo". Sabe, o imperador queria porque queria o cavalo branco de Steiner. Em Lubek, outros dois cavalos, sim, era qualquer coisa nos arredores de Brandenburgo, talvez Illefeld. Schaeffer, agente secreto do imperador. Homem escolhido a dedo. Alguém faria melhor trabalho nos ducados de Meckelenburgo? Nas cidades hanseáticas ou mesmo na Baixa Saxônia? Tenho as minhas dúvidas. Em Sitcha, como ele teria chegado lá não sei, naquelas ilhas Sandwich, Schaeffer era então delegado de Baranoff, fora colher material científico na zona do Pacífico. Quem mais conquistaria as simpatias do misterioso e onipotente Rei Kameaméa? Claro, um homem assim provocaria inveja, os anões da Corte jamais o engoliriam. E como acabar com Schaeffer? Muito simples, devem ter pensado os miseráveis: é só cortar as verbas para a imigração. Com isso arruinariam um sério concorrente. Esqueceram-se, porém, de que o alvo se chamava, nada mais nada menos, Jorge Antônio Schaeffer. Sofia, toma nota: um dia ainda ele terá estátua em praça pública, falo de praças com jardins, árvores e lagos, não falo destas praças daqui onde bois e cavalos pisoteiam, onde negros cozinham a sua comida. Estátua em cima de pedestal de mármore negro. Me diz, me diz uma coisa, Sofia: estarei errado? Não sei por que estou pensando nisso tudo. Ah, sim, o imperador abandonou a sua coroa, assim como quem atira num canto um lampião rachado, o filho de seis anos que assuma o que o pai não teve a coragem de enfrentar. Três circunspectos cidadãos assumem a regência e depois disso o que poderá fazer um vivente senão beber até esquecer de tudo, cuspir na cara de cada um deles, mijar nos seus travesseiros de linho, esganar cada patife. Onde irão eles encontrar outro Schaeffer, onde? Às vezes penso se não seria melhor voltar para a Alemanha, render homenagens ao imperador da Áustria, lamber a sola das suas botas, beijar as mãos daqueles emproados da Dieta de Frankfurt. Quem sabe não seria preferível isso a viver neste fim de mundo, no meio de negros e mestiços, de gaúchos e de caudilhos, castelhanos e portugueses. Bem, já te ouço dizer: mas nossos filhos são brasileiros. Para tudo há remédio, registro os dois nos livros da primeira igreja que encontrar nos arredores do cais de Hamburgo. E pego o mapa do Brasil e prendo fogo nele e com o calor aqueço as mãos na minha própria terra. Claro, estou dizendo bobagens, leio nos teus olhos, não precisas nem falar, Sofia, leio nos teus olhos. Que diabo, as vezes a gente tem o direito de enjoar tudo, enjoar tudo menos a ti, jamais te enjoarei, sabes disso, falo de todas as outras coisas, da casa, desse povo que nos cerca, do lixo nas ruas, até mesmo da nossa gente que veio cavar terra e se iludir de que em algum dia serão ricos e donos de seu nariz. Como os negros não sabiam lidar com a terra, encomendaram a Schaeffer que trouxesse escravos brancos. Isso alegrou o coração generoso da Imperatriz Leopoldina e de seu augusto e frágil esposo. Estou falando demais. Me deu vontade de falar. Será que pelo menos um dia na vida a gente não tem a direito de falar o que quiser, de dizer tudo o que nos venha à cabeça? Bebi apenas um cálice de conhaque. Não estou bêbado. Precisaria de pelo menos dez iguais a este para tropeçar numa única palavra. Sabes disso. Claro. Escuta que som maravilhoso do relógio. Parecem taças de champanha tocando uma na outra, um relógio que tem a sua história, nove, dez. Estás caindo de sono, meu bem. Já é muito tarde.

Sofia colocou o bastidor em cima da mesa.

Nós dois estamos com sono – ela disse. – Gosto quando tu falas assim, quando desabafas, a solidão das pessoas fica menor.

– Não me importo com nada que se passa além destas paredes, com nada mesmo – disse Gründling segurando as mãos da mulher, beijando cada dedo.

– Sinto-me tão branca, tão sem cor. Um pouco de sol...

– Não. Tua pele não foi feita para o sol – disse Gründling passando uma das mãos de Sofia no rosto. – Seria um crime. Gosto de ti assim como és. Junta as mãos assim, detesto essas peles escuras, pardas, ásperas, o que acontece com tudo que anda ao sol. Vês as minhas mãos? Repara a diferença. Basta já o que existe além da nossa porta: lixo, água estagnada nas valas, negros e mestiços, ciganos, cheiro de graxa, fedor de peixe velho.

Levantou-se, testa franzida, olhos semicerrados.

– Mas espera aí, eu não havia pensado numa coisa. Claro, no fundo sou um tremendo egoísta. É lógico que quando falas em saíres é porque queres ver gente, pessoas, outras senhoras. Como não pensei nisso?

– Não é bem assim.

– Claro que é. Sábado daremos uma festa aqui em casa, meus amigos virão com as suas mulheres.

– Mas festa por quê?

— Ora essa, não preciso dar satisfações a eles por que estou dando uma festa. Amanhã mesmo, de manhã, darei instruções à negra Mariana. Muita comida, bebida à vontade, quero ver essas megeras se engasgando. Vou trazer música, mais exatamente, vou trazer um piano, junto com ele um mestre consumado do teclado.

— Um piano? Mas onde vais encontrar um piano em Porto Alegre?

— Deixa isso comigo, tenho um aqui no bolso do colete. Vamos fazer agora mesmo a lista das pessoas a serem convidadas – sentou-se à mesa, pegou da caneta e do tinteiro, uma folha de papel pautado – vamos ver a relação: Tobz e excelentíssima esposa; Schiling e sua cara-metade; Zimmermann e sua horrorosa mulher; ah, também o subinspetor José de Almeida Braga e sua mulher. Não abro mão da presença de nenhum deles, que não venham alegar enxaquecas que vou pessoalmente arrancar os doentes de casa, à força.

— Não podes fazer isso.

— Pois no sábado ficarão te conhecendo. Cada homem com sua mulher. E agora – disse abraçando-a –, este teu vestido decotado acaba de me dar uma ideia genial. Não aguento mais!

4.

Catarina acabava de voltar do Portão, onde deixara Jacobus e a família no novo empório, uma casa velha, de madeira, coberta de telha-vã. Um depósito de adobe, pé-direito de metro e meio.

Cinamomos e plátanos, a picada de terra batida se perdendo entre o mato ralo, morretes com cocurutos de grandes pedras cobertas de musgo.

— Tua gente ficou bem instalada – disse Catarina para Emanuel, que viera recebê-la na grande cancela de entrada. – A casa é boa, o que falta se faz com o tempo. E depois, é perto daqui.

— Eu sei que vai dar certo, Frau Catarina.

— Vai dar. Todo o mundo sabe disso.

Quando ia começar a tirar as suas coisas da carroça, Emanuel se meteu no caminho, impediu a sua passagem e disse não, sacudindo a cabeça.

— Eu descarrego. A senhora já não deve fazer muito esforço.

— Não posso?

— Deixe comigo, Frau Catarina, por favor.

Ela ficou parada. Emanuel já teria notado a barriga de três meses? Aquela noite na toca, Daniel Abrahão dizendo "Catarina desce até aqui, preciso de ti na minha morada. Aqui também é a morada do Senhor. Desce que a noite vai alta". O pequeno lampião alumiando a toca, desenhando fantasmas nas paredes, o marido fechando a porta do alçapão, falando baixo. "Muitas noites passei aqui reconstruindo só para mim a figura de Cristo, enquanto todos dormiam, outros pecavam. Catarina, eu nunca estou só. E nem abandonado." Desentocou de um armário pequeno, embutido na terra, um embrulho de panos sujos e rotos. "Apenas tu conhecerás a imagem dele e mais ninguém. O olhar dos profanos destrói a graça." Tirou os panos, surgiu um crucifixo de madeira entalhada, a figura de Cristo em lavor de artista, as chagas, os cravos, a cabeça inclinada, cada músculo das pernas, os tendões dos braços, até a expressão de dor do rosto crispado, parecendo mover-se pela luz irregular projetada do pavio mergulhado no óleo. Catarina passou os dedos por toda a imagem, Daniel Abrahão produzira um milagre, um bicho entocado capaz de lavrar peça tão bela. A razão que voltava. Deus assim o queria. Sentira vontade de chorar, mas estava tão cansada, os olhos tão pesados, o marido não entenderia. Ele passou as mãos nos seus cabelos, ela sentiu a grossa barba roçando o seu rosto. Sentiu as mãos dele puxando a sua cabeça, deitou no peito ofegante, o crucifixo posto de lado. Era o tempo que retrocedera. Estavam agora ambos olhando o mar da amurada do barco que rasgava caminho, a navalha da quilha cortando o oceano, como a navegar num mundo de paz e de amor. Daniel Abrahão feliz, Philipp carregado pelo pai, de um lado para outro, ela ainda tímida e medrosa da aventura. E tudo fora como nas noites de bordo, o mar tentando estraçalhar o madeirame do casco, os casais se amando, o frenesi se alastrando no seio da escuridão, os dois novamente na cama em comum, as paredes de terra ondulando, ela entregue, ele como um tigre, senhor de seu corpo e de sua vida, resfolegando dentro de si, ela enxergando a tramela do alçapão como uma cruz a separá-los do mundo.

– A senhora está sentindo alguma coisa? – perguntou Emanuel preocupado.

– Não – disse Catarina sem olhar –, estou é mesmo cansada. Muito cansada.

5.

– Está aí querendo falar com a senhora um homem de nome Fried Reindorff – disse Philipp puxando a saia da mãe e apontando para a rua.

– Reindorff?

– Ele está a cavalo e disse que vem de parte de Oestereich do Chuí.

Catarina correu até a porta da rua. O homem acabara de desmontar, trazia sobre o serigote um grosso pelego vermelho. Bombachas e botas, cara avermelhada, uma pala castelhana que lhe caía dos ombros até quase os joelhos.

– De parte de Oestereich? – disse Catarina.

– De parte dele mesmo, pois não. Eu e mais dois companheiros estamos em Porto Alegre com as carroças e eu vim até aqui entregar esta carta – puxou de dentro do bolso um pacote chato embrulhado em papel pardo – pedindo resposta.

Voltou até o cavalo, abriu uma maleta de couro parecida com as dos mascates e dela tirou um saco de bom tamanho, pesado, bojudo, entregando-o a Catarina:

– Este dinheiro ele manda dizer que faz parte do trato feito com a senhora.

Catarina convidou Reindorff a entrar, pediu que sentasse e gritou para dentro chamando o marido. Daniel Abrahão surgiu na porta, desconfiado, enxó em punho.

– Herr Reindorff está chegando de Jerebatuba, traz notícias e carta de Oestereich.

Reindorff cumprimentou e disse:

– E parte do dinheiro da combinação feita, Herr Schneider.

Dito isso levantou resoluto do banco, chapelão de abas largas nas mãos, cabelos colados na testa, precisava dar umas voltas no povoado, só pedia licença para deixar o cavalo ali, se fosse possível e não causasse maior trabalho, gostaria que alguém desse ao animal um pouco de água e ração, enquanto isso trataria de cumprir outra missão de Oestereich. Não era empregado de Oestereich, não, apenas amigos, chegaram juntos no Brasil, mesmo navio, e agora bons vizinhos, se amparando nas horas difíceis, matando as saudades da terra distante quando se reuniam em torno de um braseiro nos fins de semana, quando se pode e o trabalho permite. Sei por ele que o senhor sofreu muito durante a Cisplatina, mas que isso ficou para o passado e estima que tudo agora corra bem por estes lados. Catarina disse que ele desse as suas voltas, que não se preocupasse e que poderia dormir aquela noite na oficina, que tirasse da cabeça qualquer preocupação também com o cavalo, seria tratado com se gente fosse, só pedindo que lhe desse tempo para ler a carta mandada por Oestereich.

Juanito se encarregou do cavalo, Daniel Abrahão o revisou os arreios, consertou o que precisava, depois foi ler, com Catarina, a carta difícil, letra dura de quem costuma pegar no trabalho pesado e que, ao escrever, de tão leve, não sente entre os dedos a caneta. Catarina com mais dificuldade, Daniel Abrahão decifrando melhor.

Ele diz que a horta hoje ocupa um espaço cinco vezes maior, que tem trazido mudas da Banda Oriental, o trigo está dando muito bem e que começou com uma pequena indústria de charque, todo ele mandado para Rio Grande, pois tem qualidade para exportação. Melhorou a casa, fez mais dois ranchos, está com muitas vacas de cria e do leite está fazendo um queijo que os castelhanos não deixam que fique curado, de tanto que gostam e compram. Nasceram mais quatro negrinhos dos escravos e Deus mandou para ele outro filho. O amigo Reindorff, de Oberstein, ocupou, a pedido seu, a Estância Medanos-Chico do falecido José Mariano, reconstruiu a casa, refez o pomar e a criação, vai indo como Deus quer. Ele deverá nos entregar algum dinheiro, parte realizado em Porto Alegre, com os produtos que mandou à venda; acredita que se fique satisfeito, é o que pode fazer, de momento. Dias melhores virão.

– Bom homem esse Oestereich – disse Catarina.

– Pede que se mandem notícias por Reindorff, se possível carta, está sem saber de nada do que tem acontecido por aqui – prosseguiu Daniel Abrahão –, e uma receita de doutor para umas feridas que estão se alastrando pelas pernas da mulher, são muito dolorosas, vertem água, criam uma casca dura que quando cai deixa por baixo só carne viva, pior do que antes. Chegou a fazer compressas de esterco com vinagre, mas de nada adiantou. É uma mulher nova, lhe corta o coração ver a pobre assim perebenta.

À noite, enquanto comiam, Reindorff contou tudo o mais que sabia, elogiando sempre os nacos de linguiça assada no forno com pirão de farinha de mandioca. Estava se preparando para partir dentro de dois dias.

– Isso dará tempo para escreverem uma boa carta para Oestereich, ele ficará muito contente – disse o visitante.

Juanito, mais tarde, levou o homem para um bom lugar onde dormir, nos fundos da oficina, enquanto marido e mulher se preparavam para iniciar o que seria uma longa e minuciosa carta. Caneta em punho, tinteiro aberto, papel à frente, Daniel Abrahão só escrevia depois da mulher dizer exatamente o que desejava dizer, com pontos e vírgulas. Meu caro Valentim. Não, prezado Herr Oestereich. Diz dos negócios. Fala aí no empório e ainda no outro do Portão, com Jacobus tomando conta. Estamos pretendendo abrir um maior no Caminho Novo em Porto Alegre. Fala na ferraria, na fábrica de carroças e na de serigotes. Diz que as crianças estão bem de saúde. Daniel Abrahão acrescentou: com a graça de Nosso Senhor Jesus Cristo. Conta que Gründling esteve aqui e que foi recebido a tiro, isso alegrará o coração do amigo Oestereich. Diz agora que está havendo um grande descontentamento na colônia. Não, é melhor não contar isso que o pobre vai começar se preocupando com coisa que não lhe toca de perto. Ah, diz que a pobrezinha da índia Ceji está com a tísica e que não foi mandada embora, mas está num quartinho construído só para ela, isolada para não pegar nas crianças, que Juanito não arreda pé do quartinho e que o médico acha que ela não dura muito. Não sabemos o que será do pobre índio, ele quase não diz nada, antes tivesse ficado por lá, o ar é mais puro e a saúde mais fácil. Bem, acho que deves mandar dizer a ele que estamos esperando outro filho.

Daniel Abrahão parou de rascar com a pena no papel, levantou os olhos arregalados para a mulher.

– Eu não sabia disso.

– Pensei que soubesse. Mas vamos, escreve isso aí, Oestereich ficará contente em saber dessas coisas.

– Estou muito cansado de tanto escrever – disse ele largando a caneta e esticando os braços –, vamos continuar amanhã.

Levantou-se, caminhou pela sala e depois ficou postado diante da mulher.

– Quando chega o nosso filho?

– Daqui a sete meses, talvez seis. Ainda não fiz bem as contas.

Daniel Abrahão não disse mais nada, bebeu um pouco de água numa caneca, abriu o alçapão e por ele desapareceu. Catarina ainda ouviu a sua voz lendo trechos escolhidos da Bíblia, as orações de costume, depois o assopro forte apagando o lampião. No outro dia, Reindorff partiu levando na garupa um dos melhores e mais ricos serigotes jamais feitos por Daniel Abrahão, e a mais longa carta que ele já escrevera em toda a sua vida.

XIV

1.

CEJI AMANHECEU MORTA, havia vomitado muito sangue, ninguém deveria tocar nas suas coisas, podiam pegar tísica. Emanuel, ajudado por Catarina, colocou o corpo mirrado no centro de um lençol, enrolando com cuidado. Ela bateu no ombro de Juanito que permanecia acocorado no mesmo lugar, à porta do quartinho, apontando para o alto, como a dizer, era a vontade de Deus, o grande espírito. Sem uma lágrima, o índio olhava para todos com indiferença. Daniel Abrahão meteu mãos à obra, construía um caixão com tábuas rústicas de pinho. Pouca madeira para o corpinho murcho, pregou na tampa uma pequena cruz.

– Quero enterro de cristão para ela – disse Catarina.

O Pastor Klinglhöefer quis saber se ela era batizada. Não importa, disse Catarina, mesmo não batizada ela será enterrada como cristã. Sofrera muito, era de muito bom sentimento, quem dera que muito cristão fosse como a indiazinha. Naquela manhã a oficina ficou parada. Fregueses e fornecedores do empório iam chegando e formando uma roda em torno do caixão sobre cavaletes. Uma índia com enterro de gente. Catarina quer assim. O pastor perguntou se a encomendação seria em casa ou se preferiam a capela. Aqui mesmo, onde sempre viveu como se fosse minha filha, dissera Catarina. Apareceram algumas mulheres trazendo flores do campo. Olhando o caixão, Daniel Abrahão pensava que se houvesse tido mais tempo o caixão seria bem outro, aplainaria melhor as tábuas, passaria verniz. Bem que poderia ter começado a trabalhar no caixão com mais vagar, a indiazinha morria cada dia que passava, duas semanas antes já se sabia. Aquela tosse seca varando a noite, as crianças proibidas de passar por perto do quartinho, uma peça tão pequena como uma latrina, com a diferença de que havia uma janela com postigos. Klinglhöefer fez sinal para que a gente presente se acercasse do caixão. Ouviu-se Catarina dizer irritada; hoje não se vende um metro de renda, um quilo de charque, portas fechadas em respeito ao corpo. Emanuel cuida disso. Amados no Senhor, visto haver agradado ao onipotente Deus chamar da presente vida esta nossa irmã, antes de entregarmos seu corpo à sepultura, nos convém ouvir, para nosso conforto, a admoestação e a consolação da santa palavra de Deus. Emanuel pensou, a carroça quase pronta seria entregue com o atraso de um dia, o comprador haveria de compreender os motivos de força maior. Juanito estava certo, na véspera ouvira o grito do Urutau e portanto Ceji morreria antes do sol apontar. Assim diz o Senhor: tu és pó e ao pó retornarás. Assim como por um só homem entrou o pecado no mundo e pelo pecado a morte, assim também a morte passou a todos os homens, porque todos pecaram. Emanuel se postou ao lado do índio e colocou a mão sobre seu ombro; com os dedos fez pressão, como a dizer que sentia também aquela mesma tristeza. Assim como em Adão todos morrem, assim também todos serão vivificados em Cristo. Catarina estava preocupada, era preciso depois botar fogo na casinha, queimar o resto de doença que ali ficara, afastar dos filhos o perigo do mal. Faria o trabalho antes do amanhecer. Os bugres não queimavam os seus cadáveres? Eu sou a ressurreição e a vida. Quem crê em mim, ainda que morra, viverá, e todo o que vive e crê em mim não morrerá, eternamente. O lençol que cobria o corpo estava manchado de sangue e era preciso espantar as moscas, suas patas levariam a doença pelo mundo afora. Não nos entristeçamos como os demais, que não têm esperança, mas ergamos as nossas frontes, sabendo que nosso Redentor vive e que as almas dos justos estão nas mãos de Deus, onde nenhum mal as tocará. A carta para Oestereich seguira antes, ele não saberia tão cedo da morte da indiazinha, era esquisito pensar nisso naquela hora, nem ele se lembraria mais de Ceji. Uma índia a mais ou a menos, essas coisas nem são notadas. A tísica não faz diferença entre brancos e bugres. Klinglhöefer dava a impressão de cansado. Bem-aventurados os mortos que desde agora morrem no Senhor. Sim, diz o Espírito, para que descansem das suas fadigas, pois as suas obras os acompanham. O reverendo não conseguiu, naquele instante, imaginar quais as obras que um gentio poderia levar para a eternidade, as obras da indiazinha eram tão fracas para serem notadas pelo Senhor. Salmo 90. Volta-te Senhor. Até quando? Tem compaixão dos teus servos. Salmo 23. O Senhor é o meu Pastor, nada me faltará. Leva-me para junto das águas de descanso. Respondeu-lhe Jesus: Eu sou o caminho, a verdade e a vida; ninguém vem ao Pai senão por mim. Cantemos. O Senhor te abençoe e te guarde. O Senhor faça resplandecer o seu rosto sobre ti, e tenha misericórdia de ti. O Senhor sobre ti levante o seu rosto e te dê a paz. Amém.

Só havia quatro alças de couro cru; pesava muito pouco, quase nada, o corpinho. Colocaram o caixão numa carroça, com laços de pano preto nos fueiros, Juanito no meio dos bois, puxando-os pelos canzis, a gente toda seguindo atrás, no primeiro grupo Catarina e Daniel Abrahão. O mestre alfaiate Ritter, da sua janela, pensando que isso não devia ser feito com uma bugrinha que nem cristã era, mesma raça dos que roubavam crianças e matavam colonos ao pé da serra. Mas fechou os postigos da alfaiataria, em sinal de respeito. Que mulher, essa Catarina. O marido doido com a Bíblia debaixo do braço, Philipp seguindo o enterro agarrado à saia da mãe, boné enterrado até as orelhas. Só Emanuel ficara, que tivessem paciência, o empório só abriria as suas portas depois do meio-dia, eram ordens de Frau Catarina.

A noite encontrou Juanito dormindo enrodilhado, como um cachorro, sono agitado, tremores pelo corpo. Quando acordou de manhã viu Catarina botando fogo no casebre, afugentando os maus espíritos, a doença, virando em cinzas tudo o que sobrara lá dentro. Daniel Abrahão, como se nada houvera, desbastando as toras de sempre, limpando os liames de embira-branca.

2.

Zimmermann apresentou aos Gründling sua mulher Joana Luiza, vestido de morim estampado, gola alta de renda, borzeguins de cadarço, cabelos repuxados para trás, terminando num grande coque espanhol preso por uma travessa de osso. Sem largar o braço do marido, não levantava os olhos do chão. Depois Schiling, apresentando Ana Margarida, um típico exemplar de Württemberg, cara quadrada, queixo saliente, grandes mãos calosas, os pés comprimidos em sapatos de presilhas. A mulherzinha de Tobz, cabelo cor de fogo, vestido preto enrodilhado no pescoço como uma coleira. Por último o subinspetor José de Almeida Braga, apresentando com mesuras Dona Almerinda, pele de pergaminho, cara lavada, nariz adunco. Sofia estendendo a mão sem pronunciar uma palavra, cumprimentando com movimentos de cabeça. Gründling pensando, como poderia o subinspetor dormir na mesma cama com aquela megera, um espantalho, Santo Deus! Carregou com os dois para a sala, os outros se acomodavam calados, levantou a mão direita pedindo atenção, apresento aos amigos o subinspetor Almeida Braga e sua esposa, lamento que não falem alemão, mas eu posso traduzir sempre que for preciso. Os homens ficaram em pé, fazendo curvaturas, as mulheres se limitaram a acenos de cabeça. O dono da casa conduzia o casal para a marquesa de palhinha, ficando o homenzinho com os pés longe do chão, balançando.

A mesa de centro com o candelabro todo aceso, os castiçais com as velas ainda apagadas, velas novas com anéis em alto relevo, as bebidas amontoadas numa mesinha auxiliar, as duas pretas moças se movimentando como sombras, silenciosas, os aventais estalando de tão engomados. Junto à janela lateral alguma coisa volumosa escondida sob uma coberta de algodão. Os homens formaram um grupo, falando a meia-voz, as mulheres com as mãos cruzadas sobre as pernas, mudas, olhinhos vivos percorrendo os mínimos detalhes da sala, deslumbradas com o luxo e com a beleza de Sofia. Falavam sempre na menina, mas estava ali uma mulher feita, fornida de carnes, um vestido europeu de cintura fina, o busto opulento comprimido num corpete de largo decote. Gestos de uma grande dama, para quem fora encontrada em mãos de bandidos de estrada, de caudilhos e bandoleiros. A pele de seda, quase irreal, leitosa. Houve um repentino silêncio quando Mariana entrou na sala carregando pelo braço um homem cego, tateando, inseguro. Gründling foi a seu encontro, senhores, este aqui é Jacob, um grande mestre do teclado, corrigiu para um mestre pianista, ele veio especialmente para a nossa reunião. Depois traduziu o que dissera para o casal brasileiro. E também quero apresentar aos senhores o meu último presente a Sofia, um piano alemão. Tirou a cobertura com solenidade, apareceu o *Playel* de armário que parecia fabricado de vidro, faiscando à luz dos candeeiros. Pela mão do amigo, o cego encontrou a banqueta, sentou-se, abriu a tampa e correu os dedos de leve sobre o teclado. Juntou as mãos, apertando uma de encontro à outra, cabeça levantada como se aguardasse ordens. O professor, agora, vai nos oferecer alguma coisa de sua escolha para que todos possam admirar a sua arte. O cego passou mais uma vez as mãos sobre o teclado e iniciou um *Lied* de Schubert, a sala mergulhada no silêncio, era a primeira vez que Sofia e as demais mulheres ouviam um piano. Tobz sussurrou ao ouvido de Zimmermann, Izabela coitada perdeu o seu piano, esse Gründling tem artes do demônio. Quando Jacob terminou, só o dono da casa bateu palmas, bravo, Jacob, ninguém faria isso melhor. E agora, queremos ouvir uma canção paraguaia, saibam todos que é uma especialidade sua. O cego esperou um momento, como querendo inspirar-se, e começou a tocar um dolente *purahjeí*, lembrando-se de Izabela, quando às vezes chorava debruçada sobre o piano, com uma das mãos apoiada no seu ombro. Tocava como se fosse madrugada alta, dia clareando, o cansaço de uma noite inteira, quando só ela escutava, ele passando os dedos no seu rosto, limpando as lágrimas. Era quase sempre assim, o silêncio pesado na casa, um mundo vazio em redor, uma puta sentimental chorando por qualquer coisa de seu passado, só Deus saberia o quê.

Ao sumir a última nota ouviu o vozeirão de Gründling gritando bravos e as palmas tímidas das outras pessoas. Não sei por quê, disse ele, fico comovido ouvindo a música dessa gente bárbara, um lamento de quem é muito pobre e desgraçado. Jacob, pode descansar um pouco, vou mandar servir bebida. Virou-se para o subinspetor, em português, espero que esteja gostando da reunião e da música. Ah, nunca ouvimos coisa mais bonita, disse ele com voz sumida. As garrafas começaram a ser abertas, as negras descobriram os pratos cheios de salgadinhos, grandes azeitonas portuguesas, quadradinhos de pernil e de queijo, biscoitos e pepinos em conserva. Para as mulheres, Sofia ofereceu licor, as três alemãs agrupadas conversando entre elas. O relógio bateu nove horas, todos emudeceram, Gründling falou que havia sido um presente pelo nascimento de Albino e que marcaria, para sempre, as horas dos Spannenberger Gründling.

Sofia continuava discreta na sua grande cadeira de espaldar alto. Observava as três alemãs tagarelas, comendo e cochichando, suas roupas grosseiras e desajeitadas, seus feios sapatos. Os homens continuavam falando em negócios, as negras abastecendo os copos de bebidas, o casal de brasileiros olhando sem nada entender, ele bebendo com parcimônia, ela sem tocar em nada, os grandes pés metidos debaixo da marquesa. Gründling repetia a história do relógio, falava sobre o piano, uma obra de arte, contava que agora estava associado a uma grande firma exportadora de Rio Grande, Diefenthëler era ou não era um homem em quem se podia confiar? Tobz, vocês todos aí sabem disso, Diefenthëler entende do negócio, agora as coisas começarão a melhorar realmente. Ah, não contei muita coisa do meu último encontro com Schaeffer, no Rio. Pois continuava o mesmo, um homem que merecia respeito. Sofia fez um sinal para o marido, meu amor não estará abusando da bebida? Zimmermann disse, acho que está na hora de sairmos, a dona da casa tem filhos pequenos para cuidar, amanhã é outro dia. Gründling pediu, Jacob eu quero ouvir algumas valsas, daquelas que só você sabe tocar.

Quando todos haviam saído, Mariana passando a tranca na porta, Sofia perguntou se não convinha dispensar o pianista. Gründling disse que não, falou para o cego, continue tocando valsas, quero ouvir valsas. Enlaçou Sofia pela cintura, rodopiando pela sala, beijando-lhe os cabelos, o pescoço, ela a dizer, querido, aqui, na presença desse homem, ele riu, um cego, querida, esqueça Jacob. Fez um sinal para que ela ficasse calada, começou a desabotoar as costas do corpete, Sofia resistindo, assustada com a presença daquele estranho na sala, Jacob às vezes olhava para o lado deles, Gründling decidido a despi-la, ela cedendo, por amor de Deus, no quarto, não poderia fazer nada aqui. Afinal arrastou o marido, da porta ele ainda gritou: continua tocando, Jacob, não para. Havia tanto que desejava isso, chegava a ouvir a algazarra do salão de Izabela, estavam no reservado, garrafas e copos espalhados pelo chão. Os soldados bêbados batendo com as botas na porta. Sofia amando, olhos postos na porta aberta, a sua intimidade devassada pela presença daquele homem estranho.

Meia-noite passada Jacob foi levado pelo próprio Gründling até a porta e lá entregue ao cocheiro da caleça. Retornou cambaleando, de passagem ainda bebeu um copo de rum.

3.

O Tenente-Coronel Salustiano Severino dos Reis, mãos às costas, caminha de um lado para outro em sua pequena sala de inspetoria. O Major Oto Heise ouve tranquilo, sentado numa cadeira de pinho com encosto de palhinha. O inspetor se apruma, marcial, estava na frente de um militar alemão, prussiano, estufa o peito, bate forte com a sola das botas no assoalho.

Falava empertigado, sei que o governo deve pagar os subsídios atrasados para os colonos, outro não foi o pensamento de meu antecessor Tomaz de Lima. Respeito seus pontos de vista e reconheço que os colonos não poderiam ter escolhido procurador mais capacitado. Estaria o major entendendo o que ele dizia? Diga-me, senhor major, sua pretensão é dirigir-se ao presidente, diretamente? Oto Heise falava com dificuldade, irei diretamente à Câmara dos Representantes da nação. O assunto se arrasta, há muita agitação entre os meus compatriotas, a colônia está dividida, tenho feito o possível para acalmar os ânimos. Severino estaca, carrancudo. Por acaso isso significa ameaça aos poderes constituídos? Ameaça a quê? Aos poderes constituídos. Repito, senhor inspetor, que levarei o assunto ao conhecimento das autoridades, para isso tenho procuração. Se for preciso, procurarei o próprio General Lima e Silva. Desculpe, major, mas sua atitude está me parecendo algo petulante, não permito que passem por cima de minha autoridade. Como militar, não tolero indisciplina. Oto Heise disse, estou aqui como procurador e não como militar. O próprio imperador determinou que os colonos nomeassem oficialmente seus procuradores. O imperador não é mais imperador, replicou o inspetor. E, se quer saber, sou a maior autoridade aqui para tais assuntos. Então o major explicou que os colonos estavam se matando nos lotes por causa da falta de demarcações, muitos passavam fome e havia quatro anos que nada recebiam do que lhes era devido. O tenente-coronel ficou vermelho, deu um soco na mesa e gritou: nossa entrevista terminou, retire-se.

À noite Oto Heise relata aos seus amigos Salisch, Krieger e Germano Klinglhöefer o seu encontro com o inspetor-geral das colônias. Saibam, Tomaz de Lima era outro homem, inclusive mais educado. Esse coronel é intratável, arrogante e muito senhor da sua suprema autoridade. Salisch disse, você estava prevenido contra esse inspetor. É homem de caserna, bitolado. Germano não escondia o seu ódio, que eles não pensassem que as coisas iam ficar assim eternamente. Então Heise conta que recebera um recado da Picada Café, mandado por Jacob Sperling, um dos colonos torturados na *Presiganga*. Sperling informa que a revolta para aqueles lados está ficando incontrolável, os colonos se combinam para realizar uma passeata pelas ruas de São Leopoldo. E não haverá o perigo de serem atacados pelos soldados do batalhão? pergunta Krieger olhando para o major. Ah, não acredito, João Manuel não é de tomar tais medidas. No fundo, está do nosso lado. Germano Klinglhöefer não esconde a sua irritação, caminha até a janela, vê as ruas vazias, ao longe uma carreta se arrastando, volta-se para os amigos, todos pensativos, calados. Pois cá estamos nós, os soldados do império nos seus quartéis, recebendo o soldo com regularidade, os oficiais esperando que o tempo passe para serem promovidos, e a nossa gente, nas picadas e linhas, a nossa gente como animais, comendo o que conseguem arrancar da terra, vestindo trapos, vendo os filhos morrerem de doença ou roubados pelos bugres. Ontem fiquei sabendo, três colonos foram mortos em Dois Irmãos e uma criança desapareceu nas mãos dos bugres. Na Picada Hortênsio houve uma verdadeira chacina, onze alemães mortos pelos selvagens e dois deles, gravemente feridos, morreram dias depois. E eu pergunto: que fizeram até agora as autoridades? Pois eu respondo: destacaram meia dúzia de praças bêbados que vivem dormindo nos seus bivaques, comendo e bebendo à custa da nossa gente. Pergunta a Krieger se ele havia falado com Godfroy Kerst e com Stepanousky. O outro disse que sim, estão ambos em Porto Alegre, podemos contar com eles. Heise pergunta pelo Reverendo Frederico Cristiano, irmão de Germano. Ele anda desconfiado. Fiquem tranquilos, responde Germano, é meu irmão, é pastor evangélico, é homem de bem.

4.

Catarina resistiu até o último dia. Concordara em não viajar de carroça por aqueles caminhos difíceis das picadas, os solavancos eram grandes demais. Mas concordara depois do sétimo mês. Ajudava a cuidar da cozinha, tomava as lições de Philipp, ela própria dava comida para Carlota e Mateus, geria os negócios do empório, expedia portadores com bilhetes para as colônias; para Jacobus, no Portão, para os atacadistas do Caminho Novo, em Porto Alegre. Recebia as encomendas para a ferraria, tratava de colocar as carroças e os serigotes entre os interessados, cuidava das manias de Daniel Abrahão e vivia preocupada com o alheamento de Juanito por tudo o que acontecia em redor. Ah, Deus do Céu, uma barrigada dessas no justo momento em que os negócios cresciam, as encomendas se multiplicavam, quando os colonos começavam a brigar entre si por causa de cercas malcolocadas, quando as prisões se tornavam rotina, forças do exército catando vítimas, uma conjura misteriosa ganhando as primeiras páginas dos jornais de Porto Alegre.

Por fim, numa noite chuvosa, relâmpagos clareando as ruas mortas – Daniel Abrahão enfurnado lendo em voz alta trechos de sua velha e sebosa Bíblia – as dores do parto começando, primeiro espaçadas, depois amiudando, aquela espécie de cólica repuxando os intestinos. Carlota sem dormir, choramingando com medo dos trovões, raios e relâmpagos. Caminhou com dificuldade até a oficina iluminada por quatro lampiões dependurados nas travas do teto, chamou por Emanuel que fazia serão, debruçado no trabalho, tentando encaixar as duas cambotas no meião de uma roda de carreta. Quando avistou a patroa apoiada numa estaca, sob o telheiro da porta, correu para ela:

– Alguma coisa, Frau Catarina? A senhora não está bem, a gente vê.

– Estou bem, quero que você vá chamar Frau Apolinária, ela terá trabalho hoje à noite.

Pediu que ela fosse deitar-se, estaria de volta sem demora trazendo a parteira. Saiu correndo. Frau Apolinária Metz morava na Rua do Fogo, duas quadras dali. Catarina retornou para dentro de casa, botou gravetos no fogão, atiçou as chamas e sobre a chapa de ferro colocou uma grande chaleira tisnada. Falou para a filha que não ficasse assustada, era a chuva lá fora, Pai do Céu estava brabo, mas não era com ela. Enxergou claridade saindo da toca do marido, tirou lençóis velhos de uma arca rústica, deitou-se dobrada em dores. Agora sim, as pontadas agudas, repuxadas, uma em cima da outra; a voz distante e abafada de Daniel Abrahão na sua ladainha de sempre, o cheiro acre da fumaça negra do lampião.

Quando a parteira entrou na peça, o filho estava nascendo. Catarina mordendo um pedaço de pano. A mulher começando a ajudar, falando sempre, Emanuel que fosse buscar uma bacia com água quente, não muito quente, que abrisse a sua bolsa de fole, faça um pouco mais de força, respire fundo, quem sou eu para ensinar padre a rezar missa, assim, vejam só, um menino, um belo, até que a coisa foi mais fácil do que se poderia esperar, o pai devia estar presente, afinal é nessas ocasiões que a gente mais precisa dos homens, o apoio moral. Na primeira palmada o menino chorou e Daniel Abrahão suspendeu a leitura da Bíblia. Aguçou o ouvido, esperava por aquele vagido, uma espécie de chamamento divino, Onipotente, eterno Deus e Pai, criador de todas as coisas, que por tua graça transformas a angústia do nascimento humano em cruz edificante e santa, pedimos-te, ó Pai misericordioso, que preserves a obra das tuas mãos. Alguém batia na porta fechada do alçapão. A voz surda de Emanuel:

– Herr Schneider, nasceu o seu filho.

Muitas horas depois, Catarina exausta, dormindo, Daniel Abrahão e Juanito encostados na porta, Emanuel fazendo um chá de cidró, enquanto Frau Apolinária guardava as suas coisas na maleta. Já haviam pesado o menino na balança do empório, não se preocupem, havia dito a parteira, é forte como um touro. A chuva havia passado, disse que não queria a companhia de ninguém, Emanuel que ficasse por ali, iria embora sozinha, isso fazia parte da sua profissão, estava acostumada. O dia começava a clarear, era um sábado pesado, as nuvens ainda ameaçadoras.

Catarina abriu os olhos, viu o marido de pé, Bíblia nas mãos, tudo parecia muito distante e vago.

– Um menino, Daniel Abrahão.

– Louvado seja Nosso Senhor Jesus Cristo!

– Sabes, já escolhi o nome dele. Vai se chamar João Jorge. Sonhei agora mesmo que ele será o nosso amparo na velhice.

O marido disse, que Deus escreva esta profecia, Catarina. O Dr. Hillebrand chegou mais tarde, já encontrando o pequeno quarto cheio de gente, os outros filhos sentados na cama, o marido tomando café. Auscultou a mãe, examinou o menino, uma beleza de criança, meus parabéns, está tudo como se quer. Daniel Abrahão corrigiu, como Deus quer. O médico disse que aceitava um café. E uma coisa, Frau Catarina, nada de empório por uma semana, pelo menos. Quanto ao leite, não se preocupe, poderia amamentar três crianças iguais a esta. Bebia o café em grandes goles, saboreando fatias de pão caseiro cobertas de *schmier*. Disse que há muito não comia pão igual. Isso se devia ao... como é mesmo o nome que darão ao menino? João Jorge. Belo nome. Ao sair, passou pelas oficinas. Ficou admirando o trabalho de dois rapazes montando uma roda, tentando encaixar as duas cambotas sob as rodas de Emanuel. Perguntou, estão agora fazendo carretas? A primeira delas, doutor. A primeira sempre é mais difícil. O médico disse, para as nossas estradas carreta é melhor, resiste mais, isso na minha opinião, que não entendo dessas coisas. Então Emanuel mostrou a Hillebrand a canga lavrada por Daniel Abrahão, uma obra-prima, disse o médico. É trabalho de escultor. E esta peça aqui, de forquilha? Emanuel explicou que aquela peça se chamava, em língua nativa, de *muchacho* e que servia para descansar a junta de bois. Então ele não entendeu quando o médico, de saída, disse: precisam inventar uma coisa dessas para descanso dos médicos. Já era tempo.

Pegando de sua enxó Daniel Abrahão disse para si mesmo: seu nome é João Jorge, Deus saberá cuidar dele.

5.

Gründling esperava que a negra Mariana limpasse as suas botinas, escarrapachado na poltrona, pernas estendidas, só de meias listradas. Estava preocupado com os últimos acontecimentos da Colônia, já se falava em insurreição dos alemães, uma calamidade para os negócios, onde essa gente tinha a cabeça, sabendo que diariamente chegavam novos presos que abarrotavam as cadeias. O velho navio do Guaíba quase fazendo água de tão cheio, os políticos locais confabulando, notícias alarmantes chegando da Corte. A negra Mariana repetiu a mesma pergunta duas vezes, tão distraído andava o amo: não iria levar Frau Sofia para ver a nova iluminação da Rua da Praia? Ele disse, uma porcaria de iluminação, por amor de Deus, meia dúzia de lampiões de óleo de baleia, aquelas horrendas armações de ferro batido, fique sabendo que temos mais luzes dentro desta casa do que toda a maldita Rua da Praia de ponta a ponta. Não, Frau Sofia não precisava ver nenhum vapor chegando, isso não era mais novidade, e se quisesse ver bastaria chegar numa das janelas dos fundos. Com uma vantagem: não sentiria o fedor do cais, pior do que o fedor das charqueadas. Pois não acho que ela precise de sol, gosto dela assim como ela é. Vamos, limpa de uma vez a droga dessas botas. Será que nem para isso vocês servem? Sofia entra na sala carregando Albino nos braços, enrolado numa trama de panos e de rendas, só a carinha rosada de fora. Gründling estende os braços e pede, deixa eu ficar um pouco com ele no colo. Não pesa nada, esse menino. Caminha com o nenê pela sala, só de meias, cantarolando alguma coisa inventada na hora. Sofia lhe toma o filho, tão desajeitado que pode derrubar o menino. Ele calça as botinas, ao meio-dia estarei de volta, vou me avistar com o comandante da Polícia. Nada de maior, boatos sobre os alemães de São Leopoldo, aqui eles sabem que podem contar comigo.

– Tenha a bondade, Herr Gründling, o Coronel Alves de Morais está à sua espera – diz um tenente que o acompanha.

Ao entrar na sala notou que a entrevista não seria exclusiva, havia outros cidadãos circunspectos. O comandante se adiantou, mão estendida, era um prazer receber tão ilustre comerciante. Passou a apresentar os homens, Antônio José Ramos, cirurgião-mor de São Leopoldo, o Coronel Vicente Freire e seu filho Diogo Freire. Pediu que ele sentasse. Houve um silêncio constrangedor, todos se entreolharam, o comandante calado também como a querer criar um clima de expectativa. Pegou de cima da mesa um cortador de papel e com ele ficou batendo na palma da mão.

– O senhor talvez não saiba o motivo desta reunião.

Passou a dizer que as autoridades estavam acompanhando de perto os acontecimentos da Colônia, seus informantes mais ilustres e de confiança mandavam notícias a respeito de vários focos rebeldes no interior, disse que tinha em mãos relatórios minuciosos e neles apareciam amiúde nomes de oficiais de alta patente como suspeitos. Gründling poderia ficar tranquilo, as autoridades saberiam como lidar com os brasileiros, ele havia sido chamado ali por causa da gente alemã, havia a dificuldade natural da língua e isso poderia causar alguns mal-entendidos desagradáveis. Disse a ele que todos ali reconheciam o seu prestígio na Colônia, sua fidelidade às autoridades do Império e seu respeito às leis brasileiras. Naturalmente ele teria muita coisa a revelar, estava sabendo do que acontecia.

– Bem, sabendo alguma coisa, propriamente, não. Ouço rumores, apenas. A questão da falta de pagamento dos subsídios, a alta taxação sobre artigos exportáveis, a falta de demarcação das terras. Claro, há gente descontente.

– Ah, então o senhor confirma que existe descontentamento entre os alemães.

– Apenas sobre esses assuntos de que falei. O senhor acha que há outros motivos?

– Não haveria ligação entre eles e elementos brasileiros e portugueses, Herr Gründling?

Ele disse que francamente não sabia. Então o coronel levantou-se, ficou frente a frente com seu interlocutor, o senhor estaria disposto a nos ajudar a fazer algumas sindicâncias entre a sua gente? Isso era muito importante para o governo, saberiam recompensar a colaboração. Gründling olhou para os restantes

que permaneciam calados, disse que teria o máximo prazer em colaborar, mas que duvidava muito que se descobrisse alguma coisa, era tudo gente pobre que trabalhava da manhã à noite, quase todos analfabetos ou mal sabendo assinar o nome. Então o cirurgião-mor perguntou:
– O senhor não é amigo pessoal do Major Oto Heise?
– Não senhor. Conheço o major, apenas.
– Mas ele sempre foi o braço direito do Major Schaeffer na Europa.

Gründling sorriu, conhecia muito bem o Major Schaeffer, esse realmente era seu amigo. Agora, essa história de grande amizade de Heise com Schaeffer não passava de exagero. Fez uma pausa, viu os homens com ar de descrédito, perguntou se Oto Heise tinha alguma coisa a ver com essa trama. O comandante voltou a sentar-se:
– Nós achamos que sim, mas nos faltam provas. O senhor seria a pessoa mais indicada para nos conseguir tal coisa. Por exemplo: queremos saber se ele tem mantido contato com o Coronel Bento Gonçalves. E ainda com Germano Klinglhöefer, Godfroy Kerst, Stepanousky e outros.

Durante o almoço, em casa, Sofia perguntou:
– Algum problema maior no encontro de hoje? Noto que estás preocupado.
– Não. O comandante quer apenas a minha colaboração. Um bom e generoso homem, esse militar. Pediu que eu fosse a São Leopoldo espionar alguns alemães suspeitos de conspiração contra o governo de sua majestade.

Sofia não disse nada, baixou a cabeça e continuou beliscando a comida posta no prato. Ele disse, sem apetite como sempre. Sofia: não quero engordar, apenas isso. Depois permaneceram calados. Mariana começou a retirar os pratos e logo depois trouxe duas compoteiras com doces caseiros. Ele apontou para uma delas, fazendo sinal com a mão que queria pouco. Sofia serviu só para ele, descansou as mãos sobre a toalha, olhando pensativa para o marido que devorava a sobremesa em grandes colheradas. Ouviram o trepidar de uma carruagem na rua, a voz de Jorge Antônio lá dentro.
– E qual foi a tua resposta ao pedido deles? – perguntou Sofia.
– Meti a mão no bolso, fiz uma trança com os dedos, e concordei em colaborar com suas excelências. É, largarei os meus negócios e de agora em diante viverei exclusivamente denunciando alemães para o comandante da Polícia.

Ela se levantou, fez a volta na mesa, postando-se atrás da cadeira do marido. Curvou-se, beijando seus cabelos.

XV

1.

O Dr. Hillebrand fechou a maleta e começou a lavar as mãos na bacia sustentada por Mariana. Disse que não era coisa para alarde, Sofia estava apenas muito fraca, quem sabe efeitos do último parto, as mulheres nessas ocasiões cuidam dos filhos e esquecem delas próprias. Um pouco de febre, quem sabe alguma pequena inflamação – passou a enxugar as mãos enquanto olhava para a larga cama, Sofia inerme, olhos fechados –, era uma mulher moça, essas coisas às vezes não duram dois dias, que mandas sem buscar os fortificantes receitados. Saiu do quarto acompanhado por Gründling, recomendou que a deixassem descansar, era até bom que dormisse.

– Fale claro, doutor, não quero ser enganado.

– Não estou escondendo nada, Herr Gründling, sua mulher está um pouco fraca, anêmica, precisa de um tratamento para fortalecer o sangue. Outra coisa: comer em horas certas, deitar cedo, caminhar um pouco, tomar um pouco mais de sol.

– Tomar um pouco mais de sol – repetiu Gründling.

– Claro, isso mesmo, as pessoas precisam tomar sol, sair de casa, andar. O ar puro faz bem a qualquer um.

Mandou o médico de volta na sua caleça, um dos lanchões faria uma viagem extra só para levá-lo. Quando fechou a porta sentiu medo, Sofia muitas vezes alegava dores de cabeça, mal-estar, indisposições, ficava um pedaço da manhã na cama, dizendo que era preguiça. Mas isso tudo passava, ela voltava a ser a mesma pessoa, os dias inteiros às voltas com os filhos, cuidando da casa, inventando o que fosse de melhor para a mesa. E, para a cama, pensou ele. Mas ultimamente mudara, repelia docemente os seus carinhos, não se sentia muito disposta, amanhã, meu bem, sinto dores nas pernas e nos braços. É coisa de nada, passageira. Sentia tonturas ao abaixar-se, dores no peito, uma sensação de que algo se deslocara dentro de si. Mas nunca era nada, ele que não se preocupasse, amanhã seria outro dia. A negra Mariana tivera razão em repetir sempre que a ama precisava caminhar um pouco, tomar sol, tão branca, a pobrezinha. Ele sempre a recusar, não queria a sua mulher com a pele queimada como a das brasileiras, como a pele das índias ou das paraguaias de Izabela. Era aquela cor de leite que ele adorava, a fragilidade de quem tinha o ventre quase transparente, o alabastro das coxas, os seios como nunca vira iguais. O sol macularia a pele delicada do rosto, sem aquela pele não seria mais Sofia. Olhou para as suas mãos pintadas de sarda, aquilo era serviço do sol. O médico não estava certo, que buscasse nos seus conhecimentos outras razões para a doença dela. Não bordaria mais, aquele serviço aplicado de tardes e noites, agulha subindo e descendo, linha tramando, bastidor sempre esticado, daí as dores no corpo.

    Voltou ao quarto, puxou uma cadeira para o lado da cama, a mulher dormindo, pálida e serena, as finas veias azuis tramando desenhos na pele sedosa do colo. Não bordaria mais, as negras terminariam o que fora começado. Notou as mãos largadas sobre as cobertas, dedos finos. Sofia emagrecera e ele nem se tinha dado conta; aquela vida agitada, os negócios tumultuados, Diefenthëler não confirmara a sociedade, mandando dizer que o momento não era oportuno. Schaeffer sumira de sua vida como por encanto, na certa ficara agastado com o seu regresso inopinado do Rio. Pobre Schaeffer. Teria voltado para a Europa? Ele tornaria a escrever, não era homem de se impressionar com os pequenos reveses da vida, coisas piores haviam acontecido e terminava superando a tudo e a todos. Estava para nascer um homem igual a ele.

    Sofia abriu os olhos, viu o marido a seu lado, pegou de sua mão, perguntou que horas eram. Não ouvira as batidas musicais do relógio da sala, estava tudo escuro ou seriam os postigos fechados? Ele sentiu a mão fria e abandonada. Era cedo ainda, havia sol. O médico recomendara que ela ficasse assim, precisava descansar, não se preocupasse com as crianças, estavam cuidadas. Sabe, resolvi não te deixar mais bordar, não tens necessidade disso, ficas numa posição muito incômoda, o doutor me disse que isso não te faz bem. Uns dias a mais na cama, depois uns passeios, era bom caminhar, andar bastante, tomar sol. Ela sorriu, falas como se eu estivesse muito mal, não te preocupes, isso é uma coisa passageira, amanhã ou depois estarei boa novamente. Ele disse, estou certo disso. Estive pensando, quero agora que descanses bem, depois inventarei muitas coisas, por exemplo, esta semana mesmo vou mandar preparar a cabine de ré do melhor lanchão, mandarei atapetar toda ela, botar cortinas, cama de casal com colchões de pena e sempre que puder te levarei a São Leopoldo, a viagem é divertida, poderás tomar sol no convés, te amarei naquele balanço gostoso das ondas, em dia de vento. Iremos ao Rio, vais conhecer a Corte. Ora, as crianças ficarão em casa, Mariana sabe como cuidar delas. Claro que ficarão bem-cuidadas. Lá encontraremos o Major Schaeffer, ele tem uma chave para cada salão. Aquelas mulheres morrerão de inveja, palavra que morrerão. Serás anunciada como a Senhora Spannenberger Gründling e aquelas pobres mulheres portuguesas de pernas tortas e pescoços de touro se sentirão humilhadas. Eu te mostrarei a pedra da Gávea, o Corcovado, o Pão de Açúcar, ninguém pode imaginar o que seja aquilo. Mas agora descansa, fecha os olhos, precisas dormir. Se não dormires, nunca mais falarei contigo, brigaremos.

Ela virou de lado, exausta, ele puxou as cobertas, deslizando a mão pelo seu corpo todo, como se faz com as crianças. Havia na peça um cheiro adocicado de xarope, um cheiro de doença. Sentiu que Sofia dormia. Pensou no pior. Os olhos úmidos terminaram por não enxergar mais o quarto, tudo em redor embaciado, impreciso, turvo.

2.

Jacobus havia chegado de Portão, o primeiro a abraçá-lo foi o filho. As mãos grossas do rapaz, seus músculos rijos fizeram com que o pai sentisse que estava um homem, aquele menino de ontem. Catarina perguntando pelos negócios. Ele disse que tudo ia bem, o ponto fora escolhido com sabedoria, cada dia novos fregueses, agora mesmo chegava em busca de carroças para transportar mercadoria que começara a chegar. E na ida, uma delas poderia seguir carregada de fumo, rapadura, coisas de armarinho, lampiões, enxadas e ancinhos, facões de mato e serigotes, pelo menos quatro. Disse para Daniel Abrahão, prepare uma carroça sem toldo, tenho uma encomenda para uma, urgente. Depois entrou na casa, levado por Catarina, viu o menino num bercinho improvisado, os olhinhos azuis emergindo das cobertas.

– Às vezes nem eu mesmo entendo, Frau Catarina. Com tanta coisa para fazer, ainda sobra tempo para ter filhos.

– A Bíblia diz, Herr Jacobus, que há um tempo para cada coisa.

– Isso diria seu marido.

– Pois um dia ele leu para mim alguma coisa parecida com isso. Guardei na cabeça, não sei por quê. Pois há muita verdade nisso, há sempre um tempo para cada coisa.

Jacobus pediu para o filho encher uma bacia com água fresca, lavou as mãos encardidas, a cara coberta de pó e depois passou as mãos molhadas no áspero cabelo. Disse, Frau Catarina, preciso de pelo menos um tonel de óleo de peixe, é o que mais procuram por lá. Agulha e linha, pano também. Saiba, já construí um novo depósito com paredes de taipa, só para guardar carga que a chuva possa estragar. Fizemos uma horta, estou comendo verduras e tirando sementes. E outra coisa importante: penso numa fábrica de linguiça de primeira qualidade, produto para ser vendido em Porto Alegre. Não sei, não, mas termino fazendo lá um empório mais importante do que este aqui, não me leve a mal a petulância. Catarina disse, pois eu ficaria muito contente com isso, sinal de que a minha escolha foi perfeita.

Depois ele foi até a oficina, viu Daniel Abrahão debruçado no seu trabalho, parecia um profeta. Viu os rapazes montando peças numa pesada carreta.

– Estão fazendo carretas também? – perguntou admirado, examinando de perto a obra.

– Esta é a primeira – disse o filho. – Agora todo o mundo só quer carreta.

Catarina chegou, ouviu parte da conversa, pois saiba que foi seu filho que tirou o modelo. Daniel Abrahão deu as medidas. Tudo indica que vai ser uma bela e sólida carreta. Quando chegou a noite, Catarina fez com que Jacobus e o filho ficassem para comer com eles. Daniel Abrahão estava comunicativo, gostava do amigo, falou durante todo o jantar. Meu caro Jacobus, Deus abençoa o trabalho. Ganharás o pão de cada dia com o suor do próprio rosto. Está certo. As coisas devem ser bem-feitas. Você já ouviu falar, em cabeçalho curto, só bois pequenos. O carro canta quando a chamacheda solta. Vocês estão me entendendo, ninguém muda as leis do mundo, a não ser aquele que está lá em cima e que é o pai de todos. Vê, Jacobus, Deus nos mandou João Jorge e algo me diz que mais uma vez ele escreve direito por linhas tortas. O menino nasceu sob o signo da cruz, como os apóstolos. Você um dia saberá o que significa nascer sob o signo da cruz, o que é o signo da cruz na vida de um homem. Olha aí Juanito, um ser sem fé. Ele pensa que a mulher desapareceu levada pelos espíritos maus. Índio é como animal, não tem fé nem Deus. Catarina disse, come um pouco, homem, a comida está esfriando. Falar nisso, disse virando-se para Jacobus, recebemos uma caixa com vinte e quatro bíblias. Veio a pedido e por recomendação do Pastor Klinglhöefer. Bem que poderia levar uma meia dúzia para Portão. Só três, para experimentar, sabe, Frau Catarina, a gente de lá não é muito de gastar dinheiro com Bíblia. E desconfio que cada uma delas deva custar, pelo menos, meio porco. Daniel Abrahão largou a colher no prato, pelo amor de Deus, não me fales assim sobre a Bíblia. A semente é a palavra de Deus. Catarina fez que não ouviu, então leve só três, Herr Jacobus, nem vi o preço ainda. O pastor quer ficar com cinco. O marido disse: a Bíblia não tem preço. A mulher, ninguém estava falando na palavra de Deus, mas em negócios. Bíblia também custa dinheiro e no caso ela é mercadoria igual a qualquer uma outra, como uma manta de charque, um pedaço de torresmo, um saco de farinha. Daniel Abrahão empurrou o prato, indignado, jogou o talher sobre a mesa e saiu batendo com os pés. Ouviram o estampido da porta de alçapão da furna e o choro imediato da criança que estava dormindo.

Catarina sacudiu um pouco o menino, voltou e prosseguiu na conversa como se nada houvesse acontecido. Tenho um fumo em rama que recebi hoje, gostaria que o senhor experimentasse. Muitos já me disseram que é um dos melhores que andam por aí. Pois, se for assim, respondeu Jacobus, levarei uns rolos para lá, é coisa sempre procurada. Tirou a faca da cintura, alisou com ela um pedaço de palha de milho, picou o fumo de encontro ao dedo polegar da mão esquerda, enrolou-o na palma das mãos e fez um cigarro. Acendeu o palheiro no fogão e, quando voltou tirando baforadas, disse para Catarina:

– Pois saiba que fumo bom está aqui. Levo o que a senhora tiver.

– Vou providenciar amanhã, junto com as outras coisas.

Houve um silêncio entre os dois, Jacobus fumando com prazer, vendo a fumaça azulada subir, ela calada, mãos cruzadas sobre a mesa, ar de cansaço. A senhora deve estar com sono. Ela respondeu, na verdade estou, levanto muito cedo, mas ainda gostaria de falar a respeito de um assunto que nos interessa muito. Trata-se de Emanuel. Sabe, o rapaz já está um homem, precisa casar, está na idade. Não, até onde sei ele não está interessado em moça nenhuma. Nem tempo tem para isso. É o primeiro a chegar e sempre o último a sair. Nunca ouvi ele dizer não. Com mais dois iguais a ele aqui, encomenda jamais atrasaria. É prestativo, o senhor sabe disso, mas eu venho observando que ele anda precisando de mulher. Amanhã ou depois se junta com soldados e vai andar por aí atrás de china, pegando doença, entortando a vida dele como o pobre do filho de Guilherme Lahm, que hoje dizem ser embarcadiço para os lados do Rio e que está com um olho cego por causa de doença pegada de mulher. Pensei nisso e pensei cá comigo, quando Herr Jacobus aparecer por aqui vamos conversar sobre Emanuel, ele está sob a minha responsabilidade, podia ser meu filho, não é, eu sei, não tenho idade para isso, mas pensar no futuro dele não é nenhum crime. O senhor vai dizer: mas casar com quem? Acontece que há a filha de Beckmann, oficial do mesmo ofício seu, moça caseira, quieta, prendada, cuida da casa e dos irmãos menores, tem calo nas mãos, prepara como ninguém conservas de todo o ano, coisa que eu vendo no empório, e sempre que aparece aqui a menina espicha o pescoço para dentro da oficina, estou certa de que anda de olho no Emanuel. Ela se chama Juliana, tem saúde, bom porte, dará uma mulher e tanto para seu filho. Acho bom ir pensando nisso, é claro que não vai decidir na hora, mas eu tenho para mim que tudo daria certo, a menina traz alguma coisa de si para ajudar, e mais valem dois braços ativos que meia dúzia de moedas dentro de um cofre. Pense com calma, consulte sua mulher, e me informe depois. Deixe comigo o resto, sei fazer essas coisas. Agora, vá dormir, amanhã será outro dia.

3.

Gründling concordou em que a reunião fosse em sua casa, era maior, tinha mais espaço, mas com a condição de falarem baixo, Sofia estava doente, o médico recomendara que não a incomodassem. Tobz achou que ele sim, parecia doente, estava pálido e abatido. Afinal, de que mal padecia ela? O doutor disse que estava de sangue fraco, muitas vezes tinha hemorragia, desaparecera a antiga Sofia, estava uma sombra do que fora. Não era mal de contágio, tanto assim que o médico permitia que ela visse as crianças de manhã e de tarde, só que estava ficando sem forças, até a voz começava a sumir. Escrevi para Schaeffer descrevendo a doença em pormenores, o próprio doutor ajudara a ditar certos detalhes, mas até agora nenhuma resposta. Mandamos a carta para o empório de Hamburgo, já estava em tempo de responderem. Quem sabe algum médico alemão de alto saber, uma sumidade na profissão, poderia receitar algo que salvasse a sua mulher. Tobz disse, você está pessimista, isso não deve ser nada, muitas vezes uma doença de mulher, ela é moça e forte, mais uma ou duas semanas começa a reagir, você vai ver.

Schiling relatou o que vira, muito boato na rua, os soldados de prontidão nos quartéis, as autoridades reunidas, militares de alta patente chegando do Rio, a Corte alerta. Gründling mandou que cada um se servisse, quando numa casa falta a mulher, falta tudo. Schiling preferiu conhaque, estava um pouco alarmado, aquecia a bebida na palma das mãos. O dono da casa falou baixo, ninguém está mais seguro nesta terra, quem nos diz o que poderá acontecer amanhã, a malta arrombando as nossas portas e saqueando o que encontrar pela frente. Se não matarem a nós e a nossos filhos. Zimmermann recusou o cálice de conhaque oferecido por Schiling, preferia cerveja, "conhaque me dá azia", perguntou a Gründling qual a sua opinião a respeito da tal Sociedade Militar que estavam querendo fundar em Porto Alegre, ideias vindas do Rio, gente querendo a volta do imperador, outros ameaçando botar fogo nas cidades se ele voltasse. O dono da casa pedia que eles falassem baixo, olhando sempre para a porta do quarto, mas esta sociedade é só de militares? Parece que não, disse Zimmermann. Esse nome deve ter sido posto para dar mais força ao movimento. Estão sendo chamados de "caramurus". No Rio prenderam muita gente, inclusive alemães, entre eles o Barão de Büllow. Permaneceram calados, pensativos, Gründling perguntou:

– Quando pensam eles fundar a Sociedade Militar?

Schiling disse que estava marcada a fundação para aquela noite, mas grossos distúrbios tentariam impedir, isso a polícia descobrira. Imaginem, prosseguiu ele, que até a função de Ricciolini, que levaria à cena o dueto do *Meirinho e a Pobre* e ainda a *Ária do Galego*, foi suspensa com medo das agitações previstas.

Bateram à porta, era Krebs, um empregado de Gründling, cara assustada, roupas de trabalho. Mas como, fechou o empório? O rapaz disse, Herr Bayer resolveu fechar as portas, sim senhor, com medo das tropelias. Ele manda perguntar se não é melhor dormirem todos lá, há perigo de quebra-quebra. Tobz repetiu, eu dizia, eu dizia. Ouviram tiros ao longe, na frente da casa passava uma patrulha, o tropel dos cavalos devia estar perturbando o sossego de Sofia. Gründling determinou: Zimmermann voltaria com o rapaz e comandaria a defesa do empório. Schiling trataria de afastar do cais os lanchões, se possível fazendo com que regressassem a São Leopoldo. Ficou só com Tobz. Mariana veio acender os lampiões, a noite havia caído. O dono da casa disse que Tobz ficaria para jantar, ele que não se preocupasse, havia muito conhaque para muitas noites. Pediu licença e entrou no quarto. Sofia parecia dormir, a peça iluminada apenas por uma lamparina. Os bracinhos magros sobre as cobertas, os louros e grandes cabelos esparramados no travesseiro branco. Como sempre fazia, sentou-se na cadeira ao lado da cabeceira, ficou olhando sem dizer nada, as lágrimas escorrendo pelo rosto, com medo de que ela acordasse e o visse chorando.

Mariana servia a mesa sem fazer o menor ruído, os dois comiam calados. Quando ouviram tiros, barulho de gente – tudo muito distante –, Gründling disse, Mariana, passa a tranca na porta, verifica as janelas da frente, fecha os fundos. Desapareceu num dos quartos, voltando com duas espingardas. Fica com esta, ordenou a Tobz, temos munição para dois anos de guerra. Perguntou à negra se o cocheiro havia recolhido a caleça, que fechasse tudo e desse a ele outra espingarda. Era para atirar no primeiro desordeiro que tentasse arrombar o portão. Enquanto isso, Tobz, serve mais bebida para nós. Deita aí no sofá, eu vou ficar ao lado de Sofia. Sentia-se esgotado. Largou a arma em cima de uma arca, deitando-se vestido ao lado da mulher que acordou. Ela disse, alguma coisa está acontecendo, ouço o barulho. É alguma festa popular, falou Gründling, gente da rua soltando fogos. Estás te sentindo melhor? É coisa de mais alguns dias, me disse o médico. Ela disse, cada dia que passa me sinto mais fraca, não sei o que é, às vezes não sinto os pés nem as mãos, ando muito esquecida, não sei mais dos dias da semana, nem do mês. Com as janelas fechadas, não sei quando é dia ou quando é noite. Agora é noite, ele disse, não vou sair, quero ficar aqui a teu lado, estou também muito cansado, fecha os olhos e dorme. Ficou ainda um pouco de ouvido atento, imaginando o que poderia estar acontecendo no centro, tiros e correrias, o comandante da Polícia falando na assembleia de fundação da Sociedade Militar, dizendo, meus senhores, mais do que nunca o Brasil necessita da volta do imperador, sem ele será o caos. Sofia mexeu-se, gemendo, agitada, ele aproximou de seu rosto esquálido a luz fraca da lamparina, seus lábios estavam inchados, arroxeados, partiam-se em alguns lugares. Rilhava os dentes de ódio contra tudo aquilo, a doença da mulher, o povaréu nas ruas, os negócios parados – era de empunhar a espingarda, encher os bolsos de munição e sair dando tiros a torto e a direito, na cara dos negros, nos soldados, nos alemães, ir despejando a arma nos mercadores ambulantes, nos cavalos, entrar na Sociedade Militar e fuzilar o comandante da Polícia na hora em que falava, ele cairia de olhos abertos na frente de toda aquela gente, haveria espanto e correrias, a guarda inteira atiraria contra ele, via o clarão saindo das escopetas, ele morrendo, querendo morrer.

4.

Alguns homens estavam reunidos, haviam tido a preocupação de chegar um de cada vez, num casebre de tijolos sem reboco, meia-água, ao lado de um terreno pantanoso. Estavam próximos da velha Ponte do Riacho, entre o Beco do Cemitério e a Rua das Belas. Oto Heise, Frederico Krieger, Germano Klinglhöefer, Hermann Salisch, João Jacob Decker e Frederico Engerer.

– Teriam desconfiado de alguma coisa? – perguntou Germano ainda no escuro.

– Não – disse Oto Heise que chegara vestindo uma roupa de colono, calças riscadas tapando o cano das botas militares. – Eles estão muito preocupados com a sua própria gente. Há vários oficiais da guarnição de Porto Alegre que se negaram a aceitar a organização da sociedade. Na Polícia também há casos idênticos.

Decker vestia uma espécie de pala e o chapéu de abas largas escondia, em parte, os cabelos loiros e finos. Ele perguntou se continuava de pé o plano traçado em São Leopoldo. Heise disse, positivo. Todos deveriam agir mais com o corpo e com as pernas do que propriamente com a boca. A maioria deles não falava português e os que falavam seriam traídos pelo sotaque carregado. Deveriam evitar ao máximo qualquer identificação, seria perigoso. Usou uma frase que era a sua preferida nas reuniões prévias: viemos aqui para ajudar a botar lenha na fogueira. Informou que em São Leopoldo Godfroy Kerst e Stepanousky, além de Felipe Feldmann, agrupariam os colonos para uma passeata contra a formação da Sociedade Militar em terras da Província. Krieger disse, em Rio Pardo acontecerá a mesma coisa. Oto Heise afirmou, ou os caramurus recuam dos seus intentos ou acabaremos a coisa à bala. Para os lados da reunião é que deveria ser levado o povo, os oradores brasileiros deveriam ser muito aplaudidos. Lembrou que os escravos estavam contra o governo, mas eram de natural medrosos. Chegava a hora de saírem. Cada um para o seu posto, não era preciso repetir nada, se a coisa começar a esfriar, nada como uns tiros de garrucha para o ar. Heise perguntou, tudo pronto? Começaram a sair, cada um para um lado.

Na Rua da Praia estava a baderna. Os soldados formavam um quadrado de guerra nas proximidades do Largo da Alfândega, populares gritando e atirando pedras. Abaixo os caramurus, abaixo a Regência, morras a D. Pedro I, fora com a Sociedade dos Militares. Nos terrenos baldios e esquinas os escravos batendo tambores e acendendo velas, magotes de cachorros assustados, quebrados os primeiros lampiões de óleo de baleia, suas ferragens retorcidas. O pior acontecia com os piquetes de cavalaria. Fustigados pela gente das ruas, investiam os soldados distribuindo golpes de espada, derrubando civis a patadas de cavalo. Oradores espalhados atraíam agrupamentos maiores, muitos empunhando archotes. Oto Heise vira os quadrados de soldados atirarem duas vezes seguidas, não sabendo se contra o povo ou para cima.

Meia-noite passada, os alemães vindos de São Leopoldo começaram a voltar para o casebre da velha Ponte do Riacho. Salisch com um ferimento de pedra no rosto e Krieger baleado na altura do peito, sangrando muito, trazido por Germano e Decker. Formaram uma roda em torno do companheiro, Salisch dizendo que o ferimento não fora profundo, precisava urgente de assistência médica. Patrulhas andavam prendendo os que ainda se aventuravam pelas ruas,

o toque de recolher havia sido dado. Decker e Germano se encarregariam de levar Krieger a um médico conhecido, morador na Rua da Olaria, enquanto Oto Heise, que não poderia ser visto em Porto Alegre, tentaria chegar até um dos lanchões transportadores de Gründling, de manhã bem cedo. Passaria aquele resto de noite ali mesmo. Krieger saiu carregado, Oto ainda disse em voz baixa:
– Os caramurus adiaram a fundação da sociedade. Esta vencemos.

Engerer ficou fazendo companhia ao major. Disse, fiquei com pena dos pobres negros, eram os mais visados. Vi um deles morrer quase do meu lado, um soldado atirou a queima-roupa. Outros dois homens morreram no Beco dos Ferreiros. Deve ter morrido muita gente, isso só saberemos com o tempo. O principal, disse Oto Heise, é que eles não conseguiram o seu intento esta noite. Isso foi uma derrota para essa gente. Talvez sirva de lição.

Antes do amanhecer bateram de leve na porta, Heise e Engerer empunharam as armas, mudos. Ouviram a voz de Decker, sou eu, João Jacob. Entrou sem conter as lágrimas, Krieger havia morrido antes de chegar à casa do médico, estava lá, agora, deveriam pensar o que fazer de manhã. Heise disse, malditos ainda pagarão caro por isso. Logo depois chegava Germano, abraçou-se aos companheiros, que desgraça acontecer isso para Krieger. Disse a Oto Heise, você deve voltar de qualquer maneira de lanchão, eu e Decker ficaremos em Porto Alegre para cuidar do corpo dele, vou pedir uma das carroças do empório de Frau Catarina.

Engerer e o major tomaram a embarcação à última hora, a cidade não havia ainda voltado à sua vida normal, piquetes de cavalaria dos imperiais percorriam as ruas desertas, negros de mãos amarradas às costas, cabresteados pelo pescoço, era tangidos por milicianos e as águas do Guaíba anunciavam um dia de calor.

5.

O cego Jacob tocava uma *viola de gamba*, de seis cordas, comprada por Gründling de um capitão de sumaca que lhe dissera que nunca encostara seus dedos naquilo. A princípio Jacob estranhara, era difícil produzir o som, passou uns dias no seu quartinho tentando acertar suas músicas, tirando as notas com cuidado, antes da noite Izabela acompanhando com carinho o seu aprendizado, cantarolando suas melodias dolentes, dizendo que a cada hora que passava ele dominava mais o instrumento. Agora já enfrentava a freguesia de Izabela, as mulheres fazendo roda para ver a habilidade do cego, ele de ouvido colado nas cordas, dedos ágeis. Naquela noite a boataria esvaziara a casa, só um recente coronel da Guarda Nacional com mais dois companheiros, festejando a nomeação para tão alto cargo. As meninas espiando a cidade lá embaixo, havia muita confusão, soldado por todos os cantos. Izabela a pensar, se ainda Herr Gründling aparecesse a casa ganharia mais confiança, mas o homem sumira há semanas, com a doença da mulher não saíra mais de casa. O coronel estava duro no seu vistoso fardamento, cheio de dourados, grandes dragonas com franjas, os amigos orgulhosos, era preciso comemorar. Escolheram a melhor menina da casa, carregaram os dois para o quarto, aos gritos de felicidade, coronel, mostre a força da Guarda Nacional. Jacob no seu canto, tentando vencer o novo instrumento. Um dos homens gritou: por que este cego não aprende primeiro para depois ganhar dinheiro? Os outros riram, batendo na mesa, toca outra vez, toca outra vez. Ele agora vai tocar até aprender. O coronel voltou do quarto, só de culotes, chamou Izabela, isso assim não vai dar, não consigo nada com o raio do cego arranhando essas cordas aí, prefiro que não toque nada. Com piano era uma facilidade, a gente se acostuma com as coisas. Izabela disse, Jacob, descansa um pouco, todo mundo está muito irritado esta noite, ouves tiros lá embaixo? Não sabemos o que acontece, querem fundar uma sociedade aqui, outros não querem deixar que fundem. Vá uma vivente entender essas coisas de política. Descansa um pouco, toma uns goles de cerveja. Ele disse, prefiro ir embora, não estou me sentindo bem, acho que não toquei nada. Com piano era uma facilidade, a gente se acoscordou, pois que fosse dormir. Levou o cego à porta, foi com ele até a esquina. Chega logo em casa, há muito soldado pela rua fazendo estrepolia. Um negro passou correndo pelos dois, seguido de perto por quatro soldados montados, brandindo espadas no ar. Ele quis entrar no salão, mas foi alcançado antes, cercado, recebendo planchaços de todos os lados, até cair, pisoteado pelos cavalos. Os soldados voltaram a galope, não viram Izabela e o cego que haviam entrado num terraço baldio. Ela disse, Jacob, acho melhor voltares, é perigoso andar na rua hoje. Ele agradeceu, morava perto, em poucos instantes estaria no seu quarto. Izabela voltou correndo, passou pelo negro caído numa poça de sangue, bateu forte na porta, abriram e ela entrou sem fôlego, meu Deus, o que está acontecendo neste mundo? O coronel e seus amigos foram ver o negro, voltaram indiferentes, não havia mais nada a fazer, o negro estava morto. Boa coisa não andara ele fazendo, na certa fora apanhado roubando.

Aquela noite ficaria para sempre na memória de Izabela. O salão ficara triste sem música, aquele negro morto do lado de fora, as meninas assustadas, muitas delas chorando. O coronel, agora novamente fardado, reclamando de tudo, que diabo de casa era aquela onde as mulheres em vez de trabalharem ficavam como imbecis, chorando pelos cantos, afinal estava ali para comemorar a sua nomeação para tão alto posto da Guarda Nacional. Queria muita alegria, que viessem todas para sua mesa, esquecessem o negro na rua, essa gente fazia das suas e merecia castigo. Izabela perguntou a ele, o senhor não está ouvindo o barulho dos tiros lá embaixo, algo de grave está acontecendo, há piquetes de cavalaria por todos os lados, perseguindo e matando gente. O coronel pensou um pouco, não sabia de nada destas coisas, a não ser a instalação da Sociedade Militar, mas isso era coisa pacífica, sua mulher estava crente de que ele estivesse lá, mas a sua nomeação merecia coisa diferente. Duas meninas fecharam com estrondo uma das janelas, gritaram que a casa estava cercada por soldados de cavalaria, ouviram tiros disparados junto às paredes de madeira, o coronel aos gritos de que aquilo era uma afronta, reclamaria pessoalmente do comandante da Polícia. Foi quando notaram fogo na parte dos fundos, a madeira seca ardia com rapidez, as mulheres aos gritos estéricos de fogo, todas tentando sair pela mesma porta. Quando Izabela chegou na rua, o salão expelindo labaredas altas e crepitantes, viu ainda os piquetes em debanda, o coronel e seus amigos fugindo ladeira abaixo, as meninas se agrupando em volta dela, o que fazer, minhas roupas lá dentro, as minhas coisas. Izabela sem atinar com nada, o fogo devorava as únicas coisas que possuía na vida. Ainda se Gründling estivesse ali!

Mandou as meninas embora, cada uma que procurasse um lugar onde ficar. Ela se lembrou da casa de Jacob, do seu quartinho no rés do chão, lá se abrigaria, lá procuraria entender o que estava se passando. Caminhou como autômato, não saberia em que pensar, vinha sempre à cabeça alguns trechos de um *purahjeí* muito distante, ela menina, uma tasca cheia de bêbados, seu pai atrás de um pequeno balcão de madeira. Quando chegou, viu uma aglomeração na frente da casa, homens em mangas de camisa, mulheres com andrajos de dormir, gente muito pobre, algumas crianças choramingando. Que se passava? Uma mulher agarrou no seu braço, dona Izabela, que desgraça, um homem tão bom, não fazia mal a ninguém, parecia sempre tão feliz. Que homem? O cego Jacob, dona Izabela. Onde está Jacob, que aconteceu com ele? Um português gordo bateu nas suas costas, não foi nada dona Izabela o ceguinho se matou.

XVI

1.

VOLTAVAM DA IGREJA, CATARINA MESMA DIRIGINDO A CARROÇA, Daniel Abrahão a seu lado, Emanuel e Juliana mais atrás, num banco improvisado, de couro cru. Ele disse, Frau Catarina, não sabemos como agradecer tudo o que tem feito por nós. Ela respondeu fustigando os cavalos, basta que você continue como até aqui, meu filho. Daniel Abrahão virou-se para o casal, vocês têm agora a seu lado o Deus de Abrahão, o Deus de Isaac e o Deus de Jacob; o reverendo sabia o que estava dizendo quando leu: "o Senhor te abençoe desde Sião".

Era uma tarde de sábado, sem sol, a gente toda se dirigia para a casa da Rua do Sacramento, a maioria a pé, outros de carroça, levantando poeira. As oficinas haviam se transformado como num passe de mágica, desapareceram as pilhas de madeira, as toras, num balcão de trabalho. Estava tudo varrido, cordéis com bandeirolas de papel colorido atravessando as traves do teto, mesas rústicas com pés de cavaletes, as cadeiras enfileiradas formando uma grande roda, o empório fechado, Juanito correndo de um lado para outro.

Catarina levou os noivos até um grande banco, deveriam ficar ali durante a festa. Trouxe as crianças para perto dos noivos e fez com que Daniel Abrahão sentasse ao lado do velho Beckmann com sua grossa camisa de algodão, sem gola. Foi tratar da comida, da cerveja, dos leitões assados. Ao passar pelo telheiro baixo sentiu a mão de alguém puxando seu braço, era Germano. Frau Catarina, uma desgraça, mataram ontem à noite o pobre do Krieger, em Porto Alegre. Ela seguiu, dizendo, vamos conversar aqui dentro. Krieger? Ele então passou a contar. Catarina ouvia calada, de vez em quando pedia detalhes, entrava em alheamento, imaginando como teria sido tudo, o esconderijo deles. Oto Heise arriscando o posto, quem sabe o desterro; a disposição de Engerer, a desgraça de Krieger, até então um homem apático, indiferente, de uma hora para a outra tomando partido, querendo ser dos primeiros, fazendo pouco do que pudesse acontecer. Mas eles não fundaram a sociedade, disse Germano. Ela voltou a si, que sociedade? Ele repetiu, a Sociedade Militar que quer de volta o imperador. Não conseguiram. E os outros? Salisch, Engerer, Decker? Todos bem, já de volta, ninguém notara a ausência deles. E a família de Frederico Krieger, avisaram? Dois amigos se encarregaram disso, informou Germano, falando mais baixo com a chegada de gente na peça. Germano disse, vou tomar uma cerveja com o reverendo meu irmão. Faz muito bem, Herr Germano, hoje é dia de festa, tem leitão para uma semana.

Viu quando ele se juntou ao irmão, o abraço trocado; estava confusa, nervosa, tudo se precipitava. Lembrou-se de Oestereich, se esquecera de mandar dizer muita coisa naquela carta. Ele não sabia de nada do que estava acontecendo por ali. Philipp no alto da figueira, era um outro tempo aquele. Afinal trocara todo o imenso naco do céu e de chão por aquela casa da Rua do Sacramento, sem número. Alguém perguntou, o Dr. Hillebrand não veio? É, não aparecera mesmo, o Dr. Hillebrand. Outra pessoa disse, ele está em Porto Alegre, há um doente grave lá. Ela então recordou o dia em que chegara de volta, dizendo ao médico, sou Catarina Klumpp Schneider. Os olhinhos míopes do doutor; não há mais nada contra seu marido, ele pode trabalhar, é um seleiro dos melhores, pode honestamente ganhar o seu dinheiro. A noite em que Germano mandara chamá-la para ver os três alemães espancados no navio-prisão, o médico tratando dos feridos, acalme-se, primeiro vamos cuidar desses homens, isso pode arruinar e não pense que vou me calar diante dessas barbaridades. Perguntara ao médico: que papel estará representando em tudo isso o seu amigo Herr Gründling? Frau Catarina, não se deixe levar pelo seu ódio pessoal contra esse homem. Ele é um comerciante e nada mais. E Schlaberndorf? E João Agner? Carreguem esses leitões para a mesa, sirvam logo o reverendo que deve estar esfomeado depois de todo o trabalho. Olhou para a oficina e viu Salisch chegando, logo depois Decker. Os dois e mais Germano caminharam em sua direção; Frau Catarina, queremos a sua ajuda, Decker precisa de uma carroça para buscar o corpo de Krieger. Ela disse, vou mandar Juanito preparar uma delas, mas eu acho que o corpo não resiste à viagem. Vamos tentar, onde está é que não pode ficar, falou Germano. Um gaiteiro começou a tocar uma alegre música da Alsácia, os convidados começaram a falar ao mesmo tempo, Germano disse que seguiria com Decker para o caso de uma decisão em contrário. Saíram, ajudaram o índio a atrelar os cavalos numa carroça que estava no largo fronteiro, e desapareceram na rua poeirenta. Quando Catarina acercou-se do Pastor Klinglhöefer disse, seu irmão saiu, foi tratar de salvar uma alma. Mas isso é missão minha, Frau Catarina. Nem sempre, reverendo.

Os convidados só viram o piquete quando os soldados apearam dos cavalos suados no portão da casa. Um sargento entregou as rédeas de sua montaria a uma ordenança e caminhou resoluto para o meio de todos. Fez-se silêncio. O homem disse em voz alta, Herr Salisch, o senhor está preso por ordem superior. O pastor caminhou até o militar, mas eu não entendo o que se passa, acho que merecemos uma explicação, afinal também somos alemães como o senhor. O sargento afastou o pastor, caminhou em direção de Salisch, o senhor quer nos seguir ou prefere ser levado à força? Ele disse não sei de que crime sou acusado, mas irei de bom grado. Siga na frente, ouviu do sargento. Saíram os dois, Salisch caminhava pelo meio da rua, os soldados atrás, montados, obrigando-o a correr, de vez em quando. Catarina estava ao lado do reverendo, veja com seus próprios olhos o que estão fazendo; afinal, para eles, não passamos de animais. Virou-se para os convidados, a festa ainda nem começou. Por favor, todos para a mesa, onde está a música que não se ouve mais? O reverendo, por favor, me diga o que está acontecendo. Se eu soubesse, não estaria aqui. Mas a gente termina sabendo. A música recomeçou, a princípio o gaiteiro desencontrado, sem entusiasmo, depois com mais calor, alguns casais dançando, grupos de homens erguendo as canecas de cerveja à saúde dos noivos. Emanuel acompanhando com os olhos as idas e vindas de Catarina, alguma coisa de anormal deveria estar acontecendo, ele ali naquele banco, ela sem poder sair de casa, Salisch preso assim na frente de todos, tangido depois pelas ruas, como um boi.

Quando os últimos convidados saíram, Juanito recolhendo os lampiões, Daniel Abrahão encontrou a mulher estirada na cama, vestida, mãos cruzadas atrás da cabeça, olhos fixos no teto. Sentou-se na beirada do colchão, botou a mão espalmada na sua testa, estou achando que está doente. Não, deves estar cansada. As crianças já foram deitar, Philipp foi o primeiro a dormir. Boa-noite. Desceu para a sua furna, fechou o alçapão, acendeu o lampião, abrindo a Bíblia.

Catarina contava as tábuas do forro, as teias enegrecidas pela fumaça dos lampiões, imaginava o céu estrelado acima de tudo – como nas longas e calmas noites do Chuí. Ou como nas noites tenebrosas de guerra, as patas dos cavalos dos castelhanos pisoteando as hortaliças. Ela com seis meses de barriga – era Carlota –, Gründling falando sem parar em Schaeffer, sim o Major Schaeffer. O homem forte da Corte, o todo-poderoso. Ele dizia, no meio destas castinholas de escravos, isso não é vida, você precisa deixar esse chiqueiro, isto aqui é para negro e não para gente branca. Veja só, olhe para a barriga de sua mulher, um outro Schneider que vem aí. Que pensa fazer quando ela parir? Uma grande oportunidade, terra que não acaba mais, um negócio muito rendoso. Que Deus me perdoe se tudo isso que digo não for a pura verdade. Só não vê quem é cego. Schlaberndorf, Agner, agora Krieger; era só o que faltava chorar no dia de hoje, Emanuel iniciando uma vida nova, os negócios como Deus quer, as crianças e o marido com saúde, mas não me envergonho disso, é choro de ódio, não de tristeza. Gründling pagará por tudo isso. Vou bater na sua porta, é aqui que mora Herr Cronhardt Gründling? Diga que é de parte de uma amiga sua. Vim tomar satisfações, quero saber toda a verdade, chega de semear tanta infelicidade; se não quiser falar, se mentir, morre como um cão na soleira da porta da sua própria casa. Está vendo esta arma? Pois ela falará por mim.

Carlota estava com o sono agitado. Ainda se via a réstea de luz escapando pelas frinchas do alçapão, Daniel Abrahão falava com Deus. Catarina dormiu vestida.

2.

Vale a pena, escuta, este é o Diálogo Preliminar. Diz aqui, um teatro ambulante, ainda em início, a figura do empresário, o poeta – homem idoso – o Gracioso da Companhia. Então começa a fala do Empresário: Amigos! (que ambos vós já bastas vezes nas aflições e apertos me salvastes) Vingará na Alemanha a nossa empresa? Quero agradar ao público, e preciso, que o público é real, e eu vivo dele. Estás escutando, Sofia? Ela só moveu os olhos, sussurrou qualquer coisa com a boca em ferida, Gründling chegou o ouvido quase junto ao rosto dela, escutou, a luz forte me faz mal. Ele disse, fechando o livro, nem me lembrei disso, e depois eu mesmo custo a entender o que diz o nosso poeta. Baixou a chama do lampião ao mínimo, perguntou se ela queria umas compressas sobre os lábios, a água fresca minorava as dores. Dói muito, querida? Molhava um lenço num pires, colocava-o sobre a boca gretada, o rosto lívido, sumido, lembrou-se do anel de ouro, as duas mãozinhas cruzadas, entre elas, escamoteado, o vazio para o veneno. Naquela longa agonia, quantas vezes teria ela pensado no anel? Sofia sentada como uma rainha no camarote do Teatrinho Particular, minhas senhoras e meus senhores, respeitável público, era o anúncio de paz, fim da Cisplatina, as duas moças entrando em cena, desfraldando a bandeira imperial, pétalas de rosas jogadas sobre o público atônito, os soldados dando hurras, o pardieiro tremendo, os atores mudos, paz é bom para quem não tem negócios. Trocou a compressa, pegou de sua mão, estava tão fria, a veiazinha tão fraca. Ele entrara por aquela mesma porta, ela decidiu, sou escravo de sua decisão, sabia que mais cedo ou mais tarde isso aconteceria, estava escrito. Revia a menina nua, mais branca ainda do que sempre fora, o guarda-roupa de espelho mostrando Sofia de costas, que selvagens nós somos, meu Deus. Ouvia-se dali o palratório das crianças na cozinha, com as negras, estava na hora de irem para a cama, diria isso para Mariana, ficariam só os dois, quantos dias ainda, juntos? Ficara naquele mesmo quarto uma semana, duas, quanto tempo nem se lembrava mais, uma pequena eternidade, ela viva, quente, vibrando como um pontaço de faca na madeira. Seus cadernos com garatujas infantis, onde andariam os seus cadernos? Dona Felipina ensinando a aluna, o dia em que pediu para ela ler um trecho de livro, o medo dela, o gesto de esconder o rostinho entre as mãos. Muito bem, não pensei que estivesse tão adiantada. Ela dormia, a respiração quase imperceptível, agora. Saía sem fazer o menor ruído, deixe que ela descanse, que durma, passarão as dores, não sentirá as feridas ao redor da boca, nem as escaras nas costinhas magras, mande alguém saber se Schaeffer escreveu enviando a receita de algum médico famoso, a medicina andava tão adiantada na Europa, faça alguma coisa por ela. Colocou as costas da mão na sua testa, dormia ou morria? Respirava, tão cansadinha de respirar, se tudo acabasse voltava para a companhia do amigo, aqui estou, vamos para a Rússia, nada mais me prende àquela terra. Ah, sim, as crianças vieram comigo. Elas são um pouco de Sofia. Ouviu baterem à porta, alguém que batia forte com os nós dos dedos na madeira. Levantou-se com cuidado, caminhou pé ante pé, Mariana passava para atender, ele fez sinal pedindo silêncio, foi ver quem era.

Capitão Benjamin Blecker, em pessoa. Schaeffer, foi seu primeiro pensamento, Schaeffer mandando a receita do remédio milagroso, Sofia salva, Deus olhava para eles. Falou baixo, espalmando a mão esquerda, enquanto cumprimentava o velho marinheiro.

– O senhor caiu do céu, não tenho pensado noutra coisa, por favor fale baixo, minha mulher não está passando bem. Diga, quando chegou? Traz notícias de Schaeffer.

– Sim, trago. E o senhor, como vai?

Gründling levou-o para a sala, sentou-se, pedindo que ele fizesse o mesmo, viu nervoso quando o comandante meteu a mão no bolso, tirando lá de dentro, amarfanhado, um envelope. Reconheceu a letra do amigo. Sim, é a carta que estou esperando, desculpe Capitão Blecker, preciso ler esta carta agora, sei que é uma desatenção, o senhor compreenderá, aqui talvez venha a salvação de minha mulher. Quando rompia o envelope, sentiu a mão pesada do comandante sobre as suas.

– Espere um pouco, antes preciso lhe dar uma notícia.

– Pelo amor de Deus, comandante, temos a noite inteira hoje para o senhor me dar quantas notícias quiser, vou mandar abrir uma garrafa do melhor rum do mundo, lembra-se? Aquele rum que tomamos a bordo do velho *Carolina*. Quero dois minutos, só, preciso saber o que manda dizer o Major Schaeffer.

– Herr Gründling, nem sei como começar. Bem, esta carta me foi entregue no Rio por um senhor chamado Moog, isso há quase três meses. Acontece que fui até a Bahia e por isso demorei a chegar aqui.

Gründling sentiu um estranho pressentimento, deixou a carta esmagada, sob as mãos, enxergava a figura ossuda do Capitão meio a distância, como se estivessem a bordo, flexões dos joelhos, assim o corpo teso, acompanha o balanço do mar. Lamento muito, mas preciso lhe dizer que o Major Schaeffer morreu, isso me foi dito por Moog quando entregou esta carta. O major, se não me engano, estava vivendo entre os índios, buscava ouro, diamantes, pedras preciosas. É claro que deixaremos para beber numa outra ocasião, sua esposa doente, esta notícia desagradável, compreendo como o senhor se sente, me coloco no seu lugar.

Blecker levantou-se, disse que ficaria em Porto Alegre cerca de uma semana, antes de regressar passaria por ali. Espero as melhoras de sua esposa, recomendações a ela. Leia a carta com calma, talvez tenha sido a última que o major escreveu. Fique à vontade, boa-noite. Mariana acompanhou a visita, fechou a porta e voltou silenciosa para dentro, precisava cuidar das crianças.

3.

"Daria uma barra de ouro para que estivesse aqui comigo. Estou entre os botocutos, numa missão religiosa. Tudo é novo para mim, os mosquitos, as cobras, da grossura de um braço, e os índios. Tenho dito para os meus botões, Gründling precisava estar aqui. Sei da existência de minas fabulosas, não morro antes de encontrar meia dúzia delas. Já estou com uma coleção de pedras: esmeraldas e rubis, poucos, topázios e maravilhosos cristais de rocha. Os missionários não se interessam muito por essas coisas, mas sempre vão levando o que encontram. Aposto mil contra um em como esta região tem muito ouro. De repente vou tropeçar em diamantes. Estou entre os boruns, além deles há os aimorés e os gueréns. Fedem um pouco, mas são de boa paz. Só não consigo me acostumar com a tradição que têm de furar os beiços para neles enfiarem rodelas de madeira e, não contentes com isso, dependuram outras nas orelhas. As índias até que não são das mais feias, mas você sabe quando elas estão perto pelo cheiro. A língua deles é macro-jê. Jamais nos entenderemos. Para quem queria viver na corte russa, confesso que isto por aqui é meio opressivo. Mas, assim que puder carregar quatro a cinco mulas com pedras e ouro, desapareço sem deixar notícias."

Gründling suspendeu a leitura da carta, tivera a impressão de ouvir qualquer ruído no quarto. Sofia teria acordado? Fora só impressão. "Vivi não sei quantas luas me embebedando com uma aguardente feita de ervas ou de milho, não sei bem, durante a chamada estação das chuvas. Não se pode fazer nada nesta época, é o próprio dilúvio. Na falta de coisa melhor, essa beberagem que a princípio nos sufoca, mas depois passa a ser um santo remédio contra a solidão, aliás, o único."

Suspendeu a difícil leitura, foi até o quarto. Acercou-se com cuidado da cama, Sofia estava de olhos abertos, ele começou a preparar uma nova compressa. Estava na hora de tomar o remédio. Encheu uma colher, levantou delicadamente a sua cabeça, foi derramando aos poucos, ela mal conseguia abrir a boca, estava ficando uma chaga só. Devolveu a cabeça ao travesseiro, ajeitou os longos cabelos, sentou-se no lugar de sempre. Querida, recebi carta de Schaeffer. O homem é um aventureiro incorrigível. Sabe onde está agora? Vivendo entre os índios. Está à procura de ouro e de pedras preciosas. É uma longa carta, amanhã de manhã, quando estiveres melhor, lerei alguns trechos para ti. Fala nuns bugres esquisitos, eles vivem com rodelas de madeira enfiadas nos beiços e nas orelhas. Ela não escutara as últimas palavras, havia dormido. Pobrezinha estava cada dia mais fraca, o médico evitando falar muito, reservado, quero saber a verdade, doutor; ele dizendo tenho feito tudo o que é possível, confio em que Deus faça a sua parte. Esperanças? Prefiro não dizer nada, de uma hora para outra, quando menos se espera, a natureza reage. Tenha fé, Herr Gründling. Schaefer, tenha fé, um dia acharemos os dois debaixo das árvores, entre as pedras, no leito dos rios, filões de ouro para carregar não cinco ou seis, mas milhares de mulas. Ou quem sabe, elefantes. Ele não falava em elefantes na carta, mas haveria elefantes em terras de índios, sempre existiram. Como as noites ficam longas quando a gente está só! Sei que ela está escutando, não abre os olhos porque está muito fraquinha, pois fica assim como está, vou levantar um nada o pavio do lampião, assim poderei continuar a leitura da carta de Schaeffer.

Seus garranchos pioraram muito, na certa estava cheio daquela cachaça de milho dos botocutos. Schaeffer, o incorrigível Schaeffer. O pobre deitado naquele sofá caindo aos pedaços, na Armação, as garrafas e os copos esparramados, Moog e Rasch revoltando as suas tripas com aquele servilismo sórdido. Qual seria a intenção daqueles dois? As barras de ouro do major, claro como água, o major não deveria ter tido tempo de gastar toda aquela fortuna vinda das mãos do General Brant; em algum lugar ele teria escondido a fortuna. Como não pensara nisso tudo? Estás me ouvindo, Sofia? Ela dorme, a pobre, cansada da cama, do quarto sempre escuro, de noite ou de dia, a luz ferindo os seus olhos; quanto mais escuro melhor, as pessoas ficam assim quando estão com o sangue fraco. Que blefe pregara Schaeffer naqueles dois, dava vontade de rir, rir de chorar. Schaeffer derretera as suas barras de ouro, suas noitadas de orgia comiam fatias, nacos das barras. Moog e Rasch pajeando o bêbado, olho cravado nos seus tesouros. Pois deveriam ter ido para o meio dos botocudos, lá estava o ouro do major, que fossem os dois para o diabo. Ah, minha querida, não sabes da missa a metade. Estou pensando no falecido Major Schaeffer, sim, morreu bebendo, entre os índios, morreu como queria, garrafa na frente, ele precisava afogar todas as lembranças. Batia, agora, levemente, nas costas da mulher, como fazia às vezes com os filhos, nas frias noites de inverno. Sofia, não devo esconder a verdade de ti, sei que tens coragem bastante para saber de tudo, não posso esconder nada, preciso desabafar com alguém e esse alguém só poderia ser tu. Procura ser forte, sei que és forte, deves ficar sabendo de uma coisa muito triste. Ouve: Schaeffer morreu. Recebi a sua última carta, veio em mãos do Comandante Blecker, que me disse que o major morreu numa tribo de índios. Coragem, minha querida, não quero que chores, a vida não vale uma das tuas lágrimas. Morreu, descansou; já não sofre injustiças, as maldades deste mundo não o entristecem mais. Assim é que devemos encarar a morte das pessoas. Olha para mim, estou me sentindo forte, estou sabendo que com ele morre um mundo, desaparece parte de alguma coisa que fazia parte de mim. E de ti também. Estás me ouvindo? Querida, olha quem chegou, o nosso amigo Dr. Hillebrand. Entre, doutor. Estou dizendo a ela a verdade, doutor. Fiz mal? Ela precisa ficar sabendo que o Major Schaeffer não mais existe, morreu entre os índios, descansa em paz. Ele me dizia no Rio, falando do meu Jorge Antônio: General Spannenberger Gründling, afilhado do falecido Major Jorge Antônio Schaeffer. Parecia que adivinhava, doutor, ele tinha um sexto sentido, isso, um sexto sentido. Distraído, também. Uma vez se referiu a Sofia como sendo Cristina, justamente ele, imagine, doutor. Depois sofria ataques de pessimismo: eu? Falar com o imperador? Virei criminoso depois de tudo o que fiz? Não sei sua opinião, doutor, mas eu não poderia esconder de Sofia todas essas verdades.

Hillebrand examinou a doente, tomou o pulso, puxou a ponta do lençol e pegou Gründling pelo braço:

– Herr Gründling, lamento muito, sua esposa morreu há quase meia hora.

4.

Frederico Weber encontrou Jacob Schmidt construindo uma cerca de taquaras na frente da sua casa da Rua do Passo, perguntou pelas novidades, pediu notícias da mulher e dos filhos, como ia o seu negócio de tanoaria. Jacob aproveitou para descansar um pouco, limpou o suor da testa e do pescoço, tudo andava como Deus queria. E ele, Weber, o que tinha a contar de novo?

– São tantas as coisas, a gente nem sabe como começar.

Falou da conspiração, ele sabia o nome de todos, o Major João Manuel, por exemplo, não vê porque não quer. Ou está no meio deles, o traidor. Meu caro Jacob, o pior cego é aquele que não quer ver, isso dizia o meu velho pai quando fabricava cerveja na Prússia. Pois digo o nome de um por um, se quer saber, Frau Catarina está entre eles, o cabeça é Germano Klinglhöefer. Quem diria! O irmão do reverendo. Jacob continuou debruçado num mourão, olhos arregalados, não era de acreditar. Os dois olharam e viram um homem a cavalo vindo para o lado deles. Ficaram na expectativa. Weber exclamou:

– É Germano. Outro dia conversaremos.

Despediu-se apressado, saindo quase a correr. O cavaleiro obrigou o animal a galopar, passou por Jacob levantando poeira, alcançou Weber.

– Aonde vai com tanta pressa, Weber?

O homem parou, Germano apeou, foi até ele, então agora tem uma nova profissão, denunciando as pessoas sem provas, de porta em porta, enchendo os ouvidos de quem trabalha, já pensou bem no que estás fazendo? Weber lançou um olhar angustiado para Jacob que lá estava, debruçado no mesmo lugar, Germano não seria capaz de agredi-lo com testemunha.

– Não tenho medo de conspirador, acho melhor ir andando – conseguiu dizer Weber.

Recebeu dois tiros de garrucha, sem tempo de correr nem de gritar. Germano ainda olhou para o homem que ficara na cerca, montou rápido e desapareceu.

O subdelegado veio olhar o cadáver de borco no chão de terra, Jacob contava para ele o que vira, sim, tinha certeza, fora Germano Klinglhöefer, – irmão do pastor. Fugira para os lados do rio, a essas horas devia estar longe.

À noite, Catarina ouviu toda a história de Emanuel, disse que Weber tivera a morte que andava querendo, então era coisa de homem andar espalhando mentiras aos quatro ventos? Jacobus chegou logo depois, abraçou o filho, cumprimentou Catarina. O senhor por aqui sem mais nem menos, como se estivesse vendo fantasma? Uma coisa horrível, Frau Catarina, o João Thomaz Stottenberg matou João Stenzel. Ela não disse nada. Emanuel foi quem falou:

– Pai, eu estava contando para Frau Catarina uma outra desgraça, Herr Germano matou hoje de tarde o Frederico Weber. Deu dois tiros de garrucha no peito dele.

– Germano?

Ela então disse, Herr Jacobus, as coisas estão se atropelando. Para mim, nisso tudo há dedo de Gründling, uma coisa aqui dentro me diz isso, não posso estar enganada, nunca estive, a vida me ensinou certas coisas que não vêm nos livros. Em Jerebatuba, eu adivinhava a chegada de soldado uma légua antes deles aparecerem no horizonte. Com isso salvei a vida de Daniel Abrahão. Eu enxergava sem ver e me admirava que Philip, lá do alto, ainda não tivesse dado sinal. Esta madrugada sigo para Porto Alegre, tenho algo muito importante a fazer.

– Frau Catarina, por amor de Deus, pense nos seus filhos, não faça nenhuma loucura.

Ela disse, fique descansado, Herr Jacobus, o senhor me conhece, sabe que não sou mulher de fazer loucuras, mas preciso tirar a limpo uma coisa que trago atravessada na garganta, ou essa colônia vira cemitério. E não fale nos meus filhos, é neles que estou pensando. Entraram para tomar um café, Emanuel reavivou o fogo e trocou a água da chaleira, sentaram os três na salinha de frente, calados. Ela disse, Daniel Abrahão não é mais deste mundo, não sabe nada do que acontece sobre a terra, mas tem razão quando diz que é chegada a hora do Apocalipse. Oto Heise? Desaparecera, também. Estaria a essas horas se encontrando com um coronel de nome Bento Gonçalves. É gente nossa. Está levantando soldados por toda a fronteira, ele sabe de coisas que nós nem sonhamos. Os caramurus tinham os seus dias contados.

Beberam um café com pão de milho, pai e filho se despediram, Frau Catarina não teria ideia para onde fugira Germano? Ela disse não, com um leve movimento de cabeça. Ficou algum tempo sentada, depois foi preparar as suas coisas, embrulhou algumas mudas de roupa, meteu o farnel num cesto, limpou com carinho, pensativa, a sua velha espingarda de dois canos, colocando em cada um deles um cartucho de espoleta. Não precisaria de mais. Beijou os filhos que ainda dormiam, mal apontava o dia, Juanito já atrelara os cavalos numa carroça, despediu-se do índio com um aceno e iniciou a viagem a Porto Alegre.

Viu muita gente na Rua Sapucaia, boa coisa não seria, aproximou-se, deu com os olhos em João Vayss, engarrafador de aguardente; que estava acontecendo? Ele disse, Frau Catarina, que horror mataram o Coronel Vicente Freire e seu filho Diogo. E que faziam eles a essa hora na rua? Estavam indo para Porto Alegre, a chamado do comandante de Polícia. Lamento, mas não posso fazer nada, disse ela tocando os cavalos.

Foi uma viagem longa, às vezes sentia vontade de chorar, estava com um pressentimento de que não veria mais os filhos. Philipp, bastante crescido, saberia como cuidar da casa. Daniel Abrahão talvez nem tomasse conhecimento de seu sumiço.

5.

Quando chegou à altura do empório do Caminho Novo, o sol queimava a pino; o barracão lhe pareceu estranho, passou de largo, descansaria um pouco na Praça do Portão. O dia parecia não ter fim. Como o seu ódio, pensou. Chegando lá, escolheu uma árvore de boa sombra, desatrelou os cavalos, pondo-os à soga, precisavam pastar. Deitou-se ao lado da cesta, comeu alguma coisa, pensou que seria capaz de dormir por pouco tempo. Perto dali uma tropa de mulas, um grupo de homens sentados ao redor de um pequeno fogo, os grandes chapelões pretos em comum. A silhueta de Gründling naquela noite de tempestade, Daniel Abrahão com o filho nos braços, metendo-se numa das carroças, a silhueta dizendo que caminhassem como os tigres, tão leves que não quebram com as patas uma folha seca. E no entanto caía água como nunca vira em sua vida. *Alles in Ordnung?* Gründling desaparecendo na cortina de água. Philipp conversando com os passarinhos no alto da figueira, a voz do marido: menino, deixa de falar e cuida do trabalho. Estou cuidando, pai. Harwerther, é preciso cuidar deste ferimento no pescoço. Mayer, com sua voz arrastada, contando a vida da colônia, tudo como Deus quer. Demarcação para amanhã, paciência que não se podem fazer as coisas de um dia para outro. Separação dos lotes feita com taquara, estacas de guaraúna, valos abertos no chão, com enxada. Pois temos as linhas divisórias. Jerebatuba tão mudada, graças ao seu trabalho, Herr Oestereich, quando saímos daqui a horta era este pequeno canteiro. Mas nós estamos no caminho natural da briga. Mayer, limpando as unhas com a ponta de uma grande faca, pode ser que sim, pode ser que não. Estás me ouvindo, Daniel Abrahão? Os soldados já se foram, não há mais perigo. Depois aquele céu estrelado, aberto, uma imensidão, a terrível lua carcomida. O retinir de esporas em cima dela, o cheiro de suor de cavalo, o mesmo bafo azedo que teria Gründling. Era ele, seria capaz de jurar, Daniel Abrahão, pelo amor de Deus, vais terminar paralítico aí embaixo. Prefiro ficar entrevado a me deixar enforcar naquele galho da figueira. Estamos nos tempos do Apocalipse, Catarina, é chegado o sexto selo. A guerra terminou, Daniel Abrahão, sobe, Oestereich é amigo. Você está me entregando. Rua do Sacramento, sem número. Philipp, Carlota e Mateus. A voz de Isaías Noll: leia aquele pedaço, Herr Schneider, da quarta trombeta. Que horas seriam?

Trouxe os cavalos, meteu-os nas trelas, ajeitou as coisas que trouxera na carroça, subiu para a boleia, verificou se a espingarda estava sob a almofada do assento e recomeçou a sua marcha para a Rua da Igreja. Parecia estar vendo a figura de Gründling caminhando em sua direção. Se atravessar a rua, recebe uma bala. Vim apenas conversar com a senhora, não vejo razão para essa sua atitude. Ela dissera, eu tenho as minhas razões e basta. Daniel Abrahão a gritar feito um possesso, você morrerá num lago de fogo e de enxofre, maldito! Lá estava a casa dele, bateria na porta com a coronha da espingarda, ele abriria uma fresta; pelo amor de Deus, Frau Catarina, que loucura é essa? Vamos ter uma conversa, Herr Gründling, quero saber sobre o assassinato de Agner, sobre o seu sócio que apareceu boiando no rio, vai pagar pela morte de Krieger, vai responder por toda a desgraça que está caindo sobre a cabeça da nossa gente na colônia. Não peça misericórdia, isso não é digno de um homem.

Ouviu o seu nome chamado por alguém. O Dr. Hillebrand, com sua maleta de fole, no meio da rua, segurando o peitoral de um dos cavalos.

– Frau Catarina, aonde vai?

– Doutor, desculpe, isso não é de sua conta. Vou ajustar uma velha dívida com alguém que o senhor conhece muito bem. Largue os cavalos.

Teve vontade de chicotear as mãos do médico.

– A senhora vai cometer uma asneira, Frau Catarina. Não posso permitir tal coisa. Preciso, pelo menos, de uma explicação.

– Darei todas as explicações na minha volta, doutor. E agora saia da frente, quero passar.

– Frau Catarina, pelo amor de Deus, não vá cometer um erro desses.

— Gosto de errar sozinha, Doutor Hillebrand. Esse homem não vai mandar matar mais ninguém. Já causou muita desgraça. Saia da frente, estou pedindo pela última vez.

O médico largou a correia do peitoral, caminhou para junto dela:

— A senhora está enganada. Gründling não sai de casa há quase dois meses. Esteve todo esse tempo ao lado da mulher que morria.

— O senhor está mentindo!

— Então veja com seus próprios olhos – disse ele.

As portas da casa cor-de-rosa foram abertas, algumas pessoas começaram a sair, Gründling à frente, carregando o caixão de Sofia.

— Frau Catarina, preciso ir andando – disse o médico –, Gründling agora está quase só. Ninguém veio, andaram dizendo por aí que a pobrezinha morreu de peste, o que não é verdade.

Hillebrand ajeitou o chapéu, retomando a caminhada. A carroça ficou onde estava, o pequeno cortejo se aproximando, Catarina sem conseguir pensar em nada. Ao passar por ela, Gründling parou. Os outros homens também, espantados com aquela mulher desgrenhada na boleia. Então ele disse:

— Não esperava que a senhora viesse. Não sei como agradecer.

Estava magro, olhos vermelhos e inchados, estivera a chorar. Catarina desceu, mas antes teve o cuidado de empurrar para debaixo do assento o pedaço de cano da espingarda que se deixava entrever. Caminhou até Gründling. Ele sem Sofia. Ela sem o seu velho ódio. Os dois em solidão.

Catarina caminhou até o grupo, seguiu ao lado dele, sem uma palavra, olhando duro para a frente, com medo de chorar.

O Autor

JOSUÉ MARQUES GUIMARÃES nasceu em São Jerônimo, no Rio Grande do Sul, em 7 de janeiro de 1921. No ano seguinte sua família mudou-se para a cidade de Rosário do Sul, na fronteira com o Uruguai, onde seu pai, um pastor da Igreja Episcopal Brasileira, exercia as funções de telegrafista. Após a Revolução de 30 sua família foi para Porto Alegre, onde Josué Guimarães prosseguiu os estudos primários, completando o curso secundário no Ginásio Cruzeiro do Sul, mesma escola onde estudou o escritor Erico Verissimo.

Em 1939 foi para o Rio de Janeiro onde, no *Correio da Manhã*, iniciou-se como jornalista, profissão que exerceria até o final de sua vida. Com a entrada do Brasil na Segunda Guerra, voltou para o Rio Grande do Sul, onde concluiu o curso de oficial da reserva, sendo designado para servir como aspirante no 7º R.C.I. em Santana do Livramento.

Alistou-se como voluntário na FEB (Força Expedicionária Brasileira), mas foi recusado por ser casado. De volta à imprensa, seguiu na carreira que o faria passar pelos principais jornais e revistas do país. Trabalhou em inúmeras funções, de repórter a diretor de jornal, passando por secretário de redação, colunista, comentarista, cronista, editorialista, ilustrador, diagramador e repórter político. Quando morreu, em 1986, era o diretor da sucursal da *Folha de São Paulo* em Porto Alegre. Atuou como correspondente especial no Extremo Oriente em 1952 (União Soviética e China Continental) e de 1974 a 1976 como correspondente da empresa jornalística Caldas Júnior em Portugal e África.

Como homem público foi chefe de gabinete de João Goulart na Secretaria de Justiça do Rio Grande do Sul, governo Ernesto Dornelles; foi vereador em Porto Alegre pela bancada do PTB, sendo eleito vice-presidente da Câmara. De 1961 até 1964 foi diretor da Agência Nacional, hoje Empresa Brasileira de Notícias, a convite do então presidente João Goulart. A partir de 1964, perseguido pelo regime autoritário, foi obrigado a escrever sob pseudônimo e a dar consultoria para empresas privadas nas áreas comercial e publicitária.

Josué Guimarães lançou-se tardiamente – aos 49 anos – no ofício que o consagraria como um dos maiores escritores do país. Seu primeiro livro foi *Os Ladrões* reunindo contos, entre os quais o conto que dá nome ao livro, premiado no então importante Concurso de Contos do Paraná (este concurso promovido pelo Governo do Paraná foi, nas décadas de 60 e 70, o mais importante concurso literário do país, consagrando e lançando autores como Rubem Fonseca, Dalton Trevisan, João Antônio, além de muitos outros).

Sua obra – escrita em pouco menos de 20 anos – destaca-se como um acervo importante e fundamental. Democrata e humanista ferrenho, Josué Guimarães foi sistematicamente perseguido pela ditadura e pelos poderosos de plantão, mantendo uma admirável coerência que acabou por alijá-lo do meio cultural oficial. Depois de Erico Verissimo é, sem dúvida, o escritor mais importante da história recente do Rio Grande e um dos mais influentes e importantes do país. *A Ferro e Fogo I (Tempo de Solidão)* e *A Ferro e Fogo II (Tempo de Guerra)* – deixou o terceiro e último volume *(Tempo de Angústia)* inconcluso – são romances clássicos da literatura brasileira e sua obra-prima, as únicas obras de ficção realmente importantes que abordam a saga da colonização alemã no Brasil. A tão sonhada trilogia, que Josué não conseguiu concluir, é um romance de enorme dimensão artística, pela construção de seus personagens, emoção da trama e a dureza dos tempos que como poucos ele soube retratar com emocionante realismo. Dentro da vertente do romance histórico, Josué voltaria ao tema em *Camilo Mortágua*, fazendo um verdadeiro corte na sociedade gaúcha pós-rural, inaugurando uma trilha que mais tarde seria seguida por outros bons autores.

Seu livro *Dona Anja* foi traduzido para o espanhol e publicado pela Edivisión Editoriales, México, sob o título de *Doña Angela*.

Deixou quatro filhos do primeiro casamento e dois filhos do segundo. Morreu no dia 23 de março de 1986.

OBRAS PUBLICADAS:

Os Ladrões – contos (Ed. Forum), 1970
A Ferro e Fogo I (Tempo de Solidão) – romance (L&PM), 1972
A Ferro e Fogo II (Tempo de Guerra) – romance (L&PM), 1973
Depois do Último Trem – novela (L&PM), 1973
Lisboa Urgente – crônicas (Civilização Brasileira), 1975
Os Tambores Silenciosos – romance (Ed. Globo – Prêmio Erico Verissimo de
    romance), 1976 – (L&PM), 1991
É Tarde Para Saber – romance (L&PM), 1977
Pega pra Kaputt! (c/ Moacyr Scliar, Luis Fernando Verissimo, Edgar Vasques)
    – novela (L&PM), 1977

Dona Anja – romance (L&PM), 1978
Enquanto a Noite Não Chega – romance (L&PM), 1978
O Cavalo Cego – contos (Ed. Globo), 1979, (L&PM), 1995
O Gato no Escuro – contos (L&PM), 1982
Camilo Mortágua – romance (L&PM), 1980
Um Corpo Estranho Entre Nós Dois – teatro (L&PM), 1983
Garibaldi & Manoela: Uma História de Amor (publicado anteriormente como *Amor de Perdição*) – romance (L&PM), 1986
As muralhas de Jericó – Memórias de viagem: União soviética e China nos anos 50 – memórias (L&PM), 2001

INFANTIS (TODOS PELA L&PM EDITORES):

A Casa das Quatro Luas – 1979
Era uma Vez um Reino Encantado – 1980
Xerloque da Silva em "O Rapto da Doroteia" – 1982
Xerloque da Silva em "Os Ladrões da Meia-Noite" – 1983
Meu Primeiro Dragão – 1983
A Última Bruxa – 1987